U0684943

明詩綜卷三十五

小長蘆　朱彝尊　録
雪苑　宋　筠　緝評

唐皋 一首

皋字守之，歙縣人。正德甲戌，賜進士第一，授修撰，進侍講學士。

明妃曲

黄金不買畫圖中，從此春花閉漢宫。到得君王識傾國，無人主議罷和戎。

蔡昂 一首

昂字衡仲，山陽人。正德甲戌，賜進士第三，除翰林編修，累官禮部左侍郎，贈尚書。有《頤貞堂稿》。

送朱伯仁任四川行都司斷事

白帝秋風動，鳥蠻夕照含。憐君游宦處，地勢極西南。殊俗聊相問，軍謀亦共參。雄飛方自此，休説鬢藍鬖。

霍韜 一首

韜字渭先，南海人。正德甲戌進士，累官太子少保，禮部尚書，兼翰林院學士。贈太子太保，謚文敏。有《渭厓文集》。

贈方棠陵用陶飲酒韻

張弓射飛鳥，巧者猶能得。君子履周道，豈爲多岐惑。義命良獨安，行止順通塞。遠之垂萬世，近之範一國。珍重君此行，時哉惟語默。

劉儲秀 一首

儲秀字士奇，咸寧人。正德甲戌進士，繇刑部主事，累遷湖廣按察使，歷戸部侍郎，仕至兵部尚書。

送龍長史之武昌

荆衡山漠漠，江漢水湯湯。送汝從兹去，何時到武昌。楚筵堪設醴，漢署憶含香。北上多鴻雁，音書好寄將。

簡霄 二首

霄字騰芳，新喻人。正德甲戌進士，累官南京兵部右侍郎。有《蓉溪集》。

過雪埧番寨

雪埧傍流沙，風烟幾十家。蓬頭男韇菁，編髮婦耕畬。皮甲張藤盾，毛衣綴線麻。也知天子使，羅拜接江涯。

潞河舟中作

潞水經年別，風塵又覺非。岸蘆迎櫂舞，檣燕掠人飛。澤國魚梁竭，江城候吏稀。人烟沙草外，一縷起斜暉。

陸杰一首

杰字元望，平湖人。正德甲戌進士，授兵部主事；諫南巡，廷杖；後遷陝西按察副使，終工部侍郎。有集。

客舍

行役殊無已，其如歲晏何？宦情因拙澹，鄉夢入秋多。月巷千砧發，霜天一雁過。吾廬今夜好，可惜掩松蘿。

吳鎧二首

鎧字文濟，陽穀人。正德甲戌進士，授行人，擢監察御史，升福建按察副使，歷陝西參政，雲南按察使，終僉都御史。

書營平侯祠壁

白草連天遠，黄雲出塞平。霜笳吹漢月，寒笛弄秦聲。北海猶傳箭，西戎未息兵。屯田當宁意，寧惜度金城。

涼州

聞道涼州戍，連年去未回。健兒多戰死，彍騎至今來。白骨紛無數，黄雲慘不開。龍城秋夜月，羌笛不勝哀。

林大輅二首

大輅字以乘，莆田人。正德甲戌進士，以工部員外郎，諫南巡，予杖繫獄，謫判夷陵州。嘉靖初，起江西按察僉事，歷副都御史，巡撫湖南，自劾歸。有《愧瘖集》。

林茂貞云：二山詩，在仕途者，忠憤激烈，無依阿取容之態；在林居者，沖適雅淡，無憤時嫉世之心。要皆出於性靈，非騷人墨客風雲月露之作也。

王應時云：二山詩，典麗雋遠，寀入堂奥。

謝山子云：林詩樸厚，可比蔡忠惠。

林雨可云：二山詩，鍛鍊而不傷自然。

《静志居詩話》：二山與南泠最相契，詩亦近之，第稍遜耳，品當在李川父、孟望之之間。

弔馬伏波祠

野渡維江舸，荒祠薦澗芹。魚龍喧永晝，日月照迷津。阻絶征蠻路，艱危報主身。只今嗟薏苡，臨弔幾傷神。

蔣子雲都水定居西長安門外

南泠三載賦閒居，春日長安近卜廬。苑樹飛烟分客榻，禁鐘浮月散朝車。揚雄天禄多奇字，方朔金門有諫書。相望西橋應不遠，莫教風雨往來疏。

林炫四首

炫字貞孚，閩縣人，尚書庭棉子。正德甲戌進士，歷官通政司參議。有《榕江集》。

傷歌行

楚人不識鳳，謂是五色雞。魯人不識麟，謂是麕而蹄。天時苟不值，賢聖終見嗤。爰居避海風，享祀將奚爲。寄言明哲士，樂命安蓬蓽。

有感用杜韻

將帥承新渥，軍儲惜去年。似聞千里霧，猶蔽九重天。貴戚爭開府，烽烟近到邊。玉關何日閉，遺恨自張騫。

十四夜月

今夜揚州月，清光已勝前。遥升滄海外，先到客亭邊。雲度同飄忽，風來一灑然。細瞻金粟影，猶少半分圓。

次韻贈朱青岡太守郊行

聞得農人語，鶯花未足憐。夕陽牛背笛，春雨郭東田。政簡官如水，時豐俗自便。村村鳴社鼓，歡喜說今年。

孫存 一首

存字性甫，滁州人。正德甲戌進士，歷官河南左布政使。有《豐山集》。

劉都幕泉亭

濫泉沸山巔，氿泉迸山足。一鷺飲廉泉，飛向西泉浴。

周在 四首

在字善卿，太倉州人。正德甲戌進士，除知寶坻縣，擢陝西道御史，歷官浙江右參政。有《燕京逮事録》《行臺紀興》。

《詩話》：善卿獨攄胸臆，不事規橅，正如繁音迭奏，忽聆《于蔿于》曲，縱無妙理，具足清機。

悼陳司李

保定推官，被姦民誣奏死于獄。

灼灼木槿花，楚楚蜉蝣羽。朝陽耀容華，日夕不知處。人生非金石，誰能不銷腐。昨日同舍人，今朝成糞土。死者已無知，生者徒自苦。獨坐掩圜扉，哀哀淚如雨。

秋夕感懷

月轉虚簷向夜闌，孤臣不寐望回鑾。重門擊柝聲何急，半壁殘燈影亦寒。梁獄久淹書未上，齊廷難遇瑟休彈。凌風欲借仙槎去，天上銀河水定乾。

初下詔獄作

薄宦叨民牧，窮囚與寇鄰。撫監有官民之分，官監稍潔，予獨下民監，與強盜重囚雜處。不辭羅法網，直恐玷儒紳。縲絏嗟何罪，遭逢慨不辰。鄒陽書未上，賈傅策誰陳。日有泥塗辱，旁無骨肉親。吟鬢經鎖斷，鞭血污衣新。野薤晨充饌，乾蘆夜作茵。亂蠅沾食穢，毒蝎螫膚辛。厄似樊籠鳥，危如涸轍鱗。經旬忘盥櫛，長日足悲呻。竊共人愁語，徒勞吏怒嗔。獨行良踽踽，群吠尚狺狺。薄力誅求困，虚情鍛鍊真。株連殊未已，文致竟無因。理直終何補，錢多信有神。虎翻令傳翼，象莫顧焚身。禍已延吾黨，寃猶念此民。病亡俱老弱，瘦死半飢貧。地下多新鬼，天涯少故人。禁嚴消息絶，家遠夢魂頻。自笑心如鐵，相看淚滿巾。尚祈欽恤詔，指日下楓宸。

閨怨

江南二月試羅衣，春盡燕山雪尚飛。應是子規啼不到，故鄉雖好不思歸。

桑溥 一首

溥字伯雨，濮州人。正德甲戌進士，歷官按察使。

榆林道中

迢遞榆關道，西風卷客旌。寒沙迷古塞，落日下孤城。水險遮蕃騎，山高列漢營。君王方偃武，邊將莫言兵。

顧可久一首

可久字與新，無錫人。正德甲戌進士，歷官廣東按察副使。有《洞陽集》。

秋懷

異域滄溟上，孤城斥鹵中。經過稀漢使，託處雜黎戎。最苦黃茆瘴，兼愁鐵颶風。集本作「日遠天何際，雲荒秋不窮」。誰能忍羈旅，轉泊逐飄蓬。

李濂九首

濂字川父，祥符人。正德甲戌進士，授沔陽知州，遷寧波府同知，終山西按察，僉事。有《嵩渚集》。

廖鳴吾云：川父詞藻俊拔，回出塵表。

俞汝成云：川父詩率意走筆，不事鍛鍊，有古朴風。

錢受之云：川父作《理情賦》，左舜齊持以示李獻吉。獻吉大驚，訪之吹臺。川父自此名滿河洛間。久之，讀書深思，始知獻吉持論之頗，而學者沿襲之繆。嘗有絶句云：「唐人無選宋無詩，後進輕狂肆貶詞。真趣盎然流肺腑，底須模擬失神奇。」又云：「洪武詩人稱數子，高楊袁凱及張徐。後來英俊崢嶸甚，興趣温平似弗如。」當竄竊剽賊盛行之日，獨具隻眼，可謂卓爾不群者矣。

《詩話》：《嵩渚集》凡百卷，最稱繁富，然不甚剪裁。其持論，以明初「吴中四傑」爲歸，求其神似。未免類桓宣武之擬劉太尉也。

游呂公洞

窈窕呂公洞，逶迤玉泉側。澗流緬松門，石梁亘雲壁。始入日匿影，徐轉天漏白。靈窟度縈回，細徑緣欹仄。杖邊霏漸分，衣上霰微積。紫芝敷異芬，瑶草弄明色。窮猨倒窺人，仙鼠飛避客。遙遙薜蘿陰，娟娟蒼翠夕。金膏欣可餐，石髓恨難識。意愜諸妄遺，神超萬緣釋。伊予事沉冥，夙負山水癖。囊聞呂仙名，兹覽修真跡。丹爐滅灰燼，石牀有苔蝕。一遊洞庭波，千載杳消息。珪組知爾忘，烟霞恣所適。私哂名利心，蹴躃竟何益。

雪竇寺妙高臺

吾聞妙高臺，海涌金芙蓉。上有萬古苔，虎豹留其蹤。日月挂天柱，烟霞韜石峰。所嗟異僧去，寂寞青山鐘。

含珠林

佛有舍利珠，瘞之海東石。夜來九龍爭，風雨拔林柏。六丁紛呵護，寶物安所宅。至今月黑時，光騰幾千尺。

石竇

石竇海眼通，乳泉四時洩。仰睇杳而深，誰剜翠屏裂。青噀千峰雲，白含萬年雪。膏砂原異竅，鳥鼠或同穴。

桃花坑

高僧飛錫地，錦石名桃花。吾非勾漏令，乃此逢丹砂。雲中吠仙犬，洞底流胡麻。定有逃秦者，人烟隔暮霞。

太原中秋

紫塞中秋月，青天萬里情。他鄉一尊酒，獨對太原城。水霧戎戎合，陰蟲故故鳴。雁門諸戍苦，莫遣照邊營。

春興

碧草城南路不分，野人詩思正紛紜。聊隨謝客尋幽壑，何必桓譚識古文。春日苦躭新秫酒，洞天思謁大茅君。東風吹起花如霰，腸斷梁臺日暮雲。

秋懷

瀟湘楓落鱖魚肥，楚客懷歸未得歸。頻憶鳳城詢北使，尚聞龍舸駐南畿。驚心關塞旌旗動，旅食江湖諫疏稀。本乏涓埃裨郡國，擬將生事付漁磯。

良鄉道中

沙雁衝車起，洲鶯隔岸聞。暮看霞氣近，疑是漢宮雲。

蔣山卿九首

山卿字子雲，儀真人。正德甲戌進士，授工部主事；諫南巡，廷杖，謫南京前府都事，歷刑部郎中，出知河南府，改潯州，再改南寧，升廣西參政。有《南泠集》。

顧華玉云：子雲詩，天才溢發，可歌可感。使將來者見之，則凡餖飣其字，雕刻其文，艱深其思，拗曲其體，不發于情，而并氣格音節亡之者，皆可怛然省矣。

俞汝成云：南泠達生有容德，詩似其人。

王元美云：蔣子雲如白蠟糖，看似甘美，不堪咀嚼。

顧玄言云：參政才華朗邁，五言學杜，恨乏奇語。

錢受之云：子雲集自序謂「髫年學詩，弱冠渡江，見東吴顧吏部，寶應朱戶曹，敎以讀漢、魏、晉、宋、唐人之詩。及舉進士，始與同年薛蕙研工古作」。以其時考之，子雲之詩，發源於金陵，成就於亳州。主於學唐，不為勦杜。其亦生於北地之後，而不墮其雲霧者與？

《詩話》：子雲詩如水精淨域，盡掃游塵，微嫌境太淺爾。子三人，孝常、孝若、孝彧，皆能詩。「吳山遥入戶，江水近通渠」，孝常句也；「雁度三更月，烏栖獨樹霜」，孝若句也；「夕陽新雨後，明月落潮時」，孝彧句也。雖未出群，亦自濟濟。

門有萬里客

門有萬里客，駕言發京都。問客京都來，世事比何如？公車待詔士，北闕新上書。峥嶸片言合，恩寵一朝殊。升君白玉堂，上君黄金塗。賜與出内藏，宅第夾皇居。華榱鏤璧璫，文牕結綺疏。珠履并侍從，紫衣備走趨。高門平旦開，飛蓋已填衢。官爵入掌握，才俊待吹噓。顧盼遺光彩，俯仰生榮枯。貴盛豈不羡，尊幸古來無。天運相代謝，日月有盈虚。時命苟未逢，進取何所圖。執戟疲揚雄，文園病相如。今君守寂寞，辛苦徒嗟吁。

陳緯度云：此篇蓋爲蘿峰而作。

雜感

吾聞青海外，赤水西流沙。神人生鳥翼，蓬首亂如麻。出入乘兩龍，左右臂雙蛇。中有不死藥，奇麗更紛葩。琅玕墜珠英，玗琪散瑶華。雙雙相合并，文文自交加。我願從之游，萬里跡非賒。但恐非人類，壽命其奈何？

夏日田園即事二首

沉沉夜來雨，泱泱川上平。田家趁時作，驅牛急晨耕。遙遥阡陌間，肅肅老少并。札札耒與耜，咿咿桔槔聲。紆回野水入，綿延禾稼盈。劬苦事一時，倏忽見秋成。四體雖云疲，所貴惟此生。此生各有分，胡乃不自營。寥寥千載下，寧知沮溺情。

東菑耘事畢，老翁自閒閒。鼓腹何所知，徘徊墟落間。斜日上高原，一望江南山。搴林玩柔荑，涉澗弄潺湲。欣然適其適，日黑始來還。了無一可說，呼兒掩柴關。

燕歌行

清霜落木寒蕭森，白日旣匿光景沉。關山迢迢絶信音，目極千里傷人心。念君他鄉久滯淫，長夜展轉憂難任。空閨寂寞愁錦衾，涕零如雨不可禁。泠泠纖指彈鳴琴，張絃促柱發哀吟。月明洞戶流清陰，涼風飄飖吹我衿。起看樹上雙栖禽，雄鳴雌飛守故林，我何煢煢獨至今。

滁縣晚行

漠漠平沙闊，荒荒白日低。朔雲孤雁度，昏樹亂鴉棲。戍鼓聽猶隔，村烟望欲迷。關山有戎馬，憐爾尚征西。

八月十五夜懷京中舊遊

今夕那無月，他鄉獨上樓。兵戈添白髮，幕府滯清秋。對酒傷前事，尋詩數舊遊。呼童把官燭，漏盡不能休。

送林以乘赴任江西僉憲并序

正德己卯，上將南巡。予與以乘、孟循同上疏，忤旨下獄，且被責貶，而孟循死矣。今上即位，召還京。方忻會晤，而以乘有玆擢。感舊敘别，愴然興懷，凡二十六韻。

先帝昔巡幸，小臣同上書。事危攀折檻，情切止乘輿。未得陳丹悃，空令伏玉除。天心那可問，皇怒竟何如。氛霧昏霾久，雷霆震擊餘。傷魂逮囹圄，鞭血濺衣裾。半刺猶憐爾，孤遊孰起予。聯翩嗟去國，蕭索苦離居。聖哲臨宸極，清明開太虚。王綱重照洗，姦孽盡誅鉏。紫詔恩初降，蒼生憤始攄。

逐臣皆見召，舊故復相於。禁闥還通籍，官曹并直廬。感時唯涕淚，歎逝重欷歔。從宦心俱懶，求名術本疏。衹應旅進退，敢望獨吹噓。翻怪無鳴鶴，堪憐似戲狙。十年才易組，六月便驅車。去作長途別，行將大暑袪。凉雲停碧樹，淥水汎紅渠。南國秋風早，西江白露初。霜威迎獮鷹，月冷改蟾蜍。世路多欹側，斯文有卷舒。身須混涇渭，譽欲等璠璵。霄漢看鷹隼，江湖覓鯉魚。與君生死分，分手一躊躇。

南巡歌

萬乘回鑾出楚關，遥聞鳳吹百花間。聖心不爲閒遊豫，千里河山一月還。

薛蕙　四十四首

蕙字君采，亳州人。正德甲戌進士，授刑部主事，改吏部，歷員外郎中；以議大禮，下詔獄；尋復職，未幾罷歸，屢薦不出。有《西原集》。

徐子元云：君采俊麗康樂，殆不是過。

王子正云：西原窮探載籍，采擷英華，程古摛詞，超入魏晉。晚乃刊落繁華，潛心性命，造詣深邃，自得實多。今之人但知爲詩人已耳。

文徵仲云：西原先生詩，温雅麗密，有王、孟之風。樂府歌詞，追躅漢、魏。時何大復、李空同文章重天下，摛詞發藻，凌轢漢、晉，朝野翕然尚之。先生雖稍後出，而聲華望實，略相曹耦。

唐應德云：薛詩從瞿老書來，得虚靜語。

李子西云：西原尚則元風，聿袪末習。漱群籍之芳潤，擷百氏之英雋。一時詞囿，邈焉寡儔。

王元美云：薛君采如宋人葉玉，幾奪天巧。又如倩女臨池，疏花獨笑。

穆敬甫云：薛公理學著稱，詩亦有致。

顧玄言云：考功詩譬之馬飾金羈，連翩躞蹀，穩步康莊，了無踢蹐之跡。

黄清南云：薛詩吐辭秀潤，布意密緻，而調合作者，名篇實多。其咏懷則取法於嗣宗，雜詩則準的於景陽，游仙則規摹於景純。雖不逼似，庶幾太康之音。

蔣仲舒云：薛詩如刻錦雲霞，疊石島嶼，欲以人巧而擬自然，未及大觀，能無激賞閒作沖澹，若落花游絲，情致可喜。稍更骨氣，便復無儔矣。

陳仲醇云：薛公詩，一毫塵垢，不入筆端。由其胸中曠達，無染故也。

陳卧子云：君采詩如貴主初降，雲軿鸞輅，縣珠編貝，自然莊麗。

沈山子云：君采詩泓崢蕭瑟，如鼓丘中之琴，令人神往。

鍾廣漢云：君采五古兼大小謝之長，五律綜初盛唐之妙，長句則效李頎，長律則宗子美，絶句小詩，亦多妙詣。

《詩話》：薛公南巡諍吏，大禮正人，絛達詞華，淵源理學。古詩自《河梁》以暨六朝，近體自神龍以迄五季，靡不句追字琢，心慕手追，斂北地之菁英，具信陽之雅藻，兼迪功之精詣，卓然名家。又云：君采年十二能詩，王子衡謫判亳州，賞之曰：「可繼何、李。」故其詩云：「束髮從師王浚川，文章衣鉢幸相傳。」爾時評我李何似，白首摧頹只自憐。」其與用修論詩云：「近日作者，摹擬蹈襲，致有拆洗少陵、生吞子美之誚。求近性情，無若古調。」直以沿流討源自許。晚年究心講學，於詩不師《擊壤》，尤人所難。

君子行

君子思危，懼不終日。衆人居安，沒齒自逸。君子思退，如迫于淵。衆人思進，如逐于田。損益之變，何其相反。苟非明智，孰能及遠。人知其終，莫知其始。吉凶之萌，鮮不由己。上天無私，何怨何親。福不擇家，禍不索人。道有險易，事有從違。嗚呼小子，慎爾所之。

善哉行

來日大難，痛心疾首。今日爲樂，莫懲其後。大難如何，昊天不嘉。吉凶有時，人莫之知。鹿之游斯，在彼中野。庖人調和，將以爲脯。翩翩白龍，好是魚服。豫且射之，載中其目。少康出畋，不復其舍。

戎王朝臥，迺縛尊下。式戒在始，式備在終。匪戒匪備，害于其躬。天命戾止，匪夙則莫。勉爾在位，無俾天怒。

效阮公詠懷七首

翔鶤赴長飈，翩翩戾高冥。舉翮覆白日，伏頸雲間鳴。顧謝野田雀，僶勉營此生。與子各殊塗，無用相譏評。

飄風振玄幕，若木零朱華；六龍匿西山，濛汜揚其波。翩翩市中子，於心太回衺；不見鬒顏色，但聞慷慨歌。卑危誠未遠，禍亂豈在多。人人恤其私，安能尚顧他。已矣勿重陳，嗟予可奈何。

朝登古臺上，遥望大河陰。朱明來自南，隆暑倏已臨。丹霞曜陽景，渥露霑玄林。炎風振曾柯，鳴蟬響哀音。四時代終始，變化迭相尋。盛長固殊昔，遲暮方在今。感物切悲情，愾歎傷我心。

生才良不幸，處世誠獨難。揚蛾興妒階，懷璧賈罪端。靈均既見放，韓非亦自殘。奉身失所從，慷慨使我歎。

天上何所有，上有九重臺。日月闢房牖，河漢界兩階。白虎夾路隅，青龍啾啾啼。五嶽當東脯，四海充一杯。衣裳被雲氣，左右結雙蜺。彗星垂爲帶，北斗東爲觿。舉足歷顥蒼，往往不復迷。朝集扶桑東，夕降若木西。

守道遺榮利，趨物喪其真。詘伸難并觀，高尚良可倫。不見玄廬子，精神已無存。煌煌口中珠，含此誰爲珍。富貴焉足求，甘我賤與貧。

朝游東海上，親見安期生。袖攜麻姑書，揖予上天行。忽忽從之去，一舉陵太清。白榆何歷歷，桂樹亦青青。朱爵七十二，鼓翼相和鳴。玉女顧我笑，執手戲紫庭。萬歲同娛樂，天地長齊并。

游仙

精衞填東海，煢煢累形軀。哲人匡宇宙，天命不可須。聞有山林士，棄世以自娛。願言從之游，齋潔練羽書。丹池可止渴，晨餐咀雲珠。度紀諒非難，去去勿躊躇。

贈孟望之二首

昔余與君子，未見心相知。邂逅在今辰，果若平生時。願得結歡好，贈子以新詩。含意未及申，行行復何之。念當從此去，徬徨出郊畿。行人倦往塗，終言與我違。倉卒執手間，歎息空相持。愧無晨風翼，送子起翻飛。

踟躕郊野外，白日匿西山。行人去有期，安得久周旋。請爲游子吟，與子結纏緜。憂來動人心，惻愴不能言。言念平生友，意氣非徒然。行役不足辭，貧賤非所憐。君其篤明信，慰我心惓惓。

田中築舍修治樹藝

莊生卧濠梁，范子去海隅。行止信難侔，遠跡要不殊。伊予慕棲遁，脱冠歸里閭。卜宅近郊坰，葺宇就田廬。南榮面崇岡，北牖背幽墟。雖非山水地，取樂自有餘。築牖仍先趾，穿池即故渠。林木盡舊行，圃畦皆曩區。寡欲罕所營，衆美亦云俱。爵禄無常位，貧賤亦安居。豈惟畏淹留，得以免憂虞。歡此平生情，永言焉可渝。

丙子十月二十八日初發鄉邑述征有作

旅宦忝從事，卧疴輟歸田。俛仰似昨日，荏苒踰三年。末路謝貞素，積習慚寅緣。整駕别鄉邑，薄言重徂遷。瞻途背梁宋，振策指幽燕。昔往遺維絷，今來就糾纏。豈伊行役歎，畏此平生僁。嬰世迫物累，撫化懷冥筌。齊契百年内，高揖千載前。慮存跡匪虧，意愜道仍全。斯言俟明哲，因歌遂成篇。

月夜坐憶

明月三五時，流光千里外。虚館風泠泠，寒墀霜靄靄。不見南樓客，徒憶西園蓋。歡酒無盈觴，憂襟有餘帶。沉吟静夜思，緬邈佳人會。

陳卧子云：俊雅。

詠燭

客醉北堂上，花生夜戸中。色亂歌梁月，影暗舞衣風。珠簾照不隔，羅幌映疑空。願得陪長讌，相看曲未終。

雜詩二首

植草會成蔓，種木當爲株。休咎豈虚生，景響不相踰。吕生釣奇貨，蘇子挾陰符。六國假相印，萬戸割名都。一朝計不售，倉卒蒙罪辜。狙詐適自困，傾巧定焉如。生時諒非榮，既没辱有餘。達人安貧賤，貴欲弭禍樞。

玉以采自斲，丹以澤自銷。高才耀當時，荼毒竟相招。傅子感飛蛾，張公喻鷦鷯。思患豈不微，履險果焉逃。嗟哉世路間，覆轍常所遭。千金憚垂堂，胥靡易登高。願隨方外士，杖策歸蓬蒿。

舟中看雨

微照下亭皋，輕雲翳川曲。一望春波上，蕭條烟雨緑。餘花飄近渚，衆鳥喧深竹。借問同行子，何處停舟宿。

日暮

日暮坐東軒，直望西山曲。白雲藹藹至，雨我牕前竹。玆晨憚隆暑，披衣廢朝沐。徙倚乘夕凉，清風散炎燠。大象斡流行，變化一何速。日新諒無取，年長祇多辱。古人善補過，嗟爾當自勗。

北征

地闊塵沙外，天寒霜露中。燕雲常少日，朔氣自兼風。夢斷南樓鳥，愁隨北向鴻。淹留憶攀桂，辛苦歎飄蓬。

九日同何仲默出郊

九日登高會，同人載酒來。寒城一以眺，秋色正堪哀。零雨晨初霽，浮雲午未開。南飛有鴻雁，爲爾立徘徊。

答王允升省中對雨見憶之作

康樂愁霖唱，平原苦雨詩。故人歌此曲，贈我慰相思。薜荔垂青閣，芙蓉汎緑池。今朝一樽酒，最恨不同持。

送毛敬父之廬州

北峽吞淮口，東陵控海隅。霍山分岳鎮，肥水混濡須。從事之官遠，觀風問俗殊。廬江多小吏，應候府中趨。

七月十五夜對月

嫋嫋涼風夕，紛紛零露時。秋來看明月，風露已如斯。况對西園酌，兼懷康樂詩。山中有桂樹，今夜足相思。

六月八日西闕遇雨

窈窕西清内，參差水殿連。歸雲向平樂，飛雨集甘泉。明月裁班女，回風唱麗娟。龍池初望幸，來往木蘭船。

重游蕭氏園

別此真如昨，重游換物華。粉滋曾倚竹，紅淺舊看花。沙阪縈林曲，山籬逐水斜。城南咫尺路，未覺往來賒。

負郭

負郭茅堂小，臨溪竹圃斜。山樽移野客，魚網曬鄰家。荒徑封殘雪，疏籬透晚霞。預思春到日，著處種桃花。

玄明宮後圃石山

出郭仙城近，探幽福地遥。珠林行窈窕，錦石上岧嶤。雲裏仙人酒，山中玉女簫。蓬萊去何許，東望海邊潮。

村居

寂寞村居僻，荒蕪草徑深。飛蓬來曠野，啄木響空林。薄落聊凝望，清江正苦吟。此生甘落魄，自笑果何心。

送周子賢按貴州

萬里牂柯路，炎洲百粤南。懸梯穿鳥道，流沫下龍潭。赤坂鼉鼉出，玄厓日月含。虹霓蒸海氣，烟霧灑春嵐。飛貙緣篁竹，垂猨墮石楠。橘花香細細，藤刺緑毵毵。嶺外青驄馭，臺中白筆簪。秦冠高鐵柱，漢節照金函。行邁應多暇，登臨素所耽。江山吟謝客，物色助清談。送遠都無緒，憂時且不堪。安危廷諍地，遲子促朝參。

送劉遵教赴河南僉事兼河北兵備

暫輟臺中妙，兼分閫外名。兩河開幕府，萬里作長城。卻縠真堪帥，穰苴本善兵。追奔立表待，傳檄據鞍成。盜賊空三輔，烟塵掃北平。閭閻無夜警，部曲有春耕。風勁吹龍角，雲輕抱翠旌。遥瞻猛將氣，偏逐使君行。

寄崔内翰

病起身仍健，秋來興不孤。心情那可減，肺氣欲全蘇。蟻穴依牀席，蛛絲織畫圖。褰帷窺物色，倚杖理荒蕪。撥悶憑詩卷，忘形付酒壺。昔賢遺軌躅，餘力誓馳驅。良史傳經術，高才繼典謨。赤鯨凌海水，翠鳳上天衢。仙籍通群帝，文星近六符。馬遷慚實録，劉向謝醇儒。玄覽來神契，冥搜入奧區。蓬萊披琬琰，太乙下虚無。顧我惟書肆，知君類説郛。憲章崇闕里，辭賦陋鴻都。東魯宫牆閟，西京戶牖殊。百家流汎濫，六藝混泥塗。未覩崩頹振，深思筆削扶。飛騰愁失墜，衰颯迫號呼。落落親朋遠，悠悠歲月徂。提攜如有分，終願託微軀。

送楊石齋

社稷功成後，山林避寵年。遭逢誰可并，出處獨超然。反側當前日，經綸邁昔賢。殷憂興聖主，至治格皇天。凶竪同摧朽，蒼生盡解懸。廟謨隨指顧，臣節見周旋。智勇千夫敵，勳勞百辟先。賞仍虚裂土，名已重凌烟。握璽慚周勃，揮金笑魯連。急流嫵盛滿，介石慕貞堅。許國心恒切，還鄉興偶牽。留侯初相漢，樂毅晚辭燕。異渥絲綸數，高風進退全。草停黄閣詔，花簇錦江船。水檻星橋側，茅堂雪嶺邊。雲霞深緑野，卉木富平泉。事業存鐘鼎，儀型照簡編。累朝瞻翊戴，四海憶陶甄。白首歸休記，青春送別筵。衣冠望行色，端不異登仙。

寒食對雨遣悶

一百五日春已深，閉門風雨晝陰陰。乍飛燕子濕無那，欲折桃花嬌不禁。歸去久淹滄海興，愁來端擬白頭吟。天涯節序堪愁思，一作「厭見繁華節」。更遣蕭條斷客心。

贈繼之

長安城中不可留，風塵日日使人愁。上書解綬我將去，拔劍出門君且休。五岳登臨幾兩屐，三江來往一扁舟。東西南北好行樂，與爾相隨萬里遊。

孫氏沱西別業

巴陵西來沱水深，水邊樓閣長一作自。陰陰。鼋鼍夜出洞庭岸，虎豹晝啼雲夢林。鼓枻乍逢漁父笑，搴舟時聽越人吟。卜居何日從公去，擬向桃花處處尋。一作「避地欲從何地隱，買山須就此山岑」。

流觴渠

流觴泛激水，手攬跳波濕。恰怪杯行遲，風吹忽相及。

雲洞

洞門雙玉扇，隔岫窺雲霧。裊裊三石梁，苔滑不敢度。

折楊柳

三月盧龍塞，沙中雪未乾。朝來折楊柳，春色憶長安。

涼州詞

隴西西去抵涼州，邊塞蕭條處處愁。青草不生青海曲，黑雲常聚黑山頭。

皇帝行幸南京歌

燕姬玉袖抱箜篌，馬上常隨翠輦游。春來照影秦淮水，愛殺江南雲母舟。

雪

緑水初冰百子池，飛花正滿萬年枝。君王夜醉瑤臺雪，侍女冬歌白苧詞。

春日漫興

二月黄鸝滿樹飛，歌喉宛轉世間稀。謝公雖有東山妓，不及儂家金縷衣。

顧璩 三首

璩字英玉，上元人，璘之弟。正德甲戌進士，除南京工部主事，改兵部，歷郎中，謫知許州，遷溫州府同知，升山東按察僉事，終河南按察副使。有《寒松齋存稿》。

《詩話》：英玉爲東橋從弟。東橋詩有「落魄吾家蘇季子，風流南郡小馮君」，蓋謫牧許州時所寄也。東橋闢息園，以延賓客，載酒促膝諸亭，朋簪滿座，伎樂雜陳。而英玉居隔一牆，臨街小樓，曰「寒松齋」者，坐卧其上，訓童子以自給。所謂名教之外，别有風猷者邪？

再游石門洞

蒼然括東山，百里縈青碧。石門忽中斷，窈窕開仙宅。遥窺日月深，却轉烟霧隔。中天屹樓居，星斗挂几席。芳巖眩綺繡，叢巘圍蒼壁。山鬼不避人，驚猨嘯窺客。披榛上孤亭，奇觀壯心魄。穹厓倚天懸，瀑水半空射。高流横雜佩，直下垂疋帛。分作四山喧，散爲千頃澤。初冬天未寒，晨曦映嵐赫。重來意彌眷，獨往任所適。信美愜心期，胡爲老行役。終然脱塵網，高舉凌風翮。

游西山宿廣智寺待月

本來游客意，欲與月明期。碧海深何許，清光望轉遲。草香聞露墜，林暗見星垂。幸對尊中酒，殷勤坐不辭。

壽州題壁

去郡今千里，還家尚幾程。春風楊柳色，相送石頭城。

劉天民五首

天民字希尹，歷城人。正德甲戌進士，除戸部主事；諫南巡，受笞闕下；改吏部，諫大禮，又受笞；歷文選郎中，調知壽州，累遷河南按察副使，改四川，以計典罷。有《函山先生集》。

《詩話》：函山諫草兩陳，再笞闕下。其調知壽州也，故事：京官外謫出都時，以眼紗自蔽。過部門，選人擁其馬，不得前。函山擲紗于地，曰：「吾無愧於官，俾汝輩見吾面目可耳。」蔡鶴江送以詩云：「元祐黨人滄海外，貞元朝士曉星前。」王耕原送以詩云：「君不見盤中紫脂蟹，疇昔橫行今安在。又不見坐上虎皮裀，當日負嵎思殺人。世間反覆那可數，鄙夫何事用心苦。」蓋以刺讒人也。晚又以計吏罷，憤懣不平。恒逃于詞曲，有云：「把俺這沒嫂嫂的陳平也，串下一個招。」李中麓每稱之。

漳河

雲寒不離水，騰作漳河霧。葭菼稅嚴霜，蒼茫未能渡。斥鹵際廣野，望之回積素。憶昔趙魏時，兵馬日馳騖。公子納遊俠，結轍滿皇路。佐國無定謀，中原徒指顧。享費壯士金，招延詞客賦。豪華坐銷爍，曾如草頭露。坐食三千人，化爲萬年墓。哀哉丘中墟，遺蹤遍狐兔。

巴田

巴田不成井，逐壟細開塍。灌水分山溜，燒畬去野艻。三時勤不輟，八口飽方能。寄謝當塗子，民心未有恒。

謝豹

謝豹豈人化，哀鳴自可憐。無端啼永夜，不爲客孤眠。悄悄風歸樹，娟娟月在天。訴深情轉劇，血盡眼將穿。

渭南道中用韻答黄汝厓方伯

隴水秦關道路均，春風花柳著行新。烏巾斜日久折角，白酒誰家堪入脣。晚歲始醒蝴蝶夢，故園今返鹿麋身。天涯尺牘勞相問，猶是漁磯舊友人。

宫詞

黄花細雨掩金鋪，罷却鍼工一事無。才報成雙又分去，人間博戲等樗蒲。

鍾梁一首

梁字彦材，海鹽人。正德甲戌進士，授刑部主事，進郎中；諫南巡，杖闕下；尋出知濟南府，乞歸；用薦，補南昌知府。有《西皋集》。

感事

師老寒潮上，民勞烈火中。是誰司國計，何以慰宸聰。憤世多才子，平戎少令公。杞人憂不細，掩袂向東風。

林春澤二首

春澤字德敷，候官人。正德甲戌進士，授戶部主事，遷員外，謫寧州同知，歷吉安通判，肇慶同知，召爲南京刑部郎中，出知程番府。有《人瑞翁集》。

《詩話》：百年上壽，世曰徒然，然或有過之者。吾録滕安卿詩，既援崑山周大賓，新昌呂翁粗舉其本末矣。候官林太守德敷百歲，有司爲建「人瑞坊」榮之。集中《喜玄孫生》詩云：「傳家二十有三世，老我百年仍四春。」蓋即於是年卒，萬曆癸未歲也。德敷子應亮，戶部右侍郎；孫如楚，工部右侍郎。

次潞河作

朝發都城闉，夕宿潞河舟。雁落沙渚淨，霜降菰蒲秋。天寒節物換，河漢曉夜流。回望郭隗臺，黃金不可求。廢興已陳迹，懷古心悠悠。

中秋清源公署

萬里秋光旅夜清，空庭倚杖轉傷情。月明偏照干戈地，風冷唯聞鼓角聲。東海魚龍俱寂寞，南枝烏鵲尚飄零。天衣欲把思無力，愁絶長安北斗城。

陳九川 一首

九川字惟濬，别字竹亭，又號明水，臨川人。正德甲戌進士，授太常博士；坐諫南巡，削籍；世祖即位，復官，遷儀制司員外，轉主客郎中；下詔獄，謫戍鎮海衛，尋放還。有《明水先生集》。

《詩話》：明水釋褐，忽曰：「漆雕開謂『吾斯之未能信，吾可自信與？』」遂上疏，請告歸。謁陽明講學。及官博士，與舒修撰梓溪、夏員外東洲、萬主事五溪，共諫南巡，一時有「四君子」之目。既司主客，爲群小所憎，重獲罪。可謂信道之篤，而九死不悔者也。詩非所長，亦小有韻致。

題桃源圖

偶攜鄉里入山川，一隔塵寰幾百年。世上祇言秦網密，桃源也有不租田。

戴欽 一首

欽字時亮，柳州人。正德甲戌進士，官刑部郎中。有《鹿原集》。

同諸公寺中對雪

入寺金沙淨，開林素雪飛。風含珠閣動，花傍藥闌輝。酒伴能相覓，春筵賞不違。仙郎有高唱，轉覺和人稀。

張治道四首

治道字孟獨，一字時濟，長安人。正德甲戌進士，授長垣知縣，遷刑部主事。有《太微前、後集》。

王子衡云：孟獨詩凌駕古今，長篇如天馬行空。

王元美云：張孟獨如罵陣兵，瞋目揎袖，果勢壯往。

李時遠云：孟獨七言優於五言，一時關中諸公，當出其下。

與薛君采夜話

入夜杯仍把，論交淚暗揮。醉憐山一作城。月上，愁對海雲飛。江漢三年阻，風塵萬事非。故鄉南北遠，猶恨不同歸。

聞雁

何事天南雁，春來又北飛。爲憂霜雪苦，轉見羽毛稀。江漢愁余阻，瀟湘笑汝違。雲霄蹤跡異，空有淚沾衣。

白鷺

沙頭白鷺鷥，飛向青山閣。日暮行人稀，還向沙頭落。

清明日

草沒尚書履，花迷御史驄。長安佳麗處，偏在曲江東。

明詩綜卷三十六

小長蘆　朱彝尊　録
暨陽　蔣國祚　緝評

舒芬一首

芬字國裳，進賢人。正德丁丑，賜進士第一，授翰林修撰；以諫南巡，受杖，謫福建鹽課司副提舉。嘉靖初，議大禮，再杖。歸，卒。有《梓溪集》。

《静志居詩話》：舒公首犯逆鱗，幾斃于杖。其撰《崇德李君墓志》中，書本末最詳，謹抄撮于左：「始車駕讓以三月十九日壬子，東巡祀岱宗，歷徐、揚，抵南京，下蘇州，復泝江浮漢，登太和山。人情洶洶懼變，將相大臣，多慫恿之。十五日，予率同館先上疏，兵部黄鞏伯固、陸震時亨疏亦上，爲太宰陸完所沮。是夕，夏良勝于中、萬潮汝信過予憤惋，邀太常陳九川至署名。

明日，吏部張衍慶元承、刑部陸俸天爵等疏亦入。又明日，禮部姜龍應賓、兵部孫鳳鳴和、行人余廷瓚伯獻等，俱連疏入。時又有太醫院醫士徐鏊以醫諫，車駕不果出矣。癸丑，上忽震怒，下黄鞏、陸震、夏良勝、萬潮、陳九川于錦衣衛獄。以舒芬、張衍慶、姜龍、孫鳳、陸俸等百有七人，跪午門外五日。而行人司疏不報，以通政司壅之也。乙卯，余廷瓚等俱下獄。丙辰，同黄鞏等六人，亦跪午門外五日，梏拲。是日，工部林大輅以乘等三人，大理寺周子厚等十人，亦連疏入。丙辰，俱下之獄，亦梏拲，跪五日。時復有金吾衛指揮張英，言車駕出必不利，肉袒戟刃於胸以死諫。天威遂不可霽。戊午，芬等一百有七人，午門受杖。四月己卯，杖鞏等六人，發徐鏊邊遠充軍，林大輅、周敘、余廷瓚俱受杖。時死杖下者，陸汝亨、劉宗夏、何孟循、林質夫、劉玨、余伯獻、孟子乾、劉平甫、李德卿、詹敬之、李崇德，十有一人。崇德諱紹賢，盱眙人，以行人齎孝貞純皇后遺詔至徐州，開讀時，群閹勢熏炙，率屬吏視州衛官，偃然席班首。君立詔左，從容令去其席，撝不得與職官同禮焉。」其文比之《實録》所紀尤詳。詩頗涉理學語，五言如「江花迎載酒，沙鳥避歸航」，「菊黄三逕冷，巖翠一松存」；七言如「水入柁楞流去響，風吹魚網過來腥」，「思家我亦愁千里，爲客誰能耐十年」，「紅粉滿樓初入趙，青山百里尚圍燕」，「芳草有情生夜雨，夭桃如夢繞春山」，「未如莊子舟藏壑，欲買謝公墩結廬」，「高樹閑雲輕護鶴，小橋新水淺通魚」，「芹香華屋來玄鳥，樹暗青山隱杜鵑」，「誰爲剪殘今夜韭，獨憐開盡故園花」，皆蔫然有致。

東流遇雨

歲晏東流縣，江雲黯寂寥。雨滋帆葉重，風急浪花飄。鴻雁飛何遠，蛟龍舞更驕。客懷何處遣，隔岸酒旗招。

崔桐 一首

桐字來鳳，海門人。正德丁丑，賜進士第三，累官南京禮部右侍郎。有《東洲集》。

玉虛山行

是處瑶宫敞，隨山羽客棲。雲根百里路，木杪萬重梯。人語鳴虚壑，雞聲報隔谿。桃源知不遠，欲往路仍迷。

夏言八首

言字公謹，貴溪人。正德丁丑進士，授行人，歷吏科都給事中，改翰林侍讀學士，累官少師，吏部尚書，兼華蓋殿大學士。後棄市。追謚文愍。有《桂洲集》。

顧玄言云：相君優於詞，自成別調，頗多豔藻。

穆敬甫云：夏公律法精嚴，間出逸趣。

李舒章云：文愍詩頗長應制，第有形模而少氣色。

《詩話》：貴溪游覽贈酬之作，不及分宜，而應制詩篇，投頌合雅，不若袁文榮之近於褻也。

保定公館晝坐

重門掩長晝，槐陰知午過。瓦雀上階行，青蟲抱絲墮。公暇亦憑几，好風時入座。終羨南村翁，悠哉北牕卧。

安鄉道中觀婦人插田

南村北村競栽禾，新婦小姑兼阿婆。青裙束腰白裹首，手擲新秧如擲梭。打鼓不停歌不息，似比男兒更膂力。自古男耕女專織，憐爾一身勤兩役。吁嗟乎，長安多少閨中人，十指不動金滿身。

無逸殿西壁詩應制

睿藻承遺訓，農歌啓聖衷。千秋所無逸，七月詠豳風。帝學詩書在，神謀制作同。光昭文祖業，原上有新宫。

秋日同李序菴顧未齋張亭溪飲鄭氏莊

雨後沙全濕，風前竹半斜。野橋通細水，秋圃映餘花。出郭悲塵鞅，臨池憶釣槎。清歌且終日，應不問年華。

夜泊吴江

月岸秋燈滅，風湖夕浪翻。橋連楓葉冷，城帶水雲昏。把燭延津吏，停舟次驛門。漁歌起何處？瀟灑數家村。

漢川道中

晚市浮烟斂，春洲曲水連。遙燈林表亂，圓月浪中偏。犬吠經村店，蛙鳴逼稻田。夜行三十里，野興得蕭然。

次薛西原

背郭茅齋僻，沿堤竹徑斜。杖藜逢野客，酌酒共山家。暖日熏芳草，寒流漾淺沙。江村二三月，歲歲足鶯花。

象麓草堂初成和杜

水碧沙明洲渚回，籬深竹靜草堂開。風吹山木蕭蕭下，日落江帆片片來。有客相過時載酒，主人無事日登臺。愁看直北關山迥，白草黃雲秋正哀。

王邦瑞一首

邦瑞字惟賢，宜陽人。正德丁丑進士，改庶吉士，累官兵部尚書。贈太子少保，謚襄毅。有集。

伏羌道中

曉發天水郡，西行見城堡。茅屋十餘家，周垣亦百堵。門前挂弓箭，牆上施樓櫓。居處雜牛羊，街衢塞糞土。危峰列戍臺，疾騎飛傳羽。一夕烽火至，居人自比伍。我從漢中來，悠悠思往古。此地戎馬區，從來多荼苦。漢有隗囂據，唐爲吐蕃部。宋人扼金遼，歲歲苦侵侮。干戈如鼎沸，生靈飼豺虎。皇天眷明德，聖作乾坤覩。窮塞入版圖，混一歸神武。向來蹂踐埸，禾黍皆膴膴。承平思預防，綢繆在牖戶。勿使邊防弛，寇入臨洮府。

蔡經五首

經字廷彝，候官人，後復姓張。正德丁丑進士，累官南京兵部尚書，總督浙直軍務，改左都御史；爲趙文華所劾，逮至京，論死。追謚襄愍。有《半洲集》。

《詩話》：襄愍死非其罪，郡志寃之，國史白之。虞山錢氏以爲東南之論殊不然，傳聞異辭，不可不覈。以余所聞，趙文華病篤，命禱其平生所陷六人，襄愍其一。則文華已心悔其誣。且與楊忠愍同日死於市，公論亦可定矣。其詩特清婉，無拔劍橫槊氣。

同漳源侍御遊華不注峰并泛大明湖

平生慕幽曠，雅懷避煩囂。林園苟成趣，亦足供逍遥。况兹出東郭，雲物如相招。群山秀嬝娜，一峰特岧嶢。開筵坐琳宇，浩歌凌紫霄。朋情藉軒豁，客思翻飄颻。眺言泛蓮沼，復爾移蘭橈。窈窕遵玄浦，逶迤渡七橋。菰蒲水清淺，石竹風蕭條。槐陰宿鳥下，藻動潛鱗跳。何緣對淑景，且幸聯高標。因探歷城勝，并采康衢謡。

中山早行

客夢長不成，雞聲起偏早。既無夜寐安，寧似晨興好。銀河澹欲沉，朱炎寂猶掃。揺旆指秦關，駕車歷周道。古塔振風鈴，高槐護芳草。對此忘驅馳，翻以舒懷抱。

己丑陪祀南郊

歲序南郊重，齋居北闕虔。金輿下霄漢，寶篆裊雲烟。肅穆千官静，歡呼萬姓傳。天風引仙樂，清切最堪憐。

鵝湖道中

鵝湖山下春可憐，野梅含雨柳生烟。遊絲細細駐林杪，浴鷺悠悠飛水田。物候催人如過客，朔雲回首忽經年。征衣尚拂紅塵路，悵望鄉關落照邊。

蘭河曉渡

月落金城鼓角殘，危關曉色拂雕鞍。黄河渺渺中原隔，紫塞迢迢邊地寒。西望旌旗連瀚海，東來風雪滿皋蘭。萍踪萬里休惆悵，虎節龍沙亦壯觀。

張岳三首

岳字維喬，惠安人。正德丁丑進士，除行人，疏諫南巡，受杖；調南國子學正，入爲武選員外，歷祠祭郎中，出爲廣西提學僉事，調江西，謫廣東鹽課提舉，遷知廉州府，轉浙江提學副使，歷參政，以僉都御史，撫治鄖陽，改江西，尋以右副都御史，總督兩廣軍務，召入爲刑部侍郎，掌都察院事，復出總督楚、蜀。卒，贈太子少保，謚襄惠。有《小山類稿》。

《詩話》：襄惠初釋褐，與林希元、陳琛談理學，時目爲「泉州三狂」。始以言禮忤永嘉，繼忤貴溪分宜，幸以功名終。文治武功，所至登績；詩其餘技。然如「宛宛西飛日，餘光照我裳」，「江空流月華，白石光凌亂」，「理深物有悟，興極感相因」，「幽篁迷舊蹊，回磴距飛轍」，「微風萬里陰，落日半江烟」，非熟精《文選》理者，不能作也。

留客亭

憑軒有所思，所思在遠岑。我有青絲瑟，欲奏無知音。萋萋芳草色，遲遲美人心。佳期不可敦，離憂故難任。冥迷風雨交，歎息河梁深。歸來卧山中，浪浪涕霑襟。願乘空谷駒，翩翩夕巖陰。桂枝聊攀折，芳馨日相尋。山阿華歲晏，莫受霜霰侵。

同翁夢山游三海巖

夙愛山水遊，兹山屢延賞。披雲入青冥，巖屋岈弘敞。玲瓏開北戶，峭壁排銀牓。初駭溜石懸，漸喜瓊芽長。幽泉時一滴，毛骨森蕭爽。壺觴屢獻酬，清言激靈響。天末多風波，陳迹成俯仰。徒聞海上洲，中宵勤夢想。聊兹永日留，真性非外獎。暝色望征途，何由釋塵鞅。

與夢山登欽州東城樓

登高易爲感，況兹萬里心。高城餘百雉，翠色前山深。詰屈水通海，蒼茫日載陰。美人隔宵旦，末由攬芳襟。舉手招青鳥，願託瑶華音。青鳥不我顧，瑶華日以沉。耿耿還自念，有酒且共斟。

許宗魯二十二首

宗魯字伯誠，一字東侯，咸寧人。正德丁丑進士，改庶吉士，授監察御史，歷湖廣按察僉事、副使，太僕少卿，大理少卿，以僉都御史，撫保定，以副都御史，撫遼東。有《少華》《陵下》《遼海》《歸田》等集。

王元美云：許伯誠如賈胡子作狎游，隨事揮散，無論中節。

蔣仲舒云：中丞五七言位置匀穩，首尾妥潔，氣格粗備，可當作手。使更推思入玄，取材進古，得不渢渢其言哉！

黄清甫云：許詩字句嚴飭，篇章方整，得古人之格。《白溝》之作，弔古慨今，辭意俱盡。志士讀之，求見深衷，定當擊節，可謂無慚前作。其近體雖多直語，亦有爽氣。曩秉鉞兩方，戎事倥偬，不廢文翰，彌見其高。

錢受之云：東俣才氣宏放。家本秦人，承康、王之流風，罷官家居，日召故人，置酒賦詩，時時作金、元詞曲。關中何棟、西蜀楊石，浸淫成俗。熙朝樂事，至今士大夫猶豔稱之。

《詩話》：少華諸體皆工，寓和婉於悲壯之中。譬之秦箏，獨無西氣，足與邊廷實、王子衡并驅。

渡白溝

昔運邅屯厄，恒紀變參商。南風日不競，朔吹亦遠揚。英雄各乘御，龍戰血玄黄。矯矯平將軍，獨立當中央。張弧射九日，撫劍盼四方。事去迹故隳，志伸願已償。朅來歲月久，道里未能忘。仲生固有爲，忽死亦其常。停驂覽故壘，雪涕履戰場。清川帶瀠紆，白骨浩縱横。惋歎不能發，總轡歌此章。

贈楊伯雨

昔與君爲別，乃在黄金臺。高歌易水曲，落日悲風來。今與君相逢，乃在廣陵郡。朔雪滿江湖，冉冉歲華盡。與君昔紅顔，雙鬢忽已素。日月如逝川，東流焉得住。酌酒勸君飲，援琴爲君歌。起望長江雲，澹澹垂緑波。丈夫有心期，結交共終始。南山青桂枝，豈爲歲寒死。

己酉元日作

檢曆年華改，看雲歲色新。地天開泰日，星斗建寅春。去國身何遠，趨朝夢轉頻。江湖與廊廟，憂樂竟誰人。

三月三日

上巳今朝是，風光異往時。海雲成雪易，塞柳得春遲。目極關山道，情懸曲水詩。誰能修禊遠，一浣望鄉思。

遼左雪中登樓

歲杪崇朝雪，天涯絶塞城。凍雲連海色，枯木助風聲。懷土情無已，登樓賦未成。梅花南國思，笛裏暮愁生。

東岳

秩祀嚴東土，明禋冠五宗。金函神鬼籙，玉簡帝王封。海湧中宵日，巖留上古松。何時凌巘㠓，飛舉跨蒼龍。

登岳陽樓

澤水含秋盛，樓光向晚孤。倚闌聞白雁，把酒對蒼梧。楚客悲今昔，湘靈怨有無。興來留賞地，落日下平湖。

零陵西亭同朱大參袞楊僉憲材賦

入洞探幽賾，登臺散遠心。雷聲帶雨重，虹影射江深。地接三苗國，天垂八桂林。來游陪二妙，詞賦總南金。

自清溪泛舟出江與柯元卿話別

清溪澹無色，客子放歸舟。浦暗黄花雨，江行白露秋。故人惜遠别，尊酒話中流。漸近銅陵縣，青山動我愁。

送馮子言還吴

夢寐東吴好，相違幾歲華。憐君理歸櫂，秋色滿天涯。醉詠江樓月，晴看海寺霞。春來如憶我，須寄早梅花。

自毘陵如姑蘇

仙舟摇極浦，驛路指吴門。海氣春冬雜，風潮日月昏。雁回書不到，家遠夢空繁。總是江南好，何如歸故園。

晚渡黄河

落日西山暗，洪河夏漲餘。昏黄沉鞏洛，浩渺極梁徐。鼓聽臨流驛，燈看遠岸漁。頻年在行役，倚櫂一長吁。

西苑

畫閣横青漢，彫臺俯碧流。苑雲低度雨，宫樹早生秋。水抱芙蓉殿，山連翡翠樓。何須浮海外，即此見瀛洲。

徐氏南莊秋集

九月重逢閏，一年秋未殘。城南時載酒，樓上復憑闌。黄菊霜前放，青山雨外看。病軀猶自可，不畏倚高寒。

立秋日曲江别業作

垂柳晝陰陰，村居門巷深。秋光來此日，時序感吾心。水鳥浮沉浴，風蟬斷續吟。江皋餘暑在，竹下且披襟。

邊事

先皇神武并周宣，北伐親兵駐萬全。飲馬幾思臨瀚海，銘功何止勒燕然。龍沙夜靜妖星落，虎帳秋高漢月懸。分閫登壇諸將老，至尊宵旰獨憂邊。

石首昭烈廟

永安宮裏龍髯斷，石首山頭寢廟孤。三峽風烟沉王氣，千年營壘識雄圖。時移玉殿丹青古，雪暗滄江雁鶩呼。嘘燼可憐延漢祚，遺靈猶見禱荆巫。

醫閭春望同李戶部

醫閭登眺倚雄邊，遼左封疆指顧全。山勢北來連靺鞈，海雲東盡辨朝鮮。巖花競暖霏香雪，塞草留春藹翠烟。公暇暫同淹永日，喜無烽火報甘泉。

登齊山樓

近郭危樓俯碧湍，倦游孤客倚層闌。淮淝山色尊前出，吳楚江流畫裏看。旅思逢秋增短髩，鄉心隨雁過長安。黄花白酒登高日，玉笛金笳起暮寒。

班婕妤

妾命由來薄，君恩豈異同。自憐團扇冷，不敢怨秋風。

春興

野霽花爭發，川長柳漸齊。春光更何許，多在杜陵西。

城南游覽

楊柳今無渚，芙蓉舊有園。請看蒿里地，即是樂游原。

戴鱀四首

鱀字時重，鄞人。正德丁丑進士，除刑部主事，歷官右副都御史，巡撫四川。有《東石遺稿》。李杲堂云：中丞擅經世才，負氣高亢。居官四十餘年，關節不至其門，權貴俱心憚之。竟坐此，三起三黜，不得盡其用，論者惜焉。其詩老健蒼凉，是一作手。

感興三首

高梧有良質，斲爲雙綺琴。疏絃映金徽，泠泠發佳音。一彈薰風至，更彈江月沉。大雅久以寂，志士寄幽吟。坐令衆喧息，洞見太古心。

蘭蕙種不長，荆棘日以滋。青青野中蔓，引身百尺枝。春風一吹拂，垂垂得其宜。夭桃開上苑，苦李道旁遺。賦命固如此，物情胡不怡。托根各有所，聊用以自持。

離離庭樹花，風日正妍好。翻翻辭枝葉，忽已及秋杪。君子心百年，小人計昏曉。請君平生志，慎勿事溫飽。

宣風公館作家書後用壁間陽明先生韻

雲外微紅見燒痕，道邊寒水入溪渾。此時日落楚山館，後夜月明何處村。已近閉關猶道路，偶逢傳札念晨昏。獨燒官燭看妻子，卧聽郵更驚夢魂。

胡侍四首

侍字承之，咸寧人。正德丁丑進士，除刑部主事，進員外，陞鴻臚寺少卿；坐議大禮，謫潞州同知，尋下詔獄；論爲民，尋命復職。有《濛谿集》。

王元美云：胡承之如病措大習白猨公術，操舞如度，擊刺未堪。

《詩話》：承之詩原北地，而五言頗近信陽，弇洲稱之云：「雖於風雅未縣合，往往時材骨格殊。」亦不失實。

宴王御史惟人山亭

別館秋城側，高亭夕霧中。疏簾通野色，曲磴裊天風。醉舞招松鶴，悲吟和草蟲。平生習池興，遮莫笑山翁。

九日同陳魯南文徵仲劉希隱薛君采登海印寺鏡光閣

湖景澄珠閣，雲虹度石梁。行攀雙樹杪，坐對九華觴。水抱香城入，山横紫禁長。憑高不厭晚，待月詠胡牀。

送劉德徵守夔府

國有蠶叢古，城聞白帝雄。龍蛇夏禹廟，雲雨楚王宮。羽檄通南徼，樓船進北風。還令蜀父老，喜得漢文翁。

涼州詞

落日黄河水倒流，沙場旌旆風悠悠。新降胡兒不解語，笛中吹出古涼州。

陳文沛 一首

文沛字維德，長樂人。正德丁丑進士，除工部主事，歷郎中，出知撫州府，調蘇州，遷霸州兵備副使，以陝西行太僕寺卿罷歸。有《世槐堂稿》。

懷遠堡和韻

峭壁樓危石，徒杠漫遠沙。河流隨溜曲，樹影逐風斜。客枕移更鼓，鄉愁起暮笳。官齋何寂寞，鄰舍兩三家。

吴仲 一首

仲字亞甫，武進人。正德丁丑進士，歷官南京太僕寺少卿。有《鴻爪集》。

送吳舍人使中州

茅土分封重，天書十道開。浮槎乘月渡，飛舄倚天回。南國王孫草，西園驛使梅。荆溪何處是，遥在白雲隈。

汪佃 二首

佃字友之，弋陽人。正德丁丑進士，改庶吉士。有《東麓集》。

苑口别意圖爲弋陽李生題

秋來苑口漲初生，羡爾歸帆一片輕。折柳離亭休弄笛，客邊禁得斷腸聲。

雨行

落花飛絮踏成泥，煙雨連纖日向西。行客正愁行不得，鷓鴣偏傍馬前啼。

林希元一首

希元字思獻，晉江人。正德丁丑進士，官至大理寺丞。有《次厓集》。

丁酉除夕有感

牢落天涯兩歲除，夢中曾幾賦歸與。聖朝未有寬恩詔，邊郡猶勞判事書。忙裏不知殘臘去，客邊惟覺二毛疏。椒盤此夜誰觴酒，忽憶家鄉萬里餘。

李士允一首

士允字子中，祥符人。正德丁丑進士，歷官陝西參政，兼苑馬寺卿。有《山藏集》。

晚過劉中丞園

暝色延春徑，烟光啓夜關。緑深裴相野，香滿白公山。銀燭回花底，金壺侍竹間。不妨山簡馬，乘醉月中還。

王漸逵 一首

漸逵字用儀，番禺人。正德丁丑進士，授刑部主事，建言不報，乞歸。隆慶初，追贈光禄少卿。有《青蘿集》。

洪舜臣云：青蘿詩文，如騏驥在御，雖鳴鑾節奏，而若滅若没之氣，終不可掩。《詩話》：青蘿詩無定格，遺興即題。《鐵橋》一絶，直追踪唐許碏《閬苑花前》之作。

鐵橋

狂客山中不費招，瑶池春宴夜聞簫。醉餘不記歸時路，曾跨青羊過鐵橋。

曹嘉 一首

嘉字仲禮，扶溝人。正德丁丑進士，改庶吉士，授御史；以言事出，補大名府推官，尋復官御史；又以言事下獄，謫禹城知縣，降茂州判官；仍復原職，升山西提學副使，終江西右布政使。

有《漫山集》。

王元美云：曹仲禮如公孫大孃弟子舞劍，頗見淋漓。見其師者，不覺愴然。

《詩話》：王元美撰《卮言》謂：「獻吉晚爲其甥曹嘉所厄良苦。」而鄉黨之論不然，朱秉器《游宦餘談》述汴人語，謂：「仲禮終身父事獻吉勿衰。梓行舅氏集，選吳下以善書名者繕寫。獻吉兄孟和有姊，即仲禮母，素與獻吉有隙，恒不相見。一日兄姊欲過獻吉，獻吉喜劇，盛供饌以竢。比入門，獻吉出迓，方揖，孟和即踣獻吉于階，兄姊交毆之。時仲禮在都，聞之，惶懼不寧者旬日，專人以書慰獻吉。」是厄其舅者，非仲禮矣。仲禮好賓客，所與游最密者，詩則謝茂秦，書則徐子仁，奕則閻子明。嘗語茂秦云：「吾舅氏稱詩家練字不如練句，練句不如練意，練意不如練格。」蓋墨守舅說若是。以此知《卮言》亦有不足深信者。

次韻答空同舅氏

兩度微官謫，孤身絶塞行。漢廷收墮淚，蜀道軫離情。玉壘蠶叢國，龍標劍閣城。乾坤形勝地，何處挂冠纓。

王廷陳 三十五首

廷陳字稚欽，黄岡人。正德丁丑進士，改庶吉士，授吏科給事中；諫南巡，杖謫裕州知州，尋下獄；免歸。有《夢澤集》。

皇甫子循云：稚欽樂府古詩，齊軌潘、陸，下擬陰、何；五律並肩沈、杜。

俞汝成云：夢澤詩清切不凡，榮潤可愛。

王元美云：王稚欽如良馬走坂，美女舞竿，五言尤自長城。

穆敬甫云：稚欽如阮嗣宗日坐步兵廚，醉態百出，而自無寒酸語。

顧玄言云：王給事調高趣新，頗多奇句。如深谷綿蠻，泠然幽響，殆與高、岑方軌。

蔣春甫云：稚欽五言漸近自然，頗多佳境。

陳卧子云：稚欽爽俊，故意警而調圓。

李舒章云：稚欽操筆，不煩軒然鵠舉。

宋轅文云：稚欽才情麗逸，儻加以沉思，當不減徐昌穀。

《詩話》：稚欽逸藻波騰，雕文霞蔚，音高秋竹，色豔春蘭。樂府古詩，既多精詣，五言近體，亦是長城。固已邈後凌前，足稱才子。

擬矯志篇

蛟龍雖困，不資凡魚。一作「鮔鰍」。鸑鷟雖孤，不匹鴽雛。雖有香草，當戶必除。雖有仁人，在敵必誅。狐白雖美，炎暑必置。舟車之用，易地則棄。蕙蘭不采，無異蓬蒿。干將不試，世比鉛刀。以驥捕鼠，曾不如貍。餓夫獲璧，不如得糜。郭生純臣，魯連高士。彼乃登臺，此則蹈海。寧直見伐，無爲曲全。寧渴而死，不飲盜泉。

放歌行

竊鉤者誅，竊國者王。仁義資亂，道豈不臧。一解。代秦者呂，襲楚者黃。巍巍國君，大道在傍。二解。謂尺何短，謂寸則長。此不可度，彼何可量。三解。獸殪罟裂，鳥盡弓藏。智勇既殫，軀乃見殃。四解。讒巧爲忠，直夫稱狂。出門異趨，毀譽曷常。五解。樂不可極，憂來無方。游心沖虛，以保壽康。六解。

妾薄命

春風轉蕙披蘭，高臺曲榭中連。經堂入奥張筵，秦箏趙瑟俱前。鳴絃度曲雙妍，輕舉紈袖僊僊。宛若游龍翔鸞，翠盤金爵闌干。呈能角技爲歡，種種厭射更端。眼看陽景西馳，高張蘭燭承暉。車倦馬怠不辭，但歌不醉無歸。夜深坐促尊移，含悰寫意向誰。衆中色授君知，願言并蔕雙棲。惡聞易别輕離。佇立不勝徬徨，獨宿寤言難忘。何以報君明璫，起視銀河爛光。牛女咫尺相望，終夜不成報章。

陳卧子云：調本子建，聲情極合。

行路難

北風蕭蕭雨雪滂，辭我親友之朔方。中閨少婦走徬徨，勸君斗酒牽衣裳。道路縱横多虎狼，歲暮天寒百草黄。結髮本期不下堂，君獨何爲慕他鄉。東流之水不西歸，宛轉蛾眉能幾時。人生富貴亦有命，辛苦馳奔空爾爲。

子夜春歌

初華錦繡舒，千林望如一。懷春廢機杼，縑素難成匹。

子夜秋歌

貪看秋月光，夜久不成寢。四顧寂無人，玉階有雙影。

對酒歌二首

惠施已不作，莊生寡所宜。伯牙失鍾期，抱琴誰爲彈。知人誠不易，知己良獨難。周公輔王室，管蔡乃流言。骨肉且不諒，他人固宜然。

人性稟靜躁，物則準方圓。錐刀各有能，情好各自妍。陰霽難并祈，恩怨豈兩全。於此雖不容，於彼獲所安。人無億萬身，何能徧周旋。兼濟聖不贍，榮枯有自然。富而如可求，尼父願執鞭。

詠懷四首

兩儀立樞要，萬事具紀綱。智士運機權，一童驅百羊。羽重金或輕，尺短寸有長。壯夫苟失據，反爲豎子傷。獨繭引六鼇，纖繳連雙鶬。操持貴不謬，得失詎有常。始悟制人術，豈在多與強。

擊鼓以求亡，疾馳以逃影。驅介以乘高，驂蹇以求騁。揮刃喪其柄，振衣失其領。趨舍昧良圖，存亡在俄頃。

姬旦制冠裳，萬古承其賁。偶以衣狙猱，奔騰裂且棄。承雲本妙音，鱗羽爭辟易。魯門鐘鼓聲，轉使爰居悸。物類何繽紛，人己非一致。韙哉尼父言，盍各言爾志。

昔聞有游女，逍遥翔碧潯。交甫下請佩，解贈情亦深。可遇不可持，變化愁予心。影滅佩亦失，漢廣無由尋。眄睇絶髣髴，徘徊逮夕陰。青鳥忽來過，貽我金石音。憂思耿難忘，寫意於鳴琴。自傷非儔類，感激長悲吟。

雜興

偏才互短長，名家殊去取。連城償燕石，千金享敝帚。不識東家聖，翻謂西施醜。定價豈目前，知已俟身後。

閨情

種木期息陰，結交期得心。與君初婚時，安坐調瑟琴。繫我大秦珠，貽我玳瑁簪。攜手同車遊，徘徊步春林。俯拾并蔕花，仰聽和鳴禽。折芳交贈持，言誓一何深。寧期被讒妒，棄我忽如沉。曠歲不一接，塵埃生錦衾。明月入空帷，中夜坐悲吟。發篋理故物，淚下誰能禁。

別張子言

我友駕言邁，去去之朔方。晨起促中厨，爲我具酒漿。長别在須臾，且願盡杯觴。昔爲骨肉親，比翼雲中翔。今當永乖違，邈若參與商。出門異鄉縣，居世如朝霜。世途轉傾側，良會安可常。羸馬感人情，哀鳴衢路傍。悲風振喬林，颯颯摧中腸。執手不能辭，淚下霑衣裳。恨無淩風翰，送子還故鄉。

別曹仲禮四首

與君一爲别，晷度逝不停。奄忽二十載，親串日以零。短者已物化，存者非壯齡。况復異鄉縣，散處如晨星。但言長相思，豈意今合并。顔鬢各已改，不易惟兹情。孤鴻號朔風，黄鳥聲嚶嚶。飛鳥戀儔匹，况乃稱友生。

别子大河側，見子長江濱。對面但疑歎，含意慘莫陳。豈無新知歡，念此同袍人。攀留不須臾，羲陽忽以淪。奮身思繫日，天路邈無因。安能附高翮，一舉摩青旻。飽者豈念饑，貴者羞賤貧。薄終古所尤，交誼貴在伸。故心苟不移，何必會合頻。慷慨即長路，無爲兒女仁。

中夜起相送，白露塗我襟。低頭惜分手，舉頭傷辰參。斗酒良不薄，對之不能斟。唧唧草間蟲，助我揚悲吟。爲君拭緑綺，彈作清商音。物理關人情，淚下不可禁。谷風刺小怨，孔公贊同心。延陵輕寶劍，高義垂至今。親交信不薄，先民良可欽。

泠泠山下澗，童童山上松。粼粼澗中石，瑟瑟松上風。波逝石不俱，飈奔松莫從。物理相倚藉，動息難可同。與君游宛雒，矯若雙飛龍。中道悵相失，末路欣此逢。既逢不須臾，去復當嚴冬。霜霰集衡軛，虎豹啼林叢。子其慎桑榆，勞謙以令終。

駕幸南海子

南郊初禮帝，上苑復誇胡。虎兕先聲伏，車徒翼輦趨。網羅張一面，部曲用三驅。侍從群臣在，應知諫獵無。

江上言懷二首

野闊風雲入，天回楚蜀通。渚禽多白鷺，巖樹半青楓。哀怨湘君曲，平成夏后功。晚來懷古意，極目送冥鴻。

平野蒼烟合，高城白鳥過。澤蘭懷楚客，石竹隱湘娥。谷響歸樵唱，江鳴發櫂歌。夕陽葭菼外，將奈暮愁何。

楚眺

眺回臨高閣，三湘萬里餘。草邊雲夢獵，花下武陵漁。白日山川氣，清秋水竹居。仙蹤同霸業，消歇總愁予。

李沔陽自大梁經裕州因贈

雪夜梁王宴，霜秋宋玉愁。回瞻嵩嶽峙，去逐楚江流。少室三花樹，滄浪一葉舟。南行正摇落，知爾憶林丘。

張子魚過訪

故人天上至，清宴夜深開。澤畔微芳度，江皋暝色回。楓林停翠幰，月岸擁金罍。正苦歡娱逼，無令候吏催。

生日有感簡同館漢東少泉二子

五十年來是，行藏往日非。因之念親舊，存者亦幾希。弧矢心猶壯，文章力已微。操觚從二子，衰薄謝餘暉。

宴魏子園亭

池館名江國，賓朋實楚材。屏間烟霧濕，鏡裏芰荷開。鶴以吹笙下，魚因鼓瑟來。邀一作盡。歡須秉燭，歌妓莫頻催。

病中得顔子書并見示諸作

卧病當寒景，空齋正爾思。五禽終日戲，雙鯉遠方貽。久著《潛夫論》，初傳「幼婦碑」。君才猶不用，如我復何悲。

春日山居二首

野曠林爭出，花深徑屢回。春風芳草外，亂水白雲隈。燕接飛蟲去，鶯沾落絮來。小堂宜竹護，一一荷鉏栽。

草動三江色，林占萬壑情。籬邊春水至，簷際暖雲生。溪犬迎船吠，鄰雞上樹鳴。鹿門何必去，此地可躬耕。

山莊雜興二首

老夫諳稼穡，次第葺園廬。對酒惟田父，呼門絶里胥。桑麻經雨後，花竹宛秦餘。如此生涯足，何勞薦子虚。

事去心逾壯，年來迹轉孤。濯纓臨漢沔，安枕荷黄虞。春澗偏魚鳥，秋牕近竹梧。出逢鄰叟飲，醉倩野童扶。

聞箏

花月可憐春，房櫳映玉人。思繁纖指亂，愁劇翠蛾顰。授色歌頻變，留賓態轉新。曲終仍自敘，家世本西秦。

病後答友人

一畝居連郢客鄉，三年愁隔漢川長。青山各有幽棲志，白雪遥傳寡和章。自傍雲霞開藥圃，不將塵土灑荷裳。洞庭雪後烟波闊，花底乘舟到草堂。

燕京元夕曲

香車一一渡星橋，翠袖雙雙引玉簫。但訝遊人爭辟易，不知夫壻漢嫖姚。

江暉 四首

暉字景孚，仁和人。正德丁丑進士，改庶吉士；諫南巡，杖闕下；出爲廣德州知州，召授編修，進修撰，升河南按察僉事。有《亶爰子集》。

陳卧子云：景孚好怪，合者亦六朝之遺。

《詩話》：景孚穿文鑿句，辭必自鑄。其文有《令絉》《閟始》《理訓》《闡詁》《範詛》《巳邛》《臯揆》《原命》《稽彝》九篇，誦之若神經怪牒，蓋倣魁紀公而作。王稚欽贈以詩云：「江生突兀揚文風，千奇萬怪難與窮。博物豈惟精《爾雅》，識字何止過揚雄。古心已出丘索上，邃旨或與神明通。求深索隱不肯置，一言忌使流俗同。令弟大篆逼鐘鼎，絶藝恥作斯邕等。生也爲文遺弟書，一出皆稱二難并。縱有楚史不可讀，滿堂觀者徒張目。少年往往致譏評，生也不言但捫腹。」讀未終篇，覺殷仲堪之眸子、裴叔則之頰毛，傳寫畢露矣。景孚詩，稍文從字順，然豈可與稚欽并稱邪？

别劉子謙

天運無停機，變化一何速。四時更迭謝，寒暑互往復。雷霆促晝陰，霜霰棲寒谷。萬卉隨隙光，安能久蕃育。傷彼蕙蘭花，凋零并蕭蔌。芳蕕竟同岑，賦命焉可卜。

前上陵德勝門

先皇巡狩日，此地即行宫。拜舞千官肅，飛揚八駿雄。雕弓開塞霧，鼉鼓振山風。今日繁華歇，重過恨不窮。

謁康陵

五柞淹珠葆，千杉閟玉襦。靈山鍾自肅，虚殿珮仍趨。雪暗蛟龍蟄，雲寒燕雀呼。塵沙迷列岫，何處訊蒼梧。

感聞

南極雲山阻，中天貝錦盈。如何去與住，俱似穽中行。迂拙甘衰病，飄零寄友生。秋風蓬戶底，蕭瑟旅魂驚。

馬汝驥三首

汝驥字仲房，綏德州人。正德丁丑進士，改庶吉士；諫南巡，罰跪闕下五日，受杖，出知澤州；召還，爲編修，歷修撰，國子司業，南京右通政，南京國子祭酒，升禮部右侍郎，兼侍讀學士。卒，贈尚書，謚文簡。有《西玄集》。

王元美云：馬仲房如程衛尉屯西營，斥堠精嚴，甲仗雄整，而士乏樂用之氣。

顧玄言云：侍郎優於律，取法初唐，尤多華整，但少情性耳。

黄清甫云：仲房詩整練，似法顏、謝，隊仗森然，且關中之産，氣自不薄。雖求之聲律，未造其深，亦不失高流也。

蔣仲舒云：仲房詩有沉理而無玄趣。

《詩話》：仲房派沿北地。由其體鈍，存滓窳而舍神明。雖與稚欽齊稱，去而千里。

酬明卿見遲之作

違時寡朋侶，在世有羈縛。雖抱投沙懷，中欽臨海作。美人惠前顧，軒車戒雙駱。探幽肆廣筵，握炙行高爵。宴晤稽故懽，告别附新諾。沁渚既緜芊，樓峰復聯絡。捫蘿情易暢，攀桂興欲躍。嚴程豈迂遠，郵館祗淹泊。復往瑶華篇，報桃恥凉薄。吁嗟山水音，非子諒誰託。寄言儲醇酹，俟我乎偕樂。

藏舟浦

鳳殿臨瑶水，龍舟鏁白雲。樓臺疑上漢，簫鼓憶横汾。地豈昆明鑿，波猶太液分。昔年浮萬里，蘭桂詠繽紛。

芭蕉園

路轉山樓直，園開水殿低。碧荷春檻出，紅藥晚階齊。釣石蛟龍隱，歌臺鳥雀啼。翠華當日幸，一道緑天迷。

劉士奇 一首

士奇字邦正，廣州順德一云龍門。人。正德丁丑進士，除刑部主事；諫大禮，杖闕下；遷郎中，出知梧州府，歷山東右布政使。

秋夜旅懷

爲客方如晉，還家復入秦。音書徒屬望，燈火自相親。草色連朝改，砧聲向晚頻。那堪千里外，猶有未歸人。

王謳 二首

謳字舜夫，白水人。正德丁丑進士，除工部主事，遷刑部員外，出爲按察僉事。有《彭衙集》。

王子衡云：舜夫如敗鐵網取珊瑚，用力堅深，得寶自少。

康德涵云：舜夫才情之妙，近日罕覯，典麗咸備，機軸不凡，蓋作者之雋也。

蔣仲舒云：舜夫頗饒氣格，兼多沉思。惜其純駁相半，如披沙揀金，治璞取玉，殊勞匠手。

錢受之云：舜夫有高才而無貴位，故多煩促噍殺之音。五言隱秀，時可尋味。七言專力學杜。古體多率易而乖音節，今體每纏緜而乏神理。然視關中同時許伯誠、馬仲房之倫，則已超乘而上矣。

《詩話》：舜夫詩多至千六百篇，譬田甫田，種豆成萁，若苗有莠，當屬關中下農。《夜行》一篇，其汙萊之嘉穀乎？

夜行

夜行如在旦，殘月清林光。雲氣集深澗，露華生早凉。白沙鬱浩浩，翠壁凝蒼蒼。寂歷松柏徑，經過花草香。雞聲互村落，曙色動柴桑。即事况多感，離心含永傷。

送姚方伯

野日流沙白，山城落木黄。秋來長送别，何處折垂楊。

汪應軫 一首

應軫字子宿，紹興山陰人。正德丁丑進士，改庶吉士；諫南巡，廷杖，出知泗州。嘉靖初，召復館職，授給事中，出爲江西按察僉事。有《青湖文集》。

葉仁甫云：先生以沉鬱澹雅之思，出以温厚和平之詞。譬之太羹，味之正也。

《詩話》：青湖知泗州，康陵南巡，中使傳旨，俾進美人善歌吹者。奏言：「泗州僻左，婦女不諳歌吹，惟民間醜婦能蠶，儻納之宫中，受蠶事，庶於治化有裨。」遂寢。事雖迂而實可傳也。

及卒，鄉人私謚曰「清憲先生。」蓋司諫爲直臣，牧民爲廉吏，講學爲醇儒，皆第一流也。其論學詩云：「語道豈捐陸，扶世當從朱。黯然思聖功，二家皆真儒。」審擇於鵝、鹿之間，非偏黨陽明可知。

登浮峰寺

攝衣入空山，白雲留我住。我欲卧白雲，白雲又飛去。

王鳳靈三首

鳳靈字應時，莆田人。正德丁丑進士，歷官參政。有《筆峰存稿》。

次梁學泉吏部徐州舟中夜酌之作

石仄江逾勁，峰回日易斜。歸鴻迷極浦，飛鷺落平沙。越客同杯酒，春光正柳花。相看仍意氣，行路莫深嗟。

送林遷于得告還山

祖席初分酒半酡，相看無奈故人何。生憎柳色臨岐路，況聽春聲入櫂歌。舊國雲山何處是，他年風雨憶君多。祇緣簪組能相絆，未得相從訪薜蘿。

次韻贈送鄧文溪刺維摩

青瑣黄門記昔遊，諫書常出殿西頭。須知九死當年事，豈分孤身萬里投。瘴雨蠻烟仍壯節，海雲江月重離憂。最憐號泣攀轅意，誰爲中原赤子謀。

吴鼎 一首

鼎字維新，錢塘人。正德丁丑進士，歷官廣西布政司參議。有《泉亭集》

讀史有感

漢武雄才世莫倫，輪臺一詔見天真。滿朝都入平津閣，猶有淮陽卧病人。

陳良謨 一首

良謨字中夫，安吉人。正德丁丑進士，除工部主事，歷官貴州參政。有《天目山房稿》。《詩話》：中夫生十月而孤，母都夫人躬教之學。既第，奉母入京邸。水涸，卧小舟中，夜呻吟。母責之曰：「貧生出入徒步，若初入官，便思安逸，縱此一念，吾立見汝敗矣。」中夫泣伏罪。歷任以清介聞。歸田後，入「峴山社」，年已九十，賦詩云：「夙駕侵寒露，歸帆拂暮星。」興復不淺。

三窮辭爲周侍御作

菰塘霜冷高烟平，孤雁失偶中夜鳴。深閨嫠婦心獨驚，蘭膏無燄爆有聲。盈盈淚落如斷縻，妾心有苦誰則知。上有舅姑下有子，與爾同生不同死。

陸金 一首

金字德如，吳江人。正德丁丑進士，授工部主事，歷官江西按察副使。

宿京口驛

風帆如馬過維揚，滿目烟花路渺茫。江上潮痕收暮雨，渡頭人影立斜陽。十年季子裘應敝，三月王孫草正芳。今夜月明京口驛，計程應喜近家鄉。

許相卿四首

相卿字伯台，海寧人。正德丁丑進士，官兵科給事中，補禮科，致仕。有《雲村集》。

董實甫云：先生詩悲壯沉著，格調高遠。

《詩話》：雲村澹於宦情，居紫雲山四十年，風花雪瀑，游屐遍於巖椒，而不一入城市。其卒也，聞人嘉言輓以詩云：「平生城市無雙屐，何物榮衰到兩眉。」蓋實録也。詩取適意，集出其手刪，《自序》謂：「棄其脱遺不可讀者，存其餘可讀者。」自題絶句云：「雲村病老語多哤，造次詩成雜宋腔。還溯開元論風格，拾遺壇上樹旌幢。」由今誦之，諸體亦自清潤，不全雜以宋腔也。若「老如舊曆渾無用，病戀殘燈亦暫明」，此則宋腔之佳者。

古意

新月生西嶺，明河低遠林。坐見大火中，秋序忽見侵。感歎老將至，徘徊勞我心。勞心復誰語，聊撫東廂琴。調高曲未竟，寡和難爲音。矯首文江子，何時宣此襟。

諸弟夜集

獻歲閟霖潦，今夕欣澄和。況我遠行歸，兄弟會匪他。晏晏言笑洽，楚楚壺尊羅。東風舉衣袖，明月在庭柯。一觴再三詠，舞影時婆娑。荏苒百年内，白日如投梭。載懷秉燭游，不樂如夜何。

晚晴

苦雨連旬日，初晴一振衣。殘雲依海嶠，新水到柴扉。僻性嫌山淺，塵緣與世違。斜陽疏樹裏，清影石邊歸。

霽色

霽色林廬晚，愁吟野水灣。斷雲虹外雨，殘日鳥邊山。海宇堪流涕，朝班祗強顔。獨嗟身世拙，早見髩毛斑。

楊士雲五首

士雲字從龍，雲南太和人。正德丁丑進士，改庶吉士，授工科給事中，歷戶科左給事中。有《弘山集》。

《詩話》：給事未老抽簪，自號「九龍真逸」。坐卧小樓，訂《尚書》蔡傳之得失，撰《黑水集證》，自春秋以來，迄於元季，歷代人物，各詠以詩。又取天文、曆象、律呂，及《皇極經世書》、地志，皆分題成詠。可謂好學也已。其詩原出白沙、定山，近取裁於楊用修。同時吴懋以給事及王廷表、胡庭禄、張含、李元陽、唐錡爲「楊門六學士」。六人，皆滇産也。

四望謡

望蓬萊，駕蒼龍。棗如瓜，獻木公。
望崑崙，驂白虎。觴九霞，進王母。

讀尚書

二十八篇今，自漢伏生授。二十五篇古，至晉梅賾奏。二十八宿外，二十五宿又。仲尼不可作，誰復百篇舊。

八月十五夜月

今夜中秋月，當圓尚未圓。人皆瞻白兔，我欲問青天。把酒須來夕，高歌似去年。盈虛誰握算，擬測子雲玄。

春事罷關作

春事今過二月中，登山載酒喜相同。三點兩點社公雨，十番五番花信風。子規啼血欲半夜，蝴蝶掠香時一叢。醉餘白石高歌調，日落水流西復東。

曹弘 二首

弘字毅之，江陰人。正德丁丑進士，除知南豐縣，入爲監察御史，西川清軍，以病還里。有《方湖集》。

御史馬子﨑朱必東季明德陳良會主事林汝恒俱以言事忤旨罷職謫官於其行詩以送之

海樹連雲暗，燕花帶雨飛。啼鶯三月暮，逐客五人歸。聖代昭臣直，危言犯主威。賜環應有日，留却舊朝衣。

下夷陵

溪花丰茸溪雨凉，雲水不分前路長。山鳥一聲山竹裂，思君半夜發瀟湘。

朱豹 三首

豹字子文，上海人。正德丁丑進士，知奉化、餘姚二縣，擢監察御史，出知福州府。有《朱福州集》。

送顧經歷之福建

京華倦羇旅，憂思喜南天。烟柳山頭驛，春溪樹杪船。官清蓮幕静，地暖荔支鮮。況值干戈少，詩篇紀歲年。

秋日遣懷

雲物蕭條僧舍荒，砌封蒼蘚半回廊。坐來草樹俱摇落，望入關山更渺茫。憂國淚邊秋色老，思家夢裏雨聲長。臨風却羡天涯雁，去啄江南晚稻香。

寄程以道

隴梅隄柳又春風，客子光陰似轉蓬。此日天涯千里隔，昔年花底一尊同。西川蹤迹孤雲外，南浦離愁細雨中。早晚瞿塘新水發，雙魚煩爾下巴東。

袁淮 一首

淮字伯昭，任丘人。正德丁丑進士，歷官知府。有《汾淮泗》《西征》諸集。

秋夜宿堠馬驛寄舍弟渙

月騎停沙浦，風林出驛樓。青燈萬里客，玉露九霄秋。失路添星鬢，還家滯驛舟。未成春草夢，徒有越鄉愁。

廖世昭 一首

世昭字師賢，懷安人。正德丁丑進士，除知海州，改國子博士，卒于官。有《越坡稿》。

定光塔登高

寶塔層層上，危欄面面開。秋城圍野曲，遠水接天回。日射珠光迥，風迎鐸響哀。長安知萬里，目斷朔雲堆。

郭波 一首

波字澄卿，閩縣人。正德丁丑進士，戶部主事。有《巖存稿》。

宿坪塘鋪

獨樹郵亭影，千山征路塵。東鄉今夜月，偏照未歸人。

明詩綜卷三十七

小長蘆　朱彝尊　録
淮浦　楊　雯　緝評

陸釴五首

釴字舉之，鄞人。正德辛巳，賜進士第二，授編修，出爲湖廣按察僉事，轉江西督糧參議，山東提學副使。有《少石子集》

《静志居詩話》：崑山陸鼎儀，鄞縣陸舉之，其名同，賜進士第二人同。一從史舘出爲太常，一從史舘出爲外臺，適相合也。鼎儀盛有詩名，詩却平平。舉之不以詩名，而詩似勝於鼎儀。其督學山東也，見山東舊無「通志」，而曰：「周公、孔子，百世之師也。六經，斯文之祖也。泰山，五岳之宗也。此一方文獻，而天下古今之事備焉。志，奚可廢也？」乃編緝成書。河山十二，得公數言，而增色矣。

建昌道中

赤阪揚塵霾，朱飈轉炎熾。下有脩竹林，清泉蔭涼翠。行子苦鬱蒸，居者自幽憩。豈爲躁靜分，亦緣身世異。東門瓜已稀，南山豆堪藝。回車理故岑，願言遂高致。

愛峰篇

愛山愛孤峰，峰高不可即。誅茅卧其旁，憑軒看空碧。㠐㠐金芙蓉，海霞蕩日夕。下有蛟龍盤，波濤起淵宅。浮雲倏蔽虧，白日慘無色。蔽虧良有時，我情終不易。請看石上蘿，綢繆自今昔。

妙高臺

石徑入迂回，高臺出林杪。遠岫迎歸雲，層巒礙飛鳥。厓崩樹交撐，壇靜花不掃。凌風一振衣，清曠絶塵抱。仰接煙霞重，俯視樓觀小。安得鞭蒼虬，翛然下蓬島。

錢唐懷古

黄屋南遷日，蒼山結鳳樓。可憐江海地，曾是帝王州。鐘梵傳宫樹，笙歌恣客遊。寒潮自來往，難雪古今愁。

謁文山祠

丞相名高宇宙垂，螺江合有報恩祠。運移諸葛身殲日，義盡睢陽力竭時。戎馬中原空下淚，松林異代尚南枝。彌天碧草傷春色，楚賦《招魂》有所思。

張孚敬 一首

孚敬初名璁，字秉用，永嘉人。正德辛巳進士，上疏言大禮，除南京刑部主事，再上疏，超擢翰林學士，陞禮部尚書，兼文淵閣大學士，歷少師，兼太子太師，吏部尚書，華蓋殿大學士。贈太師，謚文忠。有《寶綸樓和御製詩》《蘿峰集》。

《詩話》：蘿峰不由史舘起家，特授學士，又以議禮，爲持名教者所輕。以是嫉詞林特甚，尤惡詩人文人，八才子無得免者。比諸夏、嚴，更覺深刻。

恭和御製翊學詩 聽講《大學衍義》作。

帝王治有道，修身宜所先。於皇聖天縱，受命真自天。陋彼霸功小，愛此王道平。經筵講大學，治法三代前。乾乾自不息，安安而能遷。升堂入其室，登山陟其顛。擴之保四海，泉達火始然。卓哉真德秀，義能衍斯篇。微臣忝進講，膺服同拳拳。

張治 三首

治字文邦，茶陵人。正德辛巳進士，改庶吉士，授編修，以左贊善使交南，進學士，陞吏部左侍郎，掌翰林院事，拜南京吏部尚書，入爲禮部尚書，兼文淵閣大學士，加太子太保。卒，贈少保，諡文隱，改諡文毅。萬曆初，復改諡文肅。有《龍湖詩集》。

王元美云：張文邦如藥鑄鼎，燦爛驚人，終乏古雅。

顧玄言云：文肅才雄思贍，抽緒錯彩。岌然衡岳之秀。

《詩話》：吳有洞庭，山名也。楚有洞庭，湖名也。郭景純賦云：「爰有包山洞庭，巴陵地道，潛達旁通，幽岫窈窕。」蓋謂君山有石穴通吳之包山，故包山亦以洞庭名。酈善長注《水經》，二湖俱以洞庭爲目，誤也。張文肅《夜過洞庭詩》云：「曉發吳閶門，夕渡廣陵沚。日暮江帆遲，洞庭三百里。微風澹無波，明月照天水。隱隱見君山，鐘聲翠微裏。」是吳地也，而混於楚矣。善長北人，未析南條諸水。文肅家茶陵，與洞庭湖密邇，豈得以君山屬吳邪？

雜興

望湖亭下水如天，曾是宣皇賜幸年。玉輦不來鳧雁冷，一湖楊柳鎖春煙。

登石鍾山望廬山

廬岳亭亭翠萬重，懸泉千尺挂飛龍。石鍾山下江如鏡，映出青天五老峰。

送鍾時亭之南雍

霜落燕山萬木稀，君行歲晚欲何依。十年空獻君王策，猶向橋門著布衣。

李默 二首

默字時言，甌寧人。正德辛巳進士，改庶吉士，累官太子少保，吏部尚書，兼學士。贈太子太保，謚肅愍。有《群玉樓稿》。

秋夜泊下邳值雨

濁河元楚塞，古驛自秦城。旅泊河山異，飄零風雨生。波濤喧獨枕，鐘鼓暗深更。秋事方蕭索，應知歲晏情。

月下

鐘鼎非吾事，神仙亦世稀。停杯忽惆悵，明月上人衣。

黄佐 十一首

佐字才伯，香山人。正德辛巳進士，改庶吉士，授編修，出爲江西按察僉事，調廣西，召入爲左司諫，歷侍讀，諭德，國子祭酒，少詹事，兼翰林學士。卒，贈禮部右侍郎，謚文裕。有《泰泉集》。

屠文升云：　才伯詩會詮條貫，近體雄深麗逸，旨遠格精。樂府古詩兼總古今，出規入矩。

張崇象云：　才伯博極群書，而能反約於心。其詩穎出流俗，質鉅而力雄。

陳師孔云：　泰泉摛詞酌雅，取材於西京，割正於李唐，研精於南宋。其言奥以文，其思婉而微，粹然一出於正。

王元美云：　黄才伯如紫瑛石，大似䩉鞈，晚年不無可恨。

顧玄言云：　詹事性尚沖和，韻含芳潤。譬之龍躍懸河，鳳鳴阿閣，輝映高絶，信足接武曲江。

陳卧子云：　才伯亦窺見格律。

《詩話》：　文裕撰體頗正，而取材太陳，故格雖聳高，而氣少奔逸。然嶺表自「南園五先生」後，風雅中墜，文裕力爲起衰，如黎維敬、梁公實輩，皆其弟子。嘉靖中，「南園後五先生」，二子與焉。蓋嶺南詩派，文裕實爲領袖，功不可泯也。

學古贈胡承之歸關中

翩翩雙鳴雁，嗷嗷雲中飛。娟娟蛾眉女，札札流黄機。棄置不成匹，歎息減容輝。問女何所歎，良人悵有違。萬里遥相望，何由接音徽。蕙樓鑒素月，蘭燈曖虚幃。身非驂與服，安得同車歸。河清尚可竢，會合何可希。臨岐奏此曲，淚下誰能揮。

碧梧丹鳳圖爲黎侍御一卿題

鳳兮鳳兮，爾來當何時，知爾之德萬古長不衰，不然上天縱爾九苞羽，安用毰毸爲？ 君不見，桃蟲當日飛爲鵰，脊令原上啼鴟鴞。 舃几几，音嘵嘵。 室家恐爲陰雨漂。 偃禾風定杲日出，岡上碧梧寒不凋。 爾於此時來，和鳴，叶簫韶。 成王優游君奭喜，卷阿爲爾歌且謡。 鳳兮鳳兮，披圖對爾起三歎，久矣不夢周公旦。 咸陽宫前多枳棘，何用屑屑悲秦漢。

南征詞三首

鳳野傳清蹕，龍旌逼絳霄。 風雷隨鼓角，日月耀金貂。 躍馬宜春苑，呼鷹織錦橋。 何如穆天子，空賦白雲謡。

翠網張瑶浦，黃旗漾碧流。 殷勤供廟薦，蕭灑事宸遊。 御氣通鮫室，祥煙化蜃樓。 魚龍應自喜，何敢負王舟。

柳映金陵暮，花摇玉帳春。 江淮明礮火，閶闔動梁塵。 祕戲徵西域，迷樓構北辰。 三千歌舞伎，誰似掌中人。

雨

膚寸雲初起，彌天雨正狂。魚龍空窟宅，草木各輝光。爽氣連南紀，愁陰接上方。故山青未了，歸夢此宵長。

對月

江月初成鏡，山城獨倚樓。徘徊如伴客，浩蕩更隨舟。陌上清光滿，樽前爛熳遊。豈知離別後，對爾轉添愁。

彌羅閣秋望與馬子仲房

羽觀臨霄漢，飈臺出薜蘿。霞觴延客久，琪樹受凉多。日色隱平楚，秋聲連大河。君看愜幽意，吾醉即狂歌。

春夜大醉言志

拔劍起舞臨高臺，北斗插地銀河回。長空贈我以明月，天下知心惟酒杯。門前馬躍簫鼓動，柵上雞啼天地開。倦游却憶少年事，笑擁如花歌落梅。

錢受之云：公自注云：欲盡理還之喻。

王元美云：此公作美官講學，恐人得而持之，故也。

宫怨

上陽宫殿倚雲霞，天外時聞度翠華。魚鑰重重鎖窗户，夜來春雨到梨花。

采蓮曲

隔花相見兩徘徊，蕩槳低頭笑不來。雙棲白鷺忽驚起，遥見浮萍一道開。

王用賓一首

用賓字元興，咸寧人。正德辛巳進士，累官南京禮部尚書。有《三渠集》。

出塞

賀蘭山下羽書飛，廣武營中戰馬肥。壯士爭誇神臂弩，打圍先射白狼歸。

何楝 二首

楝字伯直，長安人。正德辛巳進士，選授河南道御史，調宜興知縣，陞順天通判，轉工部郎中，歷右通政，太僕寺卿，以左僉都御史，撫大同，左遷四川參議，用薦起右副都御史，提督薊州，加兵部右侍郎，轉左侍郎，進右都御史。有《太華集》。

玉泉

鬼斧何年鑿，仙源此日看。濺珠翻石溜，拂鏡漾晴瀾。鸂鶒春塘淨，雲霞夕影寒。分流入内苑，故作九龍盤。

登真覺寺浮圖

凌空垂寶塔，披霧出銅盤。影照青蓮色，光寒白露團。霞標窺日近，風洞洩雲寒。靜坐觀空界，天花遶石壇。

廖道南　一首

道南字鳴吾，蒲圻人。正德辛巳進士，改庶吉士，授編修，歷侍講、學士，謫爲徽州通判，尋復職。有《玄素子集》。

王元美云：廖鳴吾如新決渠，浮楚濁泥，一瞬皆下。

錢受之云：廖才名甚著，詩蕪淺，不足録。

《詩話》：鳴吾詩，望之若精《選》體，然其質鈍，轄句束字，易於滯澀。

靜海遇張汝禎夜話

日夕繫蘭橈，山城圍海縣。嵐光互明滅，水霧遞隱見。涼月鑒廣原，靈飈振芳甸。幽人抱遐心，踟蹰夜將半。仰觀河漢流，俯察昆蟲變。側聞哀鴻音，攜手淚如霰。

童承敘 一首

承敘字士疇，一字漢臣，沔陽人。正德辛巳進士，改庶吉士，授編修，進侍講，歷中允司經局洗馬，國子司業，左春坊，左庶子。有《內方集》。

《詩話》：庶子與張文邦、廖鳴吾，號「楚中三才」。永陵以從龍侍臣遇之。詩篇比廖差優，論者擬之「夏雲秋水，不可方物」，失其倫矣。

臨清雜興

健兒新殺雲中將，彍騎長驅塞北塵。遂使龍顏憂朔漠，遠分虎旅出咸秦。推誠詎識皇心厚，不戰應知廟略神。萬里風煙勞極目，安危須倚近邊臣。

倫以諒 一首

以諒字彥周，南海人。正德辛巳進士，改庶吉士，歷官南京通政司，右參議。有《石溪集》。

《詩話》：嶺表科名之盛，莫若南海倫氏。自諭德文敘會試、殿試俱第一；其子祭酒以訓，會試第一，殿試第二；通參以諒鄉試第一，與郎中以詵皆二甲進士出身。然諸公文詠，皆各有集，傳者特少。其後人亦無繼起者。昔王筠論家門，謂「崔氏雕龍，不過父子兩三世。非有七葉之中，人人有集，如吾門者」。以是知古人所重者著述，科名不足較也。白山，以訓自號；穗石，以詵自號。

舟中夜坐寄弟白山穗石

秦淮煙月蔣山雲，回首金陵隔紫氛。別浦停橈渾不寐，孤城吹笛詎堪聞。春來花看同鄉樹，嶺外鴻歸逐舊群。何事人生獨惆悵，百年岐路幾回分。

張衮三首

衮字補之，江陰人。正德辛巳進士，選庶吉士，授監察御史，復改翰林編修，歷侍讀，諭德，進侍讀學士，遷太常寺卿，掌國子祭酒事，左遷南太常少卿，終南光禄寺卿。有《水南集》。

奉和順之陽溪别業之作

千峰羅杖底，選勝武夷旁。夜雨蘼蕪徑，春風薜荔牆。鑿渠分海色，種竹隱嵐光。會發王猷興，籃輿就辟疆。

陪衍聖公祭先師廟

鸞鳳趨蹌地，笙鏞迭奏時。千春王者祀，百世聖人師。禮器群賢别，宫牆數仞宜。上公詩禮在，釋奠有新儀。

寄樊僉憲一賢

同是三湘放逐臣，歸來猶自厭風塵。長沙日落秋陰滿，愁殺當時痛哭人。

王同祖 一首

同祖字繩武，崑山人。正德辛巳進士，授翰林編修，進司經局正字，遷國子司業。有《五龍山人集》。

王元美云：繩武詩往往朗秀玄著，春容爾雅。

涿鹿遇杜道士

晚渡桑乾水，西風匹馬過。寒城歸鳥急，古道夕陽多。邂逅班荆地，蕭條伐木歌。怱怱更南北，回首意如何。

周祚三首

祚字天保，紹興山陰人。正德辛巳進士，除來安知縣，擢給事中。有《定齋集》。

孫仲可云：詩以拔去陳故爲尚。天保樂府，婉而厚，古詩醇而鉅，近體脱略纖冶，非自空同出邪？

錢受之云：空同崛起，東南士大夫，多心非其學。天保自越中走使，千里致書稱弟子。南方之士，北學於空同，越則天保，吴則黄省曾也。

《詩話》：給事同懷兄弟四人，皆取甲第，而能不戀熱官，遠師北地，游心風雅。即其不以門望驕人，可以停澆激薄矣。集四卷，玄孫工部郎襄緒刊行之。

雜詩

二儀衍恒運，日月斯晦蝕。陰陽靡協和，風雨失其職。天道垂常象，君子重刑式。百揆理四時，允爲天子翼。一物苟失所，憂懷動顔色。邈哉古聖賢，旁招曁幽側。重華闢四門，尼父取三益。周公致太平，吐哺不終食。

吴偉畫册爲成中丞題

國朝畫師能悉數，筆力孰過江夏吴。眼前富貴王侯無，故能瀟灑超其徒。或時酒酣赤兩足，亦或脱帽空頭顱。五岳四瀆生斯須。一峰忽從天際拔，九派真見江流趨。中丞何由得真蹟，列方布册看有餘。清秋示我閶山下，白日宛坐仙人區。由來神物易飛去，九苞之鳳不在笯。昨聞九月雷電作，滄海恐失珊瑚株。

后峰

落日滄江返照來，江光倒射碧山隈。山人愛聽楓林響，月滿柴門未肯回。

張逵 一首

逵字懋登，餘姚人。正德辛巳進士，改庶吉士，授刑科給事中；坐劾郭勛、李福達，謫戍遼陽。卒，贈光禄少卿。有《義樂集》。

新年

鎡甕三杯酒，方牀一覺眠。天涯萬里客，如此過新年。

謝蕡 一首

蕡字維盛，閩縣人。正德辛巳進士，除禮科給事中；以議大禮，廷杖；又劾張桂憸邪不可用，奪俸；尋命出知太平府，未上官，卒于道。隆慶初，贈太常少卿。有《給諫集》。

白沙月下感懷

野曠霜空萬木凋，歲寒孤櫂傍清宵。江聲永夜驚虚枕，月色中天上遠潮。千里風煙勞夢想，十年心跡愧漁樵。白沙翠竹情無奈，玉宇瓊樓望轉遥。

馬歘 一首

歘字抑之，上蔡人。正德辛巳進士，除兵部職方主事，改監察御史。有《蓍臺集》。

《詩話》：蓍臺有意法古，特章句未遒。

阻雪張橋驛懷徐道長

人生如浮萍，同生水一涯。聚者忽焉散，合并安可期。豈不憶王孫，芳草迷路岐。客持雙鯉至，云是美人貽。與我期何所，乃在淮水湄。忽忽玄雲浮，雨雪一何滋。駕言思往從，徑滑馬行遲。相隔匪遠道，無緣接高辭。始願既已違，延竚益淒其。

楊言 一首

言字惟仁，鄞人。正德辛巳進士，除行人，擢禮科給事中；以言事，廷鞫，謫判宿州；久之，遷吏部郎，再謫知夷陵州；三遷至湖廣參議，落職。有集。

李杲堂云：先生詩婉秀明麗。

行舟次朱雲巖

迢迢山障月，寂寂雁汀秋。百丈牽三老，千峰送一舟。窮猨相叫嘯，祭獺互沉浮。不是巫山路，空餘楚客愁。

任淳 一首

淳字元朴，堂邑人。正德辛巳進士，官監察御史。

野渡

潦深望不極，問渡莫悽然。漁笛蒹葭裏，因風到客船。

邵經邦 一首

經邦字仲德，仁和人。正德辛巳進士，除工部主事，改刑部署員外郎；建言，廷杖，發鎮海衛充軍。有《弘藝録》。

《詩話》：永嘉以議禮驟貴，繼爲陸子餘所劾，業勒歸矣。尋即召還。會陽月日蝕，先生上言：「議禮貴當，用人貴公。陛下私議禮之臣，是不以所議者爲公禮也。夫禮惟當，乃可萬世不易。使所議非公，則禮可守也，亦可變也，可成也，亦可毁也。陛下果以禮爲至當，欲子孫世守，莫若厚其賚予，全其終始，以答議禮之功。然後轉選碩德，置諸左右，使萬年之後，廟號世宗，不亦美乎？」永陵震怒，既予杖，復下獄，發邊衛充軍。明之列辟，永陵猜忌之尤，李襄愍以漢武帝、唐憲宗發策，猶難免於瘐死，矧以人主生前，臣下輒敢預爲擬謚乎？沈孝廉景倩疑「世宗」二字，默契宸衷，遂從末減。亦未必然。予謂先生幸言之於嘉靖初年爾。使在西内營齋之日，則斷不能保首領矣。先生詩少敦琢，第七子盛行之日，不沿其流派，正見鯁骨處。

四十明朝是

四十明朝是，頻聞畫鼓撾。殘燈持自照，忽吐兩三花。

敖英 四首

英字子發，清江人。正德辛巳進士，除南刑部主事，出爲陝西提學副使，改河南，終河南右布政使。有《心遠堂稿》。

熊閣泉云：方伯詩，興幽思遠，盡絶蹊徑，足稱名家。

塞上曲 二首

軍中頻宴樂，醉後擁雕鞍。紫塞連天遠，黄雲拂地寒。羌兒叱撥馬，胡女固姑冠。逐隊營門立，春風倚笑看。

無定河邊水，寒聲走白沙。受降城上月，暮色隱悲笳。玉帳旄頭落，金微雁陣斜。幾時征戰息，壯士盡還家。

別業漫興

門對寒江舊不斜，旋開三徑學陶家。秋來不問登高節，日日攜壺醉菊花。

輞川謁王右丞祠

蜀棧青騾不可攀，孤臣無計出秦關。華清風雨蕭蕭夜，愁殺江南庾子山。

黄潤 一首

潤字以誠，晉江人。正德辛巳進士，官至參政。

孟秋

玉衡指孟秋，階前鳴促織。光陰良易邁，坐覺老來迫。四十道未聞，眷言心孔盡。空死讀書螢，徒取譏有識。迷塗辛未遐，周道矢焉直。千里雖云遥，終當勵餘力。

田項一首

項字太素，龍溪人。正德辛巳進士，歷禮、兵二部郎中，湖廣僉事，貴州提學副使。有《秬山集》。

即事

聞道迷陽寇，東屯信不虚。風雲隨戰伐，天地日丘墟。列峒分旗鼓，行營接羽書。哀哀荷殳子，生計本樵漁。

吳檄二首

檄字用宣，桐城人。正德辛巳進士，除襄陽推官，入官户部主事，歷武選郎中，出爲湖廣參議，轉山東、雲南副使，終陝西參政。有《皖山集》。

《詩話》：王道思官司封郎，爲當國者所不悦，謫判毘陵。嘉靖乙未三月之望，朝士出餞於海淀者八人：唐順之應德、陳束約之、張元孝少室、李遂邦良、李開先伯華、熊過叔仁、吕高山甫，其一則用宣也。海淀在阜成門外，其地爲張昌國園林，昌國罹禍之後，亭臺悉圮，諸公置酒，爲之不樂。惟用宣詩先成，所云「絃管不隨流水奏，綺羅應化暮雲飛」者是也。夏桂洲聞之，遂劾元孝遂二司官「無事漫游」，竟下獄，七人者相次罷謫，惟用宣幸免爾。何元朗述顧東橋赴嚴分宜飲，升堂，竟上座；酒行，嫌冷，不堪；既易酒至，又嫌太熱。指顧揮霍，不知有主人。而分宜執禮愈恭。因謂使桂洲當此，則東橋不免有雙江之禍矣。蓋嚴、夏皆娼嫉，而當時之論，若似乎夏之傾陷，有甚於嚴者。觀伯華《海淀詩序》，則桂洲西市之禍，朝士未始不有快意者矣。

春日

黄鳥鳴高樹，春聲滿鳳城。憐予長作客，聞此倍含情。何處步芳草，出門逢友生。東風隨杖屨，迢遞晚山晴。

甲午冬過茌平聞吴叔羽癸巳五月卒哭之

南歸曾得蜀中書，道爾平安守故廬。在縣忽聞摧折久，草堂翻恨往來疏。家貧妻子應難給，歲晚朋儔日已虚。都下送君成永訣，忍看詞賦哭相如。

張羽一首

羽字子儀，崑山人。正德辛巳進士，刑部郎中。有集。

雜言

蜀嚴好沉冥，日食止百錢。卜筮人所輕，久之操彌堅。君子有所貴，乃不在當年。百世有知音，何必鍾期然。子雲太區區，譬之公卿閒。卑哉益州牧，乃欲吏高賢。豈無王侯貴，敢言不敢言。斯道誠兩得，永爲後世傳。

陳大濩二首

大濩字則殷，長樂人。正德辛巳進士，思恩府同知。有《雙溪集》。

十五夜舟中對月

水國人初靜，江村月漸高。九天開霽色，百里見秋毫。興已懷鱸鱠，官猶滯馬曹。孤舟對清夜，湖海思滔滔。

朱仙鎮岳武穆祠

駐馬朱仙鎮，傷心武穆祠。誰憐宋社稷，竟失漢旌旗。星墮天應憒，師班帝豈知。空餘祠外柏，蕭索向南枝。

浦瑾 一首

瑾字文玉，無錫人。正德辛巳進士，麗水知縣。有《桂巖集》。

《詩話》：文玉晚而通籍，牽絲作宰，之官三日而病，三月而徂。故邵國賢深惜之。詩如「池萍漲雨青浮岸，鄰樹分陰緑過牆」，「林迥微風生木末，江空落日上簾鉤」，「日斜天外初微雨，雲薄樓西忽斷虹」，頗與國賢同調。

閒居漫興

萬里橋東一草堂，烏皮隱几竹方牀。池萍漲雨青浮岸，鄰樹分陰緑過牆。乳燕出時炊麥熟，繭蛾飛後曝絲香。不知何處炎蒸在，日日清風灑葛裳。

張含六首

含字愈光，永昌衛人。正德丁卯，中雲南鄉試。有《禺山詩選》。

楊用脩云：愈光未丱能詩。及長，博極群書，條入葉貫，上獵漢、魏，下汲李、杜，弗工弗庸，弗似弗止。然工於求古，昧於適俗。寄贈窮困節義之交，萬言不竭，於通達周旋之友，片言即窮。

任少海云：愈光詩險怪詰屈，不必皆中繩墨。

王元美云：張愈光如拙匠琢山骨，斧鑿宛然。又如束銅錮腹，滿中外遺。

穆敬甫云：張君藻麗精深殊有襟度。

顧玄言云：愈光如蘭津夭矯，騰逸浮空。若「鴻雁不傳天外字，芙蓉空照水中花」，「銅柱蒹葭鴻雁響，鐵城煙雨鷓鴣啼」，此例數篇，非雕飾曼語。

葉元禮云：禺山詩如峽中女子，野花山葉，翠匐銀釵。非不飾姿弄髩，拭粉游紅，奈時作鑾語。

《詩話》：禺山雖北學於獻吉，然詩不盡出其流派，而一以用脩爲歸。觀其襞積字句，乏自運之神，方之用脩，遠不逮也。

戾蟲謡

嗟哉猛虎，横行道阻。我欲射虎，誰藉我弩？我欲殺虎，誰假我斧？悠悠蒼天，寧獨予苦。

峽中

夔州城下陰霏霏，我寄客船他夜歸。越舲蜀艇幾烏榜，赤甲白鹽雙翠微。煙蘿一帶野猨嘯，石壁萬仞明星稀。三巴迢遞望三楚，京洛紅塵愁滿衣。

己亥秋月寄升菴

金馬秋風十載餘，芙蓉深巷閉門居。登樓莫作依劉賦，奉使曾傳諭蜀書。卧病可憐天一柱，獨醒無奈楚三閭。北來消息風塵斷，白首滄江學釣魚。

覽升菴舊時辭翰兼紓别懷

蕭條别館君爲客，寂寞荒村我閉關。鸚鵡洲邊空作賦。鳳皇池上幾時還。羈身萬里棲填海，歸夢三更過蜀山。此地斷金俱白髮，往游傾蓋正紅顔。

寄升菴

公子思歸幾歲華，王孫芳草徧天涯。樓頭豔曲包明月，海口新鉛蔡少霞。自注：升菴近撰《海口碑文》，極奇。光禄塞遥空遞雁，上林枝好只棲鴉。夢中記得相尋處，東寺鐘殘北寺斜。

顧惟賢云：集中絶唱。

春暮

春暮南溪花氣香，亂峰驚蝶不成行。漁竿在手不須放，釣得鯉魚三尺長。

鄧韍二首

韍字文度，其先松江華亭人，徙常熟。中正德丁卯舉人。

錢受之云：文度詩學昌黎、東坡，不屑時調。

《詩話》：文度歌《鹿鳴》後，喪母，遂不上公車。以通經博古爲務。嘗與客論文，其大略云：「文章粹於經，聖賢以其精藴而形諸辭，辭可以已，聖賢必無事於作，作焉者，不得已也。三代而下，放臣棄婦之辭，讀之尤足以興感者，性情也。今之爲文者，無古人之性情，與其所遇之時事，辭與意背，以諛爲容，以聚爲約，浮濫而無法則，可以無作。或言西京之文近乎古，不知壞古人之文者，揚子諸人有責焉。」書出，陸子餘、歸熙甫皆是之。當嘉靖中，伯安、道思、應德既往，于鱗、元美、明卿、伯玉、本寧之派盛行，詩古文交失其真。文度之論，其力挽元氣者與？詩亦崛奇，不沿七子之習。

致道觀七星檜

琳宫何岧嶢，爽氣凌青蒼。中有古檜樹，傳植自蕭梁。歲遠四樹存，如斗酌天漿。東株久已朽，慶曆補其亡。中株麗瓊壇，少日嬉其旁。今已翦不遺，取斧斯其香。兩株在東南，偃蓋覆修廊。攢枝細而密，葉聚如鍼芒。兩株在西南，赤立膚無霜。偃蹇捎殿角，督力示堅彊。北株最怪異，不與群木行。質幹盡屈鐵，夭矯互低昂。四檜皆左紐，枝柯鬱相望。霽晴亦慘黷，昏黑常晶光。蜀廟青銅柏，涿郡羽葆桑。圖經儼封殖，况我桑梓鄉。石田昔塗寫，遺墨好事藏。聊復陳我歌，我歌亦堂堂。

雷殿畫壁

致道古仙都，山水夙清美。雷宫設像畫，種種盡其技。淳古出遒逸，意態得深旨。左壁挾風雲，沙礫卷空起。有神操火具，張目怒獰視。當其燄所及，妖窟泣神鬼。右壁已淋落，雲氣來纚纚。似聞轟雷車，不遑掩其耳。南壁雲參覃，電光閃復止。有神被甲胄，軀偉髯蒼紫。執殳見真宰，如以職備使。北壁方晦冥，相去不辨咫。有神手天瓢，九龍運其水。勢欲翻河波，雷伯鼓未已。靈祠本清肅，長夏纇無沘。入門見粉墨，鮮不生戰葸。乃知藝事能，凝神始臻理。吴生貌地獄，施帛日雲委。惟以神妙故，見者雜悲喜。茲事已千年，遺跡久零圮。茲壁雖尚完，能保後無毁。誰爲補圖人，三歎遜前軌。

汪本 一首

本字以正，歙人。正德丁卯舉人。有《西巖集》。

王仲房云：以正童穉即解爲詩，弱冠挺興，遂傳高唱。潛思取境，不落常情。天不愛才，壯即夭折，惜哉！

《詩話》：十岳山人王寅輯《新都秀運集》，以本詩壓卷，稱其「愁邊草木歇，夢裏關山多」之句。蓋是時新都風氣，咸以篁墩爲宗。本獨以古爲師，故亟取之。

旅邸述懷

歲月秋將晚，風塵鬢欲華。孤雲天外影，寒菊夢中花。濁酒賒難得，滄洲興未涯。何當返初服，歸駕鹿門車。

吳益夫二首

益夫字惟裕，閩縣人。正德丁卯舉人，武學教授。有《古迂集》。

晚歸

夕陽下西林，草徑含暝色。鳴蜩在深樹，向晚猶不息。歸騎且遲遲，中天雲未黑。

喜晴

朝日麗郊原，晴風動梧竹。沙鷗不避人，飛來傍船浴。

于震一首

震字孔安，餘姚人。正德丁卯舉人，知福安縣。

罪言

北來軍壘幾時平，官府無人解治兵。豈謂干戈是凶器，本來樽俎屬書生。麟符玉册權空貴，鐵馬金戈勢轉横。歎息廟堂天地隔，白頭無路請長纓。

管浦三首

浦《浙士登科録》作溥。字弘濟，餘姚人。正德丁卯舉人，官萊州府通判。

送顧宗朝還孟城

龍江木落風亂鳴，龍江水邊舟欲行。玉缾酒盡不成醉，青衫淚濕難爲情。借問舟行向何處，美人別我淮南去。海天渺渺孤鶴飛，回首江東隔雲樹。高堂一笑壽且康，弄雛載戲斑斕裳。湖水梅花鬭清絶，尋詩載酒還徜徉。我欲東歸歸未得，風雨茅堂轉相憶。故國迢迢千里餘，雙鯉憑將寄消息。

繆天自云：平穩。

舟中雜興

江水白於練，江花紅欲然。長風一萬里，吹送木蘭船。

田家

豆花香暖木棉開，禾黍高低秀作堆。落日松風一樽酒，石壕無吏夜深來。

吴天祐一首

天祐字吉甫，豐城人。正德丁卯舉人，官知縣。

和答同年徐豐厓

勞生會晤豈易得，别十五年方一來。故人幾人道相合，今夕何夕樽同開。感君情深愈於舊，使我樂極翻成哀。天空月明耿長夜，梧葉蕭蕭飛露臺。

周青士云：拗體頹放，漸近自然，不知者以爲牽率，然非解人不能也。

顧彦夫四首

彦夫字承美，無錫人。正德庚午舉人，官河間府通判。有《瀛海集》。

老年謡

婚嫁紛紛事俱了，齒豁頭童容色槁。縱是扶筇門外行，亦妨頓足風中倒。白晝纔興更欲眠，黄昏未飯先愁飽。著眼看花眼已花，臨書戒草書皆草。從容一笑淚反多，急遽數言心似擣。此翁耄矣真可憐，東抹西塗亦曾好。此身還可作典刑，世事何須累懷抱。君不見，古來豪傑多軒昂，功業將成不能老。

南村題柳君宗鎬卷

崇文門外四三里，茅屋數間村落裏。犬吠花邊驚客來，鳥投樹底知風起。主翁散步幽情多，點簡菑畬早晚禾。歸來一飽有餘樂，勢利炎炎如我何。隔牆唤過鄰家叟，野菜隨時斟白酒。酒後齊聲唱《竹枝》，不覺檐前挂星斗。

和詠梅

官閣梅花冷亦開，主家故暖賞春杯。憑誰寄與人千里，許我來看日幾回。竹外一枝風灑落，琴中三弄思徘徊。如何不入靈均賦，自古山林有逸材。

淮陰祠

淮陰城下弔王孫，心事昭昭不待論。一飯尚能酬漂母，後來何忍負君恩。

張綖 二首

綖字世文，高郵人。中正德癸酉鄉試，除武昌通判，遷知光州。有《南湖集》。

顧英玉云：南湖詩操筆立就，而尤工於長短句，率意口占，皆合格調。

朱子价云：世文入楚後詩，旨趣沉著，超西崑之畛域，闖少陵之堂室。

《詩話》：南湖學詞曲於王西樓，以此擅場。詩其餘事，如設菖蒲之葅，縱有嗜者，要非逸味。

秋雨

秋雨中宵滴，寒蛩四壁吟。燈前搔短髮，誰會此時心。

湖上

欲理木蘭舟，且檥垂楊樹。沙觜兩鴛鴦，飛入前湖去。

王希旦一首

希旦字維周，候官人。正德癸酉舉人，官禮部郎中。有《石溪集》。

僧院訪蔡可泉答莊石山來韻

我欲重來此，君能幾日留。居然人外境，已似故鄉秋。别院幽芳雜，諸天色界浮。都無簪組意，猶自問歸不。

袁達四首

達字德修，閩縣人。正德癸酉舉人，貴溪知縣；坐事下詔獄，既釋，補湖廣都司經歷。有《佩蘭集》。

幽懷四首

沖懷悦魚鳥，放跡樓丘樊。永息諠中想，方知静者尊。農人談稼穡，穉子牧雞豚。時有會心侶，晤言孤樹根。

獨行清澗濱，覽物懷悽惻。蘭生何芬芳，草掩無顔色。漆割乃自爲，木伐先其直。林深不可留，哲人慎日昃。

美人天一方，游子日千里。相期青雲端，乃滯滄江涘。折梅寄遠心，結草酬知己。野外號歸鴻，淚下不能止。

五月鶗鴂鳴，衆草怨芳菲。堅冰翕而至，碩果存其微。醴酒嘉早決，機肉迷先幾。冥冥河上公，流沙去不歸。

桂華一首

華字子朴，安仁人。正德癸酉舉人。有《古山先生集》。

丙子重過石上

五載今重至，人間地亦幽。坐深松月夜，吟苦竹橋秋。問宅憐曾舍，尋山憶昔游。主人無限意，翻恐僕夫愁。

董穀一首

穀字碩甫，海鹽人。正德丙子舉人，授安義知縣，改漢陽。有《碧里雜存》。

宿靈璧連城鋪題

日暝鴉歸野色昏，解鞍投榻向荒村。欲聞清磬何由得，明月滿庭空閉門。自注：縣出磬石。

方邦望一首

邦望字表民，閩縣人。正德己卯舉人，惠州推官。有《平洲集》。

《詩話》：表民與郭澄卿皆喜爲詩。林文恪謂「郭學杜而短於才，方學孟而學不足以充之」。鄉曲之言，不阿所好，可使掌邦國之志矣。

春日別洪子

枝上曉鶯飛，江亭春未稀。輕舟移浦溆，別酒惜芳菲。風急寒潮響，天長遠岫微。此時頻徙倚，空憶謝玄暉。

張鉉 一首

鉉字叔治，鄞人。正德己卯舉人，有《鳳山稿》。

讀史

汾河簫鼓集樓船，萬里巡游瀚海邊。但慕蓬山連弱水，豈知烽火達甘泉。侍臣只奏淩雲賦，詞客虛傳出塞篇。日暮五陵原上草，古今回首一潸然。

陶成 一首

成字懋學，寶應人。正德間舉人。

寄朱存仁

別來心事不堪聞，細雨孤燈獨念君。短髮漸看添亂雪，此身寧得化歸雲。東風楊柳題歌扇，夜雨琵琶醉舞裙。幾度江干空買櫂，未知何日到淮濆。

《詩話》：雲湖寫人物山水最工，予嘗從喬侍讀子靜處見之，歎爲絶品。凌谿，其女壻也。計偕入都，雲湖語之曰：「聞張家灣某氏，丁香花盛開，子盍隨我觀乎？」凌谿云：「去禮部試僅三日，公無往。」雲湖不許，明旦凌谿他避，雲湖乘篼輿徑去，醉主人家五日。榜發凌谿中式。比雲湖還，鄉人醵錢賀凌谿。雲湖於席上畫丁香一本，尤妙絶。洵曠達之士也。存仁，即凌谿之友。

明詩綜卷三十八

小長蘆　朱彝尊　録

吳趨　黄昌淳　緝評

文徵明十五首

徵明初名璧，以字行，更字徵仲，長洲人。以歲貢入京，用薦授翰林待詔。卒，私謚貞憲先生。有《甫田集》。

顧華玉云：徵仲七言詩愜當飄逸，唐風宋語，兩相融化，自是一機軸也。又云：文璧、蔡羽、徐禎卿、邢參，藻詞成章，雅論合則，雖方古作者未能卓然，而碩學茂才，固今之儁傑矣。

王元美云：文徵仲如仕女淡妝，維摩坐語。又如小閣疏窗，位置都雅，而眼境易窮。又云：先生詩傳情而發，娟秀妍雅，出入柳柳州、白香山、蘇端明諸公間。

俞汝成云：徵仲詩似晚唐，參以元調。

穆敬甫云：徵仲書法高一代，詩亦秀雅可傳。

顧玄言云：待詔詩從實境中出，特調稍纖弱耳。

錢受之云：徵仲受文法於吳原博，受書法於李貞伯，受畫法於沈啓南，而又與祝希哲、唐伯虎、徐昌穀切磨爲詩文。其才少遜於諸公，而能兼撮諸公之長。

陳卧子云：衡山詩尚平實，韻致却勝。

《静志居詩話》：先生人品第一，書畫詩次之。胥臺袁氏《十懷詩》其一云：「内翰小子師，卓行古人傑。辭金抗幼齡，解組修晚節。丹青紛雲煙，篇翰爛虹蜺。瑚璉世所珍，昭代表三絶。」可謂片言中倫矣。先生嘗語何孔目元朗云：「我少年學詩，從陸放翁入，故格調卑弱，不若諸君皆唐音也。」然則文之佳惡，先生得失自知，豈與左虚子輩妄自夸詡者比哉！今《甫田集》詩十五卷，集外流傳者尚多。蓋先生作書最勤，兼畫必留題。予嘗見所寫朱竹，即以朱書題詩其上，惜無好事者廣搜爲《續集》也。曩從父維木公治別業於碧漪坊北，池荷岸柳，有軒三楹，懸先生手書於壁，即《池上》一詩。少時諷誦至今，猶未遺忘，因附録之，視集中所載，尤出塵壒之表。拾遺珠於滄海，天下之寶，當與天下共之矣。

早起露坐

炎宵不能寐，起坐褰絺幃。繁星麗中天，明河連曙暉。凉風不滿鬢，落月猶在衣。中庭草木稠，宿露朝未晞。人生亦旦暮，急景無停機。撫時懷美人，欲往情依依。暑寒互推遷，安得願無違。

秋日同杜允勝湯子重游東禪寺次子重韻

人事無停機，曦暉正流耀。及兹東城游，駕言謝紛要。杪秋霽景澄，寒原入高眺。静躁本無媒，憂欣自人召。蘼蘼霜藹明，歷歷幽禽調。獨行心已怡，况也偕二妙。燕談析玄旨，悲吟發孤竅。一語何足稽，後期真未料。微風西北來，泠然雜清嘯。

追和錢舜舉山居圖

翠深山帶屋，緑淨水通門。泉石情還重，丘園道自尊。種莎添野色，留竹護籬根。樂事惟心會，休逢俗子論。

飲酒

晚得酒中趣，三杯時暢然。難忘是花下，何物勝尊前。世事有千變，人生誰百年。唯應騎馬客，輸我甕頭眠。

何元朗云：雅致絶似白太傅。

雪後

寒日晶晶曉溜聲，中庭快雪一宵晴。牆西老樹太骨立，窗裏幽人殊眼明。想見漁蓑無限好，怪來詩思不勝清。江南殘臘相將盡，會看門前春水生。

新秋

江城秋色淨堪憐，翠柳鳴蜩鎖斷煙。南國新凉歌白苧，西湖夜雨落紅蓮。美人寂寞空愁暮，華髮彫零不待年。莫去倚闌添悵望，夕陽多在小樓前。

春日游支硎天平諸山

麥隴風微燕子斜，雨晴雲日麗江沙。遥尋支遁煙中寺，初見天平道上花。過眼溪山勞應接，方春草樹發光華。夕陽半嶺歸輿急，慚愧城中自有家。

夏日同次明履仁治平寺納凉

竹根雨過石苔斑，鐘梵蕭然晝掩關。坐愛微凉生碧殿，忽看飛雨失青山。雲分暝色來天外，風卷湖聲落樹間。最是晚晴堪眺詠，夕陽横抹蓼花灣。

滄浪池上

楊柳陰陰十畝塘，昔人曾此詠滄浪。春風依舊吹芳杜，陳迹無多半夕陽。積雨經時荒渚斷，跳魚一聚晚波凉。渺然詩思江湖近，便欲相攜上野航。

致仕出京言懷

白髮蕭疏老祕書，倦游零落病相如。三年漫索長安米，一日歸乘下澤車。坐對西山朝氣爽，夢回東壁夜窗虚。玉蘭堂下秋風早，翠竹黄花不負余。

夜坐

殘月耿猶在，流螢忽自飛。一聲何處鶴，露下欲霑衣。

春日懷子重履約履仁

湖上花枝煖欲然，寺前楊柳緑生煙。憑君莫信春光早，寶積山頭有杜鵑。

題畫二首

新霜點筆意蕭蕭，不盡秋光雁影遥。雙島欲浮天拍水，夕陽人在虎山橋。

江頭春水緑灣灣，江上春山擁翠鬟。老我輸他茅屋底，無愁終日對江山。

池上

單鳩喚雨雙鳩晴，池上柳花縱復横。好風忽卷讀書幔，及君到時春水生。

蔡羽 三首

羽字九逵，吴縣人。以太學生赴選，授南京翰林孔目。有《林屋》《南館》二集。

王元美云：蔡九逵如灌莽中薔薇，汀際小鳥，時復嫣然一覽而已。

穆敬甫云：蔡詩沖雅不俗。

顧玄言云：蔡九逵之整秀，黄勉之之典麗，王履吉之華蔚，顧行之之顥約，陸子淵之清潤，彭孔嘉之精彩，可得並駕。

李時遠云：九逵薄少陵爲不足法，可謂蚍蜉撼樹。

錢受之云：九逵早歲詩尚纖縟。既而滌除靡曼，一歸雅馴。晚更沉著，時出奇麗。居嘗論詩，謂「少陵不足法」，聞者疑或笑之。是時李獻吉以學杜雄壓海内，竄竊剽賊，靡然成風。九逵不欲訟言攻之，而借口於少陵。少陵且不足法，則撏撦割剥之徒，更於何地生活，此其立言之微旨也。

《詩話》：杜詩韓筆，百世之師也。人其可自絶乎？孔目於詩文，高自標許，以少陵不足言，所著者建安、西京；韓柳不足言，所撰者先秦、兩漢。今其集具在，篇無姸辭，句無警策，此猶淮南帝前自稱寡人，夜郎天末不知漢大，妄人也已。其《自序》云：「古之言者必有得，有所得而不言，與無所得而言，均非也。」其言誠是矣，第不知何者爲孔目所得？雖有詩賦八百餘首，文二百首，恒河之沙，鈎金安在？牧齋縱曲爲解嘲，其誰信諸？

思田園

南方樹藝早，嘉蔬當及時。王官鑿冰罷，忽起田園思。東郊織臺笠，西郭編茅茨。田家不辛苦，衣食當待誰。曳裾京華塵，徒然惰四支。

秋泉

我愛秋泉清，况傍巖花滴。魚游日光中，倒見潭上壁。

引奏後即事

金水荷花接綺軒，石渠銀鑰掌中閽。西崑學士封麻晚，斜日猶開左闕門。

湯珍四首

珍字子重，長洲人。以歲貢生除崇德縣丞，遷唐府奉祀，不赴，致仕歸。有《小隱堂詩草》。

王元美云：湯子重如鄉三老入城，威儀舉舉，終少華冶態。

王敬美云：子重詩清雅恬和，與文徵仲同調，而駸駸時欲度之。

《詩話》：子重十試不利，晚就一官。其之崇德時，文徵仲作澹著色山水圖送之，景甚蕭遠，知其人定拔俗。讀《浪淘沙詞》，直詣劉賓客神境，非五岳、九逵所能及也。

觀雨作

温風鬱蒸溽，浮陰昏混茫。始迷青嶂色，繼隱朱陽光。霏霏灑甘澍，浥浥潤下方。竹添新簳翠，草起枯荄黄。熙然厚土内，生意咸舒張。憂時切經旱，喜坐開山堂。鑒彼造化機，推遷自有常。燥餘必反濕，炎及乃回凉。君子蹈恒運，小人乖禮坊。貪天鮮終克，静俟多徜徉。

秋日遲文衡山先生不至

肅肅振飄風，霏霏灑芳澍。遲客向南軒，徘徊倚庭樹。俶裝戒星來，傾曦未云赴。我思鬱以煩，孰克探其故。沉憂抱孤景，中結豈外慕。申訊吐清謡，殷勤待良晤。集本有「得非爲物牽，無乃返中路。鳥鳴不相求，反已每自顧」四句。

浪淘沙二首

淮河一道達清河，如此風波可奈何。東岸沙崩西岸長，南船來較北船多。

灩澦瞿塘險未平，衝沙惡浪總堪驚。相逢盡説公無渡，蜀道何曾斷客行。

張靈三首

靈字夢晉，吴縣人。

《詩話》：孟晉狂生，游枝指生之門。其畫山水，足亞伯虎《對酒》一詩，可稱絶唱。《臨終》詩云：「垂死尚思玄墓麓，滿山寒雪一林松。」如聆雍門之琴，頑豔亦爲淚下。

春暮送友

三月正當三十日，一壺一榼一孤身。馬蹄亂踏楊花去，半送行人半送春。

對酒

隱隱江城玉漏催，勸君須盡掌中杯。高樓明月清歌夜，知是人生第幾回。

題唐子畏畫卷

黄茅渚頭熨斗柄，唐子好奇曾屢遊。太湖煙景此絶勝，還許吾輩閒人收。

凌震 二首

震字時東，烏程人。正德中、貢生，黔陽儒學訓導。有《練溪集》。

鄭莛畦云：練溪詩清婉可誦。

出宿

悠悠出門來，戚戚念家室。三里一回頭，五里淚霑臆。託身百年中，何必遠行役。上攀猨鳥道，下俯鮫人宅。性命不足憐，仕宦亦何益。卓哉有陶公，千載爲我則。倦鳥思舊林，翩然返其翮。

捉蝨

我先老妻眠，解衣置熏籠。老妻爲捉蝨，略與捕賊同。明燈集女隸，獲多者論功。先之以緑督，次則殺縫中。旁蒐與奥討指殪兼牙攻。聲言具湯沐，會使巢穴空。我聞雖不語，慚恧無地容。彼貴寢狐貂，彼富錦繡蒙。旬更月必換，日夕沉水烘。何緣有胎媒，使汝得潛蹤。乃我衣垢敝，遂爲汝所宫。澣濯既不時，煬竈亦何功。再思也不然，肉甘汝攸從。昔有嵇叔夜，矯矯其猶龍。又有王景略，古所謂英雄。伊豈乏富貴，汝視如寒窮。侵肌咂膚理，戢戢攢銛鋒。爬搔未始歇，捫撮當王公。吾何爲汝諱，不汝飢餒供。

陳鐸 一首

鐸字大聲，下邳人，睢寧伯文之曾孫。世襲指揮，家南京。有《秋碧軒》《香月亭》詩集。卞華伯云：大聲詩用意和平，不務雕刻，深入虞楊范揭之閫奥，而漸登盛唐作者之階梯。錢受之云：大聲以樂府名於世，所爲散套，穩協流麗，被之絲竹，審宫節羽，不差毫末。居第之南，有秋碧軒、七一居，精潔絶塵，與勝流談讌。山水仿沈啓南，自爲詩題其上。人知大聲善樂府，不知其能畫，又不知其工於詩也。

宿牛首寺

到寺萬緣歇，蕭然宿峰頂。蒼蒼野色新，漠漠秋煙暝。天風在林末，空翠散復整。支郎繙經處，松子落古鼎。微凉入虚檐，老鶴飲淺井。相期話三生，夜坐石根冷。疏竹何蕭蕭，雲房亂燈影。

徐霖 二首

霖字子仁，吴人，徙南京。補諸生，坐事削籍。武宗南狩，召見，欲官之，固辭；賜飛魚服，扈從還京，後歸里。有《麗藻堂稿》。

周吉父云：子仁詩才、篆法、丹青、樂府，俱稱能品。

《詩話》：髯仙多能藝事，書畫之外，工填南北曲。文徵仲贈詩云：「樂府新傳桃葉句，彩毫徧寫薛濤箋。」所築快園，康陵南巡，兩幸其居。有晚靜閣、宸幸堂、浴龍池。及扈蹕入都，每夜宿御榻前，與帝同卧起。永陵之初，威武近幸，多逮治坐罪；惟子仁脱然。亦滑稽之雄也。

舟中雜詠 二首

緑樹坐黄鸝，青秧點白鷺。睡起倚船窗，知是江南路。

今夜河西宿，無眠但數更。并船何處客，吹笛到天明。

謝承舉 一首

承舉初名璿，字文卿；既更名，改字子象，上元人。有《野全子集》。

顧華玉云：近時李西涯主清婉，陳白沙主沉雅，莊定山主渾雄，并尚理致。金陵有二才子：謝子象、徐子仁，凌踔詞苑。徐得其婉，謝得其雄。然徐之學西涯，與謝之學白沙、定山，皆虎賁之似中郎耳。

陳羽伯云：野全詩如奔流掣電，時一驚人。

吴歌

秦淮女郎歌《柘枝》，隔岸吴兒調鳳絲。聲聲互答緑楊裹，正是離人腸斷時。

金鑾十二首

鑾字在衡，隴西人，僑居南京。有《徙倚軒稿》。

俞汝成云：山人詩多遠思，别於常調。

《詩話》：白門詩家，有金琮元玉，金丹赤侯，金大車子有，金大輿子坤，金鋠竹溪，均著詩集。諸金之中，吾必以在衡爲巨擘焉。其五七言近體，風情朗潤，譬諸斛角靈犀，近之，游塵盡辟矣。至若「明月照人千里共，涼風吹面五更多」，尤爲警策。

立秋日呈一二知己

久雨銷長夏，涼風生早秋。野航如市集，江水入城流。迂闊從人笑，艱難豈自謀。違時況多病，寂寞戀交遊。

登滄州城

渤海高人去，仙臺古蹟存。風沙吹不斷，天地與同昏。野水添新淥，空煙集暮村。故園桑柘裏，悵望一銷魂。

哭湯沂東開府

赤手揮戈日，丹心報主時。不曾辭力盡，那復計身危。夜雨藏兵峽，秋風墮淚碑。惟餘舊戎馬，汗血至今垂。

子房山

報主元非漢，封侯豈爲留。早求滄海士，晚伴赤松遊。故國山猶在，黄河水自流。王孫歸去好，春草遍芳洲。

北河道中

叢臺北向通燕谷，曲渚西流繞薊門。歸鳥亂啼原上樹，夕陽多照水邊村。因悲俗吏趨三輔，曾有新詩寄陸渾。歲歲别來春又暮，幾回芳草怨王孫。

重過歌臺追憶彝仙竹谿二徐老

山公曾醉習家池，潦倒當年舊接䍦。再過已驚非故主，相逢元不是新知。屏花帶雨春還麗，水檻臨風晚更宜。幾度壚頭覓嵇阮，紫簫攜向月中吹。

除夕

還憶去年辭白下，却憐今夕在黄州。空江積雪添雙鬢，細雨疏燈共一樓。世難久拚魚雁絶，家貧常爲稻粱謀。歸來故舊多凋喪，愁對東風感壯游。

送友人南還

錦堂歌出酒初陳，銀燭燒殘月半輪。青海共驚千萬里，白頭相對兩三人。伊州折柳傷遲暮，江縣逢梅入小春。去住關心各無那，西風滿道起秋塵。

感燕

故園門巷近烏衣，但見花開燕子飛。一自天涯與相别，可憐春盡未知歸。緑楊庭院傳聲杳，芳草池頭顧影稀。何處脩梁更堪寄，日斜江上倍依依。

九日喜河上寇平奉簡二三知己

聞道官兵下泗州，五河群盜已全收。可憐白首重生日，却喜黄花正及秋。多病不妨連夜飲，故人還爲幾時留。西風莫趁歸心急，吹落清江數點鷗。

春城曲

雨餘芳草遠萋萋，春暖遊人信馬蹄。日暮畫樓歸去晚，落花香裏路東西。

寄吴厚丘

黄金散作買花資，白首誰能戀故知。同作孟嘗門下客，西風吹鬢獨歸時。

邢參一首

參字麗文，吳人。有《處士集》。

《詩話》：麗文狷者，平生不事干謁，苦志讀書。除夜有海估以百金乞墓文，峻拒之，抱膝擁衣，飢以待旦。其介如是。明初，高侍郎季迪有「北郭十友」。麗文亦有「東莊十友」：吳爟次明、文徵明徵仲、吳奕嗣業、蔡羽九逵、錢同愛孔周、陳淳道復、湯珍子重、王守履約、王寵履仁、張靈孟晉。故其詩云：「昔賢重北郭，吾輩重東莊。胥會誠難得，同盟詎敢忘。」麗文遺集罕傳，予從金處士侃借得手鈔本，録《竹枝》一首。錢氏《列朝詩》神鬼門，載桃花仕女詩八絶，《竹枝》三首在焉，其二則「山桃花開紅更紅，西湖荷葉緑盈盈」，皆麗文集中詩。所云「紹興上舍葛棠夜飲，圖中美人歌詩百絶侑觴」，乃好事者爲之，不足信也。

竹枝詞

家住東吳白石磯，門前春水浣羅衣。朝來繫著木蘭櫂，閒看鴛鴦作隊一作對。飛。

王寵三首

寵字履仁，更字履吉，吳縣人。以諸生貢入太學。有《雅宜集》。

顧華玉云：履吉詩刻尚風骨，擺脱輕靡，既正體裁，復滅蹊徑。五言沉鬱，類曹植、鮑照。七言跌宕，類杜甫、岑參。近體與盛唐諸家相雄長。

袁永之云：王履吉綺辭壯思，滔滔不休。其詩初宗李，既宗杜，去輕麗而就沉著，尚鋪綴而略陶鎔。

王元美云：王履吉如鄉少年久游都會，風流詳雅，而不盡脱本來面目。又似揚州大宴，雖鮭珍水陸，而時有宿味。

穆敬甫云：履吉詩如雨後芙蕖，綽約有致。

俞汝成云：履吉情乎義悉，句秀字工，在吳中可稱作者。

何元朗云：王雅宜詩，清警絶倫，無一點塵俗氣，真天上謫仙人也。所欠者，沉著耳。中道而夭，未見其止，惜哉！

《詩話》：履吉亦中材爾，諸公惜其早亡，譽之未免過實。

聽琵琶

紫塞傳龍撥，崑丘學鳳鳴。春風吹白雪，總是斷腸聲。司馬千行淚，明妃萬里情。當杯愁未已，天末海雲生。一作横。

辛巳書事

居庸碣石控關門，玉几由來北極尊。閣道逶迤經海岱，天河隱見出崑崙。斗閒遂識三階列，日下從知九軌奔。莫鼎卜郊非細事，萬年圭卺保文孫。

虎丘送許仲貽

旗亭卮酒送君還，去鳥流雲信宿間。日暮銷魂此回别，望君重上虎丘山。

沈翰卿一首

翰卿字子羽，江陰人。儒學生。有《石灣集》。

懷施武陵子羽

天子觀射臨澤宫，三矢中鵠欽英風。《鹿鳴》嘉賓慨未逢。高篇重許合「大雅」，置之建安七子中。

《詩話》：子羽詩尚穩帖如此。語雖未工，取其立格疏硬。

張詩 一首

詩字子言，本姓李，宛平人。有《崑崙山人集》。

王元美云：張子言如甘州石斗，色澤如玉，膚理纚漫。

《詩話》：岳氏《今雨瑶華》，以崑崙山人詩壓卷。然詩實不工，方棠陵誚之曰：「君詩雖佳，第情實，如無山稱山，無水賦水，非歡而暢，不戚而哀，是已。」是亦切中其病。

送吕思抑募兵遼東

六郡募奇兵，三韓列漢營。甲光開絶塞，海氣動高旌。楊柳關山月，梅花雨雪情。引弓十萬衆，不敢復横行。

鄭作四首

作字宜述，歙縣人，自號方山子。往來梁宋間，李夢陽流寓汴中，招致門下。有《方山子詩選》。

汪禹乂云：宜述詩大槩悲壯。

王仲房云：宜述家本商賈，讀書苦吟，爲人負氣任俠，故其詩雄渾跌宕，有風骨。

《詩話》：宜述游汴，際空同詩名未大盛時，北面稱弟子，以是空同深愛之。何大復所云「老鄭空同客」也。其詩經空同選擇，序而傳之，且爲作《方山精舍記》，又贈詩云：「近時好事最者誰？徽州鄭生差愛我。」今觀其詩，頗俊利，遠勝五岳山人。

聞雁

秋日江南去，春風塞北歸。祇愁羅網密，敢戀稻粱肥。獨往寒天遠，高飛舊侶稀。游人夜不寐，感爾淚霑衣。

登高

萬里登高望，烽煙接汴州。愁生一作添。飛鳥外，心逐一作亂。大江流。弟妹今何在？干戈卒未休。前行塗路阻，蹤跡且淹留。

客中聞四弟消息

昨遇梁園使，孤城舍弟居。干戈長在目，烽火不通書。汝計猶長鋏，吾心已敝廬。兩鄉千里隔，相望各霑裾。

除夕

除夕愁難破，還家夢轉頻。十年江海客，孤館别離人。殘漏聽還盡，寒燈坐愈親。梅花滿南國，誰寄一枝春。

程誥十一首

誥字自邑，歙人。有《霞城集》。

李獻吉云：程生詩神境融會，足以散置名家。

王仲房云：自邑足迹半天下，其詩得山川之助爲多。體裁既全，篇章過富。珠以沙迷，反滋識者之憾。

《詩話》：自邑好爲汗漫之遊，山川郡邑。凡所經歷，必紀以詩。氣格專學空同，第才情稍鈍，色澤未鮮。五言庶稱具體。

秋陟靈金之巔由范坑過舍頭至靈陽憩方氏山館

入山恨不深，采芳思凌緬。戒嚴事初程，憑虚瞰前峴。氣逼日始熾，光滿露猶泫。奔峭既厓陟，盤曲亦磴轉。步迅險易踰，憩頻蔭難選。俯眄巢枝禽，仰聆吠風犬。想像巖居人，于焉傲軒冕。瑶華若堪把，白雲况在眼。撫物興彌敦，觀化理誰遣。試語同懷人，盍來此棲衍。

遊齊山

城市意弗適，煙霞夙所尚。逍遥越崇堤，徙倚對層嶂。峽存巨人跡，亭紀使君創。洞入身暫屈，厓陟首屢仰。雲竇凝不開，石門屹相向。寄隱固我慚，集仙竟誰當。寄隱、集仙巖洞名也。尋覓悵遺跡，歷覽訝殊狀。來頻心有得，興至情益放。留連暮未返，引領月欲上。

自秀山深入陟巘

自我客秋浦，秀山亦屢入。顧兹奇勝多，恨未遍探歷。今晨興忽動，捫葛履危岌。石拂既久坐，厓倚亦暫立。香氣暗忽度，碧光深可挹。行迷儔侶遥，喜溢僕御及。飄飄驚風來，陳陳吹雨急。蠟屐早已著，蘿衣不妨濕。

登吴山

蘿磴凌晨上，松門倚杖過。風煙攬吴越，表裏見江湖。水遠雲俱白，峰高日易晡。賞心延縱目，邂逅此山隅。

登北固山

松林度幽僻，蘿磴轉孱顔。眺望堪千里，東南有此山。江流包楚徼，地勢控吴關。萬古登臨意，風檣不暫閒。

白沙逢佘子陳却送之金陵

新詩滿行槖，相見未遑論。趁月浮江舸，乘潮入郭門。聽歌桃葉渡，問酒杏花村。羨爾遥乘興，無由共舉樽。

峽夕

楚塞連三峽，巴雲暗五溪。鄉心春雁過，客淚夜猨啼。百丈緣流險，雙厓壓樹低。孤城丹巘麓，江白露凄凄。

夜泊乾灘寄肇之

江迴月娟娟，蘆花渚路連。暝沙團宿鷺，風樹曳鶩蟬。廟祭傳儺鼓，津喧索渡錢。愁心付漢水，遥寄秣陵天。

市汊驛下阻風

江干日色黄，北風怒不已。君看上水船，一日三百里。

琵琶亭

殘照亭皋夕，秋風旅雁飛。琵琶千載恨，淚滿逐臣衣。

洛下逢汪子明

我行西入秦，驅車洛陽陌。相逢故鄉親，况是東歸客。

高瀫 一首

瀫字宗吕，候官人。有《霞居子集》。

《詩話》：少谷居鼇峰北，從之游者九人，鄉黨目爲「十才子」。少谷詩所云「一時賢士俱傾蓋，滿地萍蹤笑舉杯」是也。九人者，高二十二宗吕居首，傅二木虛次之，餘有林九、王七、施二，其名不得而詳矣。宗吕家最貧，少谷稱其「事母至孝，事兄至悌」，又稱其「甘貧守節，安安然人無知者」。蓋高、傅爲鄭門弟子之冠，少谷於傅盛誇其文，於高則美其行云。

岳陽樓

巴陵城上岳陽樓，樓外長江日夜流。殘雨數聲衡岳曉，暮霞孤雁洞庭秋。仙人夜奏沙邊笛，估客春移樹杪舟。十二危闌閒極目，滿汀楊柳不勝愁。

傅汝舟三首

汝舟字木虛，一名丹，號丁戊山人，一曰磊老，候官人。有《前丘生行己外篇》。

鄭繼之云：生詩淵致蕭散，多發之性情，其道江湖林壑，神仙隱逸，直臻其要妙。上下魏、晉，抗聲于武德、天寶之間，大曆而還不論也。

王道思云：汝舟才知、文采，足以得意仕進，獨舍去而不好。其舍之盡，至於鄉井屋廬不復可居，而妻子不足畜也。舉一世之榮利無足好，而區區吟詠之工不能忘，亦其才知所斂，不可終藏，而見之於此也。

王元美云：傅汝舟如言法華作風語，凡多聖少。

俞汝成云：汝舟詭怪聱牙難於諷詠。

徐興公云：汝舟詩雖師鄭吏部，而天然之趣尤勝。如「雖貧一榻能高卧，縱老名山恣遠尋」，「異書自得作者意，長劍不借時人看」，此等句，吏部當爲却步矣。

《詩話》：前丘生詩，刻意學少谷子，故多崛奇語。句如「楚樹懸猨直，衡雲帶雁斜」，「宿雲長抱殿，游鶴不歸松」，「野客逢迎少，山僧出入尊」，「白爲溟海浪，青盡島夷山」，「地濕菰蒲氣，風生鸛鶴毛」，皆鎚鍊而出，不肯猶人生。弟汝楫有句云：「種桃求漢核，食棗想齊花。」頗饒韻致。汝楫字木𠜾，亦有詩名，時號「二傅」。或是鼇峰九人之一乎？

宿山心永樂

朝登三仰峰，夕宿山心菴。久入名山遊，蹊徑頗盡諳。始知九曲外，復有南山南。森邃更險豁，深篁倚煙嵐。沙田稻翼翼，巖桂花毵毵。疏籬隔雞犬，朽樹藏蜂蠶。嘗傳武陵原，旁有捕魚潭。伐木不到遠，却留松與楠。雲光卸秋屧，回首望石龕。經旬四攀眺，偃息此日堪。澗芹食轉美，草榻卧正酣。枕中有鴻寶，何必問周聃。

未至白墖投宿新坪農舍

雲洞更何許，新坪又一村。前林露微月，半嶺聞驚猨。野老不避人，篝燈候茅屋。始笑行路難，百里已三宿。

月下

月明坐空山，不覺石苔冷。猨嘯摇藤蘿，亂我松桂影。

傅汝楫 一首

汝楫字木剡，汝舟之弟。有《卧芝集》。

過石田草堂哭之

頻年我理吴航至，幾度相逢笑口開。沙雨江風今日淚，歲寒愁絶是重來。

石麟 一首

麟字永也，桐城人。

《詩話》：永也《白果歌》，載《龍眠風雅》，未免冗長，予爲芟汰存之。其曾祖英，字内含，正統間，居郭北古塘，享年一百有三，生七子、二十三孫。有同庚友許澹初、魏谿叟，年九十時，棄家學道，不知所之。内含百歲之日，賦詩憶之云：「庚申共守人何在，甲午同生獨詠詩。」樹即内含所植也。

白果樹歌

先人卜築闢榛蕪，手種白果樹兩株。愛他離離祇結實，曾無花謝花開日。兩株樹各七分枝，樹下人家亦七支。聞昔蓂莢葉象十二月，南海一風草一節。由來草木知先幾，人中之幾知者稀。

錢元善 一首

元善號存菴，桐城人，刑部尚書如京子。以廕官都督府經歷，終魯府長史。

春日感懷

春風三月景依然，弱柳游絲觸處牽。家遠隔年無信到，官閒鎮日枕書眠。林鳩逐婦晴還雨，沙燕將雛去復旋。遥憶故園春更好，江樓背郭看鉏田。

程佳 一首

佳字令甫，休寧人。

獨坐

空館寂無人，摵摵鳴木葉。乍疑風雨聲，忽見當窗月。

陳璽 一首

璽字德符，閩縣人。有《守魯集》。

斑鳩

香禽自何處，共立枝頭語。喚起曉耕人，西疇足春雨。

徐定夫 一首

定夫字士安，海鹽人。有《蛩吟稿》。

夜坐懷石林荼谷二上人

林秋萬籟集，木葉下高岑。佳人渺何許，月明空此心。夜久河漢沒，涼風飄衣襟。徘徊寂無語，幽意託孤琴。引領西巖下，俄聞鐘磬音。

戚韶 五首

韶字龍困，松江華亭人。有集。

孫貞父云：龍囦詩如燕趙奇士，矯伉自信。又云：龍囦詩奇崛自喜，終少蘊藉。《詩話》：龍囦遠宗楊、陸，近學莊、陳，嘗遍和《谷音》古詩，七律頗饒跌宕之趣。孫少保毅齋，合王鶴坡、張一桂集，題曰「三詩翁」，鏤板傳之。三君皆珠涇鎮人也。

初夏即事

緑陰清館午風凉，花落晴溝水亦香。市擔鰕魚從曉賣，鄰家櫻筍及時嘗。筐盛雜絸繰絲急，場撲飛蛾打麥忙。寒食過來芒種近，穀芽今似韭芽長。

買舟

兩兒扶醉采芙蓉，驚喜扁舟落手中。到處溪山堪出入，此身天地任西東。出門便覺輕千里，伸脚還能睡一翁。昨與河神澆福酒，三江吹斷石尤風。自注：家有奧堂。

和陳簡齋清明日

虚名何苦要人知，五十稱翁較未遲。造物於人固多忌，清明今日可無詩。百年臣子粗安日，八口妻孥向老時。筋力漸衰雙眼澀，一生正坐讀書癡。

春日江上

江晴燕子故飛飛，江上春帆何處歸？南浦久懷芹菜美，北山初獻蕨苗肥。心驚醉語常多悔，事到中年漸覺非。明日舞雩須一往，二三童子試春衣。

高閣對坐有懷鶴坡

靜裏身閑不欲眠，寺西高閣寄超然。滄波萬頃來天際，白鳥雙飛去雨邊，洗竹祠前依水檻，賣魚倉口就瀧船。王程消息三千里，惆悵鶯花又一年。

傅起巖一首

起巖初名洪，字晉卿；既更名，字夢求，無錫人。有《正峰集》。

京師書事次舒國裳殿撰

京國烟花重，盧溝雪樹消。宮陳開帟幄，仙仗下簫韶。御酒蒲萄緑，官庖芍藥調。天顔多喜氣，報捷在今朝。

鈕仲玉三首

仲玉字貞父，吴江人。有《五浮山人集》。

豐存禮云：皃溪格律謹嚴，神氣飄逸，不爲鈎棘之語。

俞羡長云：孫太初一代詩豪，罕有所許可。獨與吾鄉鈕貞父善，時相唱和。

林若撫云：五浮山人詩，根本性情，纏緜悠渺，而秀骨獨存。

朱長孺云：皃溪隱於醫，其詩出入魏、晉、三唐，衆體咸備。

金孝章云：皃溪詩鬱紆深婉，雖處草莽，有忠愛之思。

《詩話》：《皃溪漫稿》豐存禮序之，而世罕傳。近其裔孫刊《五浮山人集》，迹其當時恒與孫太初、黄勉之酬和，詩亦頗類太初，非勉之可及。

崔二丈園亭

芳園甫營葺，修竹稍陰翳。村徑入沙平，柴門俯江閉。惠風蕩炎氛，微雨續新霽。好鳥時相鳴，疏花還自媚。于焉一徜徉，頗愜幽人意。寧違官府期，且與鄰翁醉。

返

返照吞江色，歸雲護石田。半含吴地曲，不盡越山偏。萬木回元氣，群鴉接暝煙。飄然陸魯望，隨意汎湖船。

微陰

雲氣微含雨，江村小作陰。煙中雙鳥没，天際一龍吟。落日傷春事，扁舟繫客心。放歌巖木動，隨意酒杯深。

徐充 一首

充字子擴，江陰人。有《鐵硯齋集》。

題扇

緑樹陰中款竹扉，幾家臨水狎漁磯。日長門徑無車馬，燕子楊花自在飛。

趙金二首

金字淮獻，烏程人。布衣。正德中，詔徵不起。有《浮休集》。

《詩話》：徵士居南潯，著書闤闠間，入其門者，有如深壑。恒坐小艇，出入五湖，陶然自酌。南坦、箬溪二尚書，結「峴山會」，造廬請入社，不應也。年六十，營藏室，斂平生齒牙爪髮之已脱者，洗滌而囊盛之，以爲殉葬之具。賦《全歸詩》三章，其一云：「憶昔髫年時，嘗記齒初齔。歷歷真牙生，蔬食藉以進。邇來筋骨衰，齒牙摇且振。朝夕學種之，種之惟自慎。餘齡已七十，疏豁落殆盡。萬物有消長，死生當委順。」其二云：「十指之爪，乃筋之餘。搔彼白首，藉爾爬梳。一彈指頃，歲月其駛。時或蜕之，式用藏只。嗟嗟此爪，我心不違。他日觀化，亦從而歸。」其三云：「朝梳暮梳，白髮滿首。一朝禿盡，真成老醜。藏諸囊中，括之無咎。天地一毫，惟我所有。人言白髮，公道不負。我將全歸，其顏何厚。」又自爲生祭文輓詩，自是不復出。年八十九而卒。其詩不蹈時習，取境故超。

過菱湖

去去餘不路，遨遊一問津。村孤船作市，地絶水爲鄰。菱蕩官租足，魚鰕野饌新。衆山遥映帶，相對碧嶙峋。

郊居

自愛閒居卜近郊，獨將心迹寄衡茅。桃花水泛魚吹浪，芹草泥香燕補巢。雜植桑麻供國税，細分杞菊入山肴。平生方外誰爲友，泠澹雲霞信可交。

陳鑑 二首

鑑字用明，海鹽人。有《勾谿集》。

錢幼卿云：山人詩鮮芳幽蒨，劘琢性靈，絶無浮音滯響。

西村諸社友見訪雨夜分得微字

門外泥深草路微，滿江風雨暗斜暉。春潮正急不可渡，有酒相邀且莫歸。屋帽田衣留竹桁，茶煙藥火共柴扉。重招更有荼蘼帖，爛醉花前願豈違。

種菜

曉日園頭抱甕頻，滿衣寒氣露華勻。老夫一箸非容易，爲語人間食肉人。

徐縯 三首

縯字紹卿，吴縣人。有《在笥集》。

黄清父云：徐君掞藻最早，享年最永。其詩貴華采，尚標致，經營用思，愈入愈深，點綴既成，更務清朗，吟諷再三，真賞自得。

皇甫子循云：山人以詩名者，張子言、孫太初，皆游大人以成名。君獨不自造請，阨窮已甚，而志猶暢適。其篇什格高調古，意新句秀，旨遠而辭縟，聲諧而氣宕。謂不出於孫、張之右邪？

劉子威云：蘇有兩徐生，昌穀氣俊而疏，紹卿思新而緩。譬諸樂，或舒以促，或繁以殺，各以一成。

《詩話》：紹卿學詩於蔡孔目，而標格矜爽，所謂弟子不必不如師。

謁伍相祠

湖口風色霽，繫纜登雲厓。回阡度修壟，肅穆趨神祠。翠柏蔭壇宇，碧草生階墀。英賢去千載，靈氣儼生時。暉暉燭影耀，靄靄香煙滋。入郢志亮畢，棲越心空疲。不忘嗣主諫，恐負先君知。朝承鐲鏤賜，暮見東門師。空江日夜流，忠烈何時隳。至今姑胥臺，空傷麋鹿馳。

聞黄子得之下第

十上空垂橐，三春祇弊裘。説難心獨苦，塗遠暮何投。聞雁書頻繫，看花淚暗流。誰憐一生恨，頭白在皇州。

甲子除夕宿魚卿館

旅跡元無定，衰情此更加。飄零逢歲夜，惆悵宿君家。醽醁春生緑，風霏雪度花。故園今夕意，悽斷若天涯。

姜玄二首

玄字玄仲，吳江布衣。有集。

錢受之云：姜詩極意陶鍊，務期雅澹。

《詩話》：布衣沉思韻語，具襄陽孟六之體，所欠筋骨。

暮秋集白陽山人五湖田舍

倚檻開湖色，鈎簾見浦沙。晚田惟種秫，春浦亦宜瓜。落帽松風近，浮觴竹日斜。坐來忘出處，幽意愛陶家。

牧童

煙中草深黄犢肥，百舌繞身原上飛。斜陽幾處吹蘆笛，頭戴衣裳渡水歸。

黄嘉仁一首

嘉仁，餘姚人。有《半山遺稿》。

田家

煙含暝色入村塲，一畝平田隔草堂。急雨初收新水滿，蕅花香雜稻花香。

馬駢二首

駢字共甫，江都諸生。

《詩話》：共甫爲知泉州府事岱之子，與兄騑次甫、騆用甫，并有詩名。騑著《紫泉集》二十卷，今失傳。共甫撰有《春秋探微》十四卷，吾鄉曹侍郎有其書。而揚州新舊《志》，均未之載也。詩頗去陳言。

曉行

明河欲西垂，樹杪大星落。隱隱遠煙消，霜天一聲角。

村獵

隴斷沙痕淺，山空月色孤。歸來夜將午，射得紫髯狐。

張金四首

金字子堅，江都人。儒士。

題丁道士小房

一徑晚來雨，千巖秋正深。潭空魚出藻，果熟鳥窺林。絶壑蒼煙斷，回廊敗葉侵。此中堪辟穀，人世信銷沉。

雨中泊太倉

太倉城河潮水生，石橋西下官鼓鳴。客子思家孤夢遠，舟人刺船雙櫓輕。横風倒海浪作勢，急雨過山雲不行。暫時繫纜小港口，城門擊柝聞初更。

寓嶽祠

尋常不到山前路，洞口閒雲盡日封。時有聽經童子至，不知身是石潭龍。

泊金閶

金閶門下燈火明，吳姬水調歌入城。曲終夜静不知處，凉月滿船春水生。

吳夔 一首

夔字舜南，高郵州人。諸生。

山居即事

颯樹頭風，山犬吠不已。呼童啓柴扉，明月照谿水。

蔡圻 一首

圻字子封，江都人。儒士。

雨後即事

亂流東下晚霞生，破屋西邊落日明。卷盡墨雲山雨歇，出門扶杖看天晴。

陳瀛 一首

瀛字古厓，海鹽人。國子監生，選授宛平主簿

石林山房

輕風落樹散林煙，海日三竿正熟眠。傍午起來花落盡，不知雷雨過山田。

顧文淵 一首

文淵字静卿，仁和諸生。有《滄江集》。

晚發錢唐

潮平小櫂發錢唐，俄頃帆飛過富陽。兩岸好山看不盡，數聲漁笛起滄浪。

楊學禮 一首

學禮號東濱，上海諸生。

春興

菖蒲枸杞滿庭栽，書閣垂簾半掩開。蛱蝶不嫌春色澹，隔牆飛去又飛來。

陳籥 三首

籥字德音，閩縣人。有《竹居集》。

送辰翁還閩

飄零同楚越，此别各風煙。後會知何日，相思動隔年。孤燈雙淚盡，萬里一帆懸。誰見家園好，椒花勝裏傳。

寄訊

春風轉憶别衡廬，淮水茫茫老客居。却被故園兒女笑，至今猶作未歸書。

除夕感懷

椒觴兩見客中傳，簫鼓喧喧暗自憐。縱使明朝得歸去，今宵還說是明年。

朱應辰一首

應辰字拱之，一字振之，寶應人。應登弟貢士。

東湖曲

曲岸香風起，汀洲采白蘋。鴛鴦浮緑水，偷眼蕩舟人。

陳宇二首

宇字時清，寧德人。有《五真集》。

宜春舟次

客塗寂寞晚風寒，舟次宜春近石灘。苦竹叢深山鷓雨，令人却憶鄭都官。

園居

無事柴扉盡日閒，懶情幽興每相關。却嫌新筍都成竹，遮過門前一半山。

嚴時泰 一首

時泰，餘姚人。官福建鹽運司同知。有《牢盆集》。

《詩話》：山陰陳起侯撰《浙士登科考》，於弘治辛酉載：「湖廣中式一人，嚴時泰。」注云：「辛未三甲。」按辛未登第者，乃江夏人，曉以右副都御史巡撫四川，陞工部右侍郎，致仕。楊用修贈詩所云「昂昂嚴夫子，矯矯人中龍。長才抱經濟，大雅含春容。叩之清廟絙、朱瑟，縣之東序鏗金鏞」者，是其人也。若餘姚嚴時泰，祇官福建鹽運同知，故其詩名《牢盆集》。集中有云：「憶我東南來，於時歲方晏。」又云：「暮叩西禪寺。」又云：「頗爲微官縛。」皆在閩中所賦。然則用修贈詩，别是一人。黄棃洲徵君輯《姚江逸詩》，誤運同即侍郎，未免爲起侯所惑矣。

出城尋山

雅負山澤情，平明出游衍。崎嶇旣經丘，峻絶還陟巘。征衫清露濡，垂蘿或相罥。縈紆度林涇，草樹益蔥蒨。古洞閴無人，聊以憩吾倦。幽鳥遺好音，起覓不可見。含情倚嘉樹，日暮增繾綣。憶我東南來，於時歲方晏。春徂忽已夏，逝景迅流電。不樂復如何，嗟爾玄髮變。

王瀛 一首

瀛字元溟，會稽人。有《西湖冶興》。

韜光菴

吟邊喜與故人登，老樹無枝石有稜。坐久江潮聽漸近，寒山高出白雲層。

明詩綜卷三十九

小長蘆　朱彝尊　録
雪苑　宋韋金　緝評

姚淶一首

淶字維東，慈谿人。嘉靖癸未，賜進士第一，歷官翰林院侍講、學士。有《明山存稿》。

《靜志居詩話》：文徵仲待詔翰林，相傳爲學士及楊方城所窘，昌言於衆曰：「吾衙門非畫院，乃容畫匠處此？」何元朗《叢説》述之，而曰：「二人只會中狀元，更無餘物。衡山長在天地間，今世豈更有道著姚淶、楊維聰者邪？」聞者以爲快心之論。然學士嘗與孫太初、薛君采、高子業相唱和，且聞山東李中麓富於藏書，特遣其子就學。即徵仲去官日，躬送至張家灣，賦十詩送別，比之巍巍嵩、華。至其《贈行序》略云：「自唐承隋敝，設科第以籠天下士，爵禄予奪，足以低昂其人。於是天下風靡，士無可稱之節者，幾八百餘年。然猶幸而有獨行之士，時出其間，以抗於世，而天下之人亦罔不高之。求之唐則元魯山，於宋得孫明復。二子豈有高第顯位爲可誇哉？徒以其矯世不涅之操，好古自信之志，足以風勵天下。而一時名流，皆樂爲之稱譽焉耳。今之世，如二子者，誠難其人。吾於衡山先生，竊以二子比之。而衡山之所造，則又有出於二子之所未純者。先生明經術以爲根本，采詩賦以爲英華，秉道誼以爲壇宇，立風節以爲藩垣。蓋嘗聞之：却吏民之賻，以崇孝也；麾寧藩之聘，以保忠也；絶猗頓之游，以勵廉也；謝金張之饋，以敦介也。不懾於台鼎之議，以遂其剛毅也；不慁於輶褻之招，以植其堅貞也。此數者，足以當君子之論，而先生未始以爲異也。聲震江表，流聞於天子之庭，先生亦烏得而逃哉？曩者先生之貢於春官也，朝廷録其賢，拔而官之翰苑，儒者共指以爲榮，而先生不色喜。官僅三載，年僅五十餘，先生遽以南歸爲念。吾每謬言留之，而先生持益堅，三疏乞歸，竟得請以去。先生其有悟於達人之指邪？嗟夫！先生嘗試於鄉矣，有司以失先生爲恥，而先生之名益高。嘗官於朝矣，銓曹以不能留先生爲恨，而先生之節益重。榮出於科目之外，貴加乎爵禄之上。罻羅之所不能取，縶維之所不能縻，樊籠之所不能收，彈射之所不能驚。翩然高翔，如鳳皇之過疏圃，飲湍瀨，回蒙汜，下視泰山之鴟，啄腐鼠以相嚇者，何不侔之甚也。傳所謂『難進而易退，易禄而難畜』者，其先生之徒與？自大道既漓，好惡立於一鄉，而不可達於天下之廣；毁譽狥於一時，而不可合於萬世之公。故吾之論先生，直以魯山、明復爲喻，而使世之觀先生者，不當以三吴之士求之也。」繹其詞，傾倒爲何如者，而謂學士有是言邪？金華吴少君詩：「説謊定推何太史。」然則元朗乃好爲誑語者。虞山錢氏信何氏之説，遂不録學士詩，未免偏於聽矣。

秋夜偶成

新凉沁苧衣，楚客悲遲暮。林葉墮寒飈，皋禽警清露。銀河没半空，秋影在高樹。何處洞簫聲，吹遍江南路。

徐階 十三首

階字子升，松江華亭人。嘉靖癸未，賜進士第三，授翰林編修，抗疏論孔子廟制，斥爲延平府推官，稍遷浙江、江西提學副使，入爲司經局洗馬，歷升禮部尚書，入直無逸殿，尋入東閣辦事，累官少師，吏部尚書，建極殿大學士。卒，贈太師，謚文貞。有《少湖集》。

錢受之云：少師負物望，膺主眷，當分宜驕汰之日，以精敏自持，陽柔附分宜，而陰傾之。分宜敗後，盡反其粃政，卒爲名相。嘉靖中，閣臣如華亭新鄭，皆以文翰起家，而志在經世，不求工於聲律，若張桂議禮諸公，本非詞臣，又勿論也。

陳卧子云：　徐公經世之士，其詩不專臺閣。

《詩話》：　先祖妣徐安人，爲文貞公曾孫。余少日登世經堂，覩永陵手勑，羅列梁棟間，蓋得君久而不衰，罕有過焉者。當日袁懋中於西内撰青詞，湛元明爲鈐山作詩序，貽笑士林。而公不露所長。讀《少湖文集》，有醇無疵，非諸公所易幾矣。

感興

烈風振黄塵，長夜何颼颼。浮雲東南來，各有雨雪謀。美人金玉姿，煢煢倚高樓。寶玦雙明珠，欲致道阻修。嚴霜瘁百草，荏苒歲已遒。寒暑互代謝，日月無停輈。至理諒斯存，耿耿生百憂。冥冥雙飛鴻，可望不可求。

贈傅神蕭鴻臚

蕭君七年别，來自江西湄。以彼絶妙手，寫我羸頑肌。揮毫捷風雨，初不經意爲。須臾兩徐生，并出當前楣。兒童走相問，何以更有兹。我笑不爲言，視久竊自悲。容顔醜如此，已見猶惡之。旁觀盡才俊，何由使愉怡。請君爲潤色，稍就嫵媚姿。君怒不復賡，我亦慚無辭。誓終抱此醜，亟訂漁樵期。

送考功朋石楊君赴留都

昔人賤榮達，今人慕通顯。所履非有殊，中得異深淺。欣戚緣感生，塵幻非實踐。望睞情日悲，理會境俱遣。子年二十强，才器重瑚璉。春明去不顧，此意昔所鮮。因之内自愧，孱鈍玷華選。會當理歸楫，長嘯謝軒冕。

送司封仲芳楊子赴留都

哲人重道義，朝貴不足縻。丈夫志四方，遠適非所悲。如何與子别，悵悵不忍辭。古道日淪替，群訣紛追隨。子獨諒迂僻，經訓相劘規。去住忽以異，麗澤安所資。頹波無停流，靈耀亦西馳。感此重念子，何以慰爾知。至理不外得，吾心實吾師。願言勵操存，千里同襟期。

送沈進士子善尹鄱陽

治民如烹鮮，此語傳自昔。邇來才俊士，古訓恥誦習。譁然煩其令，藉口興與革。遂令田野間，奔走廢耕織。朝廷念元元，置吏務安輯。豈意更勞擾，肥身重民瘠。沈生起巍科，探討遍六籍。况復有家教，兹義諒能識。鄱陽號樂土，近稍異往日。撫摩還富厚，夙夜在努力。高才如騏騮，千里初發迹。

康莊與曲徑，慎哉審所適。

送趙甥赴衛輝幕

汝母予之姊，六年長於予。予昔生十齡，夜燭誦詩書。汝母執女紅，竟夕與予俱。兹事四十年，想像昨日如。頭顱各已白，相望天一隅。每懷骨肉情，中宵起嗟吁。春來獲見汝，差足慰煩紆。汝今幸有官，汝毋當怡愉。汝本故家子，書香襲巾裾。予衰愧忝竊，早晚賦歸歟。汝宜兩念此，奉法保民譽。禄養儻能久，庶報生汝劬。舅甥共休戚，贈言不以諛。勗哉萬里程，夙夜慎所趨。

送王國完東歸

春色千門柳，歸航兩月塗。歲更鄉夢切，客去草堂孤。會合期猶阻，翩飛意不無。瑁湖煩問訊，松菊恐荒蕪。

送曹一坡判辰州

衡嶽已無雁，辰陽吁可知。未愁會面阻，豫計得書遲。屯戍煩兵力，流亡苦歲饑。若爲宣帝澤，遠慰故人期。

瓜洲風雨不克渡江

未遂歸來願，空驚歲月奔。布帆三日雨，茅屋數家村。山氣遥連海，江聲近到門。無緣得飛渡，東望欲消魂。

送顧起元甥壻之京

病中愁送客，况復是殘年。雨雪三更夢，江湖萬里船。天垂龍塞没，星接鳳城懸。到得燕山路，應書數字傳。

廣信阻雨有懷子明弟

山國夜多雨，冥冥氣不分。石田寒貯水，松逕濕蒸雲。灑密愁仍見，聲微醒故聞。西堂何處所，知共惜離群。

分水關

峻嶺開閩服，重關限楚氛。星隨分野異，地漸燠凉分。人語聽難辨，山名得未聞。所嗟南逝水，不似北歸雲。

横溪爲彭允禎賦

横溪東去水迢迢，虚閣重簷共寂寥。山外夕陽低度鳥，雨餘春渚暗通潮。寒空落葉書聲静，秋草孤帆客夢遥。欲徙西湖湖上石，爲君乘月更吹簫。

潘恩 四首

恩字子仁，上海人。嘉靖癸未進士，累官南京工部尚書，改都察院左都御史。卒，贈太子少保，謚恭定。有《笠江集》。

張惟静云：子仁詩型範自然，體裁各適，已深入作者堂奥。

徐伯臣云：笠江詩祖盛唐，充然自得。

王元美云：公詩根柢鄴中，間及開元、大曆。

《詩話》：先大母徐安人，爲恭定公女孫所出。予七齡時，塾師課以屬對，不協。安人述舊事，謂公「六歲能調四聲」，因以公所訂《詩韻輯略》授予，自是知别四聲矣。公詩，凡風雅什、樂府、五言、雜體，靡不擬，又與高子業、田叔禾相酬和。知其用力深而取友之善也。

塘上行

綠蒲生中池，其葉何蒙茸。與君締昏媾，焉知鮮有終。三月楊柳花，飛泊隨春風。入沼化爲萍，吁嗟無定蹤。衝波一相激，葉葉自西東。我心元不移，君情忍中絶。妾生草不如，鴛鸞故成列。妾生禽不如，絲蘿可高揭。妾生木不如，連理枝糾結。越鳥豈北翥，吴江不西旋。妾生一以棄，苦相誠可憐。恨無奮飛翼，委志畢君前。

從庾嶺北歸至萬安縣舟中作

嗟余謬時網，作吏入西粤。飽歷五嶺雲，四見梅花發。草樹冬常青，嵐霧晝不歇。狗禄歎迷方，留滯慚英達。駕言適京師，歸途嶺初越。忽驚險阻盡，俯視原隰闊。白沙綴疏星，碧水澹華月。乘流耳目新，破浪情神豁。鷗鳥會我衷，飛鳥恣怡悦。雖牽行役悲，吾躬庶可閲。

當陽晚行

山行日有程，中路速修軫。牛羊夕下來，嶺日忽以盡。石滑露華零，木號風力緊。野燒漸已微，疏星忽而隱。倦翮怯途遥，迷方憐步窘。僕御慘不歡，勞生況多疢。撫時百慮煎，于役良足憫。惜哉紱冕牽，久負沮溺哂。

湖上

西湖如練風日清，西山屏障更分明。上方金碧自相映，下界鼓鐘時一鳴。槐柳青溪張席罷，菰蒲白水放舟行。此時政切東南想，怪爾浮雲空北征。

鄭曉　一首

曉字窒甫，海鹽人。嘉靖癸未進士，累官南京吏部尚書，尋以右都御史，協理戎政，改刑部尚書。卒，贈太子少保，謚端簡。有集。

《詩話》：端簡公家法甚嚴，遺訓子孫，倡優不許入門，違者以不孝論，屏諸宗譜之外。築别業於城東北隅，穿池中央，四面種蔬藥。賓客至者，燕於池上百可亭。亭陰有牡丹數本，嘗與夫人玩花。豚一蹄，魚一尾，雞子四枚，酒三行而已。嗣先妣孺人，爲公來孫。予嘗讀書其地，芋魁芥孫，豆棚瓜堰，恍若深村。今已屬之他姓矣。公鋭意經史學，韻語不多作，然曾刊《鳴唐萬選絶句》以行，非不留心風雅也。

彭城

彭城天下險，萬里接河源。落石東南斷，飛濤日夜喧。江淮連絶島，齊魯入平原。寄語當關者，征求無太繁。

張時徹七首

時徹字唯靜，鄞縣人。嘉靖癸未進士，授兵部主事，改禮部，出爲江西提學副使，歷福建參政，雲南按察使，山東右布政使，河南左布政使，以僉都御史撫四川，再撫江西，遷南京刑部侍郎，改兵部，進尚書。有《芝園集》。

楊用修云：芝園匠意鑄詞，色具體備。

江于順云：唯靜立格漢、魏，取材六朝，而音節變調，出入開、寶之間，情屬景生，神在象外。

錢受之云：尚書詩學殖富有，工力深重。樂府、古詩，興會標舉，時多創獲。七言今體，塵坌蕪穢，若出兩手。

陳卧子云：司馬樂府頗有造構，近體宛倩麗逸，如層臺佚女，意帶雲霞。

《詩話》：芝園樂府不規摹古人，較之濟南覺勝。五律頗近初唐，七律潦倒麄疏，無譏焉已。

彭彭者車五章

彭彭者車，于彼河洲。有美丹漆，不以飾軜。彼君子兮，使我心憂。一
彭彭者車，于彼河側。矯矯騏馵，不以服軛。彼君子兮，使我心惻。二
爾之弦矣，衆維韋矣。爾之石矣，衆維脂矣。匪爾圖之狂，維衆之迷矣。三
矢之既釋，不可反也。錦之既張，不可卷也。我生有定，終不可轉也。四
修爾疆畎，藝爾黍稷。保艾爾生，夙夜無斁。如彼見龍，時哉斯匿。五

秋胡行

衆鳥有匹，胥遨以遊。摯而有別，實惟雎鳩。彼誰者子，矯矯卿侯。突而好我，中心孔羞。卿有婦兮妾有夫，悅彼姝兮，曾雎鳩之不如兮。一解。倉庚喈喈，春日載陽。執我懿筐，采彼柔桑。彼誰者子，車馬龍驤。含情流睇，黃金是將。獸有穴兮鳥有林，卿有金兮，不如我有心兮。二解。明明日月，照臨下土。女子有行，畏彼多露。彼誰者子，繡衣朱輅。美也可悅，不念其故。山有木兮水有魚，子不信兮，孰可與同居兮。三解。

北征雜詠二首

養鳥莫養鸞，藝麻莫藝蘭。芳香難爲用，過美多憂患。田甲賤死灰，白日摧冰山。時運有來去，禍福無定端。周道蕩如砥，朱門競彈冠。咳唾生風波，誅奪在一言。日月不常盈，人生豈得安。栖栖巖穴士，無爲恥泥蟠。

羲和無停軌，寒暑更相易。歲暮誰不歸，獨爲遠行客。荆榛當路衢，烏鳶翔我側。疾風吹沙塵，白日忽以匿。筋骨既憔悴，感此增怵惕。悠悠赴壑鱗，戢戢歸林翼。物性有如此，行役不遑息。閶闔不可攀，閬風不可即。果腹適莽蒼，浩蕩將安極。

長安道

月曉一作「曙動」。開長樂，風清一作「鶯啼」。遶建章。龍媒馳道出，鳳吹彩旌揚。繡陌生朱霧，銅溝映緑楊。渭橋春水漲，日日浴鴛鴦。

齋居

張時徹

紫闕風雲迴，彤庭日月臨。明禋昭代典，肅戒小臣心。雨露春偏渥，星河夜不沉。長安千萬里，應獻太平吟。

閶闔曲

穀熟不到釜，絲成不上身。莫道江南樂，江南愁殺人。

歐陽德 一首

德字崇一，泰和人。嘉靖癸未進士，累官禮部尚書。贈太子少保，謚文莊。有《南野集》。

送胡九峰改太常少卿北上

丹楓江上路，送爾倍沉吟。南北如相避，誰從話此心。漸鴻遵月渚，倦鳥怯雲岑。孤負溪山約，臨風撫素琴。

馬坤一首

坤字順卿，揚州通州人。嘉靖癸未進士，累官工部尚書。有《石渚集》。

苦雨

南國春來不肯晴，陰雲接地暗山城。翻風何事鸛一作鶴。雙下，喚雨忽聞鳩一鳴。處處蠶飢吳地妾，牀牀屋漏杜陵生。鶯花三月空無賴，獨掩柴門對短檠。

朱廷立一首

廷立字子禮，通山人。嘉靖癸未進士，除知諸暨縣。入爲監察御史，升南太僕少卿，終禮部右侍郎。有《兩厓集》。

杜宇

愁烟積雨過芳辰，乍喜濃陰緑樹新。杜宇多情啼不歇，山中可有未歸人。

吳鵬 五首

鵬字萬里，秀水人。嘉靖癸未進士，累官吏部尚書，加太子太保。有《飛鴻亭集》。

《詩話》：尚書居里門，不自韜晦，以是鄉人皆惡之。會有詔，許佃浮屠廢寺爲民居，公子繼輪直於官，請佃楞嚴寺隙地，且酬僧徒以白金四百兩，因葺野樂園，蓋與勢估者，稍有别矣。園有堂曰先瀛，前爲圃曰閒閒，曰猗猗，曰忘機，曰都春，門曰吾如所。堂後有樓，曰雲日樓。前亭二，曰漱芳，曰臨賦，小沼環之。左右齋各一，曰悟真，曰守虚。園成，尚書自爲作記，告誡其子。謂「宫室勿崇，土田勿闢，輿馬勿飾，服御勿奢，饔飱勿珍，執業勿懈，交游勿濫，鄉鄰勿競，施予勿吝，辭受勿苟」。觀其出言也善，方諸席寵滅義以惡終者，亦有間也。尚書詩文頗條暢，特少警策。當在徐、沛拯民之饑，截漕粻數萬發之，而後請命。又敗永城賊師詔於五河，膽略亦有過人者。比於吳之陸完，差可恕爾。

潞河發舟

解纜催笳鼓，青春萬里行。煙籠提柳密，水泛野鳧輕。獨立思王事，無才補聖明。此心懷魏闕，惆悵櫂歌聲。

永平道中

疏雨未滑道，秋風隨使軺。磴危頻下馬，溪斷不逢橋。板屋居何陋，蒲鑾習更驕。暝投孤舘宿，寂寞聽鄰簫。

夫椒山

夫椒山前孤草亭，天風颯颯秋冥冥。客來獨鶴忽飛去，七十二峰湖上青。

舟行雜詠二首

山花瑣細蔟郵亭，小艇漁歸水氣腥。一路東風嘶去馬，土牆斜颭酒旗青。

驛亭素壁上苔痕，亭下奔流淨不渾。慣是秋河愁汎濫，漁家偏占白鷗村。

屠大山二首

大山字國望，鄞縣人。嘉靖癸未進士，累官兵部左侍郎，巡撫應天；與倭戰，失利，被逮繫獄；既而釋歸。有集。

屠長卿云：公歸田後，與里中故人縱飲，酒酣援筆作歌，了不求工，而往往神來，非詞人嘔心所得。

雜詠

古道有蒺藜，行者戒經過。新徑富桃李，過客肩相摩。古道日以微，新徑日以多。江河逝悠悠，歎息將如何。

聞道

聞道黄河套，年來勢不同。驚塵昏陜石，邏騎薄遼東。五月金符動，三軍鐵馬雄。何當清絶域，再見幕南空。

李仁 一首

仁字元夫，東阿人。嘉靖癸未進士，累官右副都御史。有《吾西遺稿》。

朱中立云：吾西清婉和粹，有中唐餘韻。

茂欽至得德兆起居

不見黄生久，天涯怨索居。椒蘭懷楚客，冰雪斷江魚。白日登山屐，青春負郭廬。虞卿能發憤，會見早成書。

李宗樞 一首

宗樞字子西，富平人。嘉靖癸未進士，除諸城知縣，徵拜監察御史，出爲河南僉事，歷僉都御史，撫河南。

度居庸關

峻壁含雲迥，飛湍接澗回。虛聞三峽險，疑是五丁開。荒樹分天宇，驚沙暗戍臺。衹慚持節度，豈是棄繻來。

劉隅 一首

隅字叔正，東阿人。嘉靖癸未進士，授福建道御史，出爲四川按察僉事，坐謫，稍遷永平知府，升河南副使，進按察使，以右僉都御史，巡撫保定，終右副都御史。有《範東集》。

朱中立云：範東意氣安閒，辭旨沉快，有杜陵遺意。

過宿州

憶昔乘軺過，霜飛楚甸清。十年頻去國，此日重含情。浦樹浮烟遠，河流入海平。山川望不極，春草徧王程。一作「伴孤征」。

李舜臣 二首

舜臣字懋欽，一字夢虞，樂安人。嘉靖癸未會試第一，由戶部主事，改吏部，歷考功員外郎，出爲江西提學僉事，改南國子司業，轉尚寶卿，久之召爲太僕卿。有《愚谷集》。

孔汝錫云：愚谷詩優柔，涵泳粹然，一出於正。

錢受之云：懋欽、伯華才名相頡頏，并由吏部左遷，并以京堂罷免，皆爲權貴人齮齕。伯華縱酒度曲，頹然自放；懋卿壹意經術。兩人學業不同，而志趣訢合，三齊之士，屈指先輩，必稱「二李」焉。

《詩話》：李獻吉有《九子詩》。李伯華仿之，亦作《九子詩》，以懋欽爲首，次以劉子素，又次羅達夫，餘則呂山甫、熊叔仁、唐應德、趙景仁、王道思、潘子抑也。子抑名高，太原人，王恭襄瓊女壻，中嘉靖壬辰進士，以翰林編修，建言罷官。伯華詩所云「貴人懷私憤，假公得一逞」也。又詩云：「潘君氣最豪，權貴等鴻毛。身廢談邊務，家貧賣寶刀。」又云：「有書過千卷，有田不一頃。」亦一負奇之士，所著《春谷集》不傳。李伯華輯《明雋》，僅録其一詩而已。近見晉人編《仕國人文》，竟不及其姓氏，惜夫！

初度友人過飲

乍喜高軒過，還驚短髩催。相看俱老大，相慰是歸來。濁酒家能釀，黄花手自栽。今宵踏明月，莫惜醉中回。

徐錦衣西園

暖日紅芳樹，晴烟碧小溪。春風二三月，定有好禽啼。

陸銓五首

銓字選之，鄞縣人。嘉靖癸未進士，除刑部主事；諫大禮，廷杖，遷兵部員外，轉禮部郎中；爲張孚敬所忌，出爲福建按察副使，歷廣西按察使，廣東布政使。有《石谿集》。

《詩話》：石谿論詩，專以性情爲主，嘗曰：「宋人不能爲唐，唐人不能爲漢、魏，時爲之也。其偶似者，宋之似唐，唐之似漢、魏爾。」故諸體不沿時習。五言如「鳥白雲中樹，山青雨後峰」，「亂帆爭入浦，羸馬怯過橋」，「越竹成游艣，吳蠶吐釣絲」；七言如「山田雨足秋仍熟，石室風高夏亦寒」,「絶壁有松人不到,深林無主鳥相忘」,「沙頭水急潮初落,山腹烟多雨未收」,「野樹巢空驚鶴去,淺沙船動覺潮來」,「輕便度嶺雙肩轎,小巧穿橋獨櫓舟」,「一别動經千里闊,百年消得幾回忙」,皆非陳言也。至若《獄中次季舉之韻》云:「聖怒不妨爲孝子,狂言豈敢託忠臣。」庶幾哉忠厚之遺矣!

民謡

毁我十家盧,構爾一郵亭。奪我十家産,築爾一佳城。官長尚爲役,我曲何時直?本是太平民,今願逐逋客。

撥悶

修塗密春雨,新水浮磽田。灘聲起林杪,浦色迷遠天。泝游違水性,力挽苦不前。歸情逐飛鳥。度日長如年。前村靄雲樹,望久生夕烟。來船翼雙櫓,疾若矢發弦。勞逸迥倍屣,遲速殊相懸。事以乘機易,力因失勢捐。引觸悟至理,何獨舟行然。

湘湖與陳見吾同遊

陳侯慷慨作賦才，置酒攜我湘湖隈。湘湖去縣十二里，津吏伐鼓廚船開。須臾山曠湖風發，船頭噴浪聲如雷。酒酣日落鳧鷖亂，振衣倚櫂登荒臺。人言夫差昔困越，直待烏喙行成回。至今山腳號排馬，天風颯颯吹枯荄。十年轉盼似昨日，敗軍勝將同灰埃。陳侯陳侯歸去來，登舟長嘯且銜杯。眼前功名亦吳越，吳越于我何有哉。

再和宣明館陽明先生韻

五色晴江雨後痕，亂峰雲氣月華渾。邊陲萬里還通驛，盛世深山亦有村。興至欲穿雙屐去，愁來只對一燈昏。夜郎詩思知多少，恐有當年遷客魂。

清明

清明日薄晝陰陰，籬外新秧短似鍼。縛草象人田畔立，借他風力逐飛禽。

顧夢圭五首

夢圭字武祥，崑山人。嘉靖癸未進士，累官江西右布政使。有《疣贅集》。《詩話》：武祥清約自居，有同寒素。當參議粵藩，賦詩云：「夏月行部至雷州，思製一葛且復休。冬月行部至廉州，思製一裘且復休。故衣雖穿尚可補，秋毫擾民民亦苦。」胡威之清，何以過此。呂仲木擷梅花贈之曰：「武祥如此花矣。」聞者以爲美譚。

擬古

雝雝雲中雁，八月徂南方。念彼北風來，怛焉懷稻粱。九月氣已淒，十月繁冰霜。生成一作來。毛羽單，高飛不成行。君門有鐘鼓，聽之徒自傷。

滮縣行

入城半里無人語，枯木寒鴉幾茅宇。蕭蕭酒肆誰當壚，武清西來斷行旅。縣令老羸猶出迎，頭上烏紗半塵土。問之不答攢雙眉，但訴公私苦復苦。雨雹飛蝗兩傷稼，春來況遭連月雨。縣城之西多草場，中官放馬來旁午。中官占田動阡陌，不出官租地無主。縣中里甲死誅求，請看荒墳遍村塢。

珠池歎并序

廉州、平江、青鸞楊梅池，雷州樂民池，産珠地也。先朝率十五六年，或十年一採，始得美珠上供。邇者三年再採，珠已竭矣，所得皆碎小。藩臬有司并受詰責。不知此物生息甚難，取之太頻，安得圓美？每採，費舟筏兵夫以萬計，頑悍之民，因緣爲盜。今雷、廉凋敝已極，採取不止，將有他虞。余承乏攝此事，儻議復採，當疏聞聖明，必不以無益害有益也。

漢家嬪嬙無麗飾，南海逍遥養泉客。昭陽新寵鬭新妝，照乘之珠苦難得。孟嘗美政龔黄班，今人反怨珠來還。璽書三年兩頒降，驪龍赤蚌皆愁顔。往時中官涖合浦，巧徵横索如豺虎。中官去後璽書來，誰訴邊陲無限苦。野老村童不著褌，四山戎馬夜紛紛。竹房無瓦缾無粟，猶折山花迓使君。

感事

畫戟門前車馬稀，東市灑血沾朝衣。中台轉盼無光輝。華亭唳鶴聲哽咽，月中空喚行人歸。

謁康陵

早霧籠山暝，新松匝殿稠。三邊餘武烈，八駿想神遊。花萼皇情遠，衣冠歲事修。傷心大官酒，猶得獻千秋。

高叔嗣二十二首

叔嗣字子業，祥符人。嘉靖癸未進士，授工部主事，改吏部歷員外郎，中出爲山西參政，終湖廣按察使。有《蘇門集》。

廖鳴吾云：詩人之有事於楚者，若邊廷實之沖澹，徐昌穀之超逸，李川父之脱灑，高子業之奔放，咸足被之廣奏，登之升歌，洋洋乎其盈耳也哉。

陳約之云：子業謝絶品流，因心師古，每有屬綴，佇興而就。寧復罷閣，不爲淺易，往往直舉胸臆，刮抉浮華，存之隱冥，獨妙閒曠。有蘇州之沖澹，兼曲江之沉雅。體王、孟之清適，具高、岑之悲壯。詞質而腴，興近而遠。洋洋乎斯可謂之詩也已。

蔡子木云：蘇門詩在我朝當屬第一。

李伯華云：何、李雖是大家，去唐却遠。蘇門雖云小就，去唐却近。蔡白石、王巖潭以爲國朝第一，其言雖過，要之不可盡非也。

王元美云：高子業如高山鼓琴，沉思忽往，木葉盡脱，石氣自青。又如衞司馬言愁，憔悴婉篤，令人心折。又云：高子業空谷之幽蘭，崇庭之鼎彝也。又云：刻羽雕葉，舍陳而新，吾推子業。然不能諱其促。

王敬美云：詩有必不能廢者，雖衆體未備，而獨擅一家之長。如孟浩然洮洮易盡，止以五言雋永，千載并稱王、孟。我明其徐昌穀、高子業乎？二君詩有不同，而皆巧於用短。徐似高韻勝，有蟬蜕軒舉之風；高以深情勝，有秋閨愁婦之態。更千百年，李、何有時廢興，二君必無絶響。

吳明卿云：獻吉、仲默并策上駟而馳中原，子業雖驂駕，第緩轡後至耳。

劉仞叔云：蘇門思悟入玄，詩在晉、魏、初唐之間。

顧玄言云：參政詩若磊磊喬松，凌風迥秀，響振巖谷。

胡元瑞云：高子業視李、何後出，而其五言之工，不欲作今人一字，在唐不減張曲江、韋蘇州矣。又云：弘正五言律，自李、何外，如薛君采之瀟灑温醇，高子業之精深華妙，置之唐人，毫無愧色。然二君俱不能爲七律。高蓋氣局所限，薛由工力未加。

黄清甫云：高詩綽有意見，不假縁飾，吐言成章。誦之若落落直致，而中自豐腴。

馬仲良云：羊孚有言：「資清以化，乘氣以霏，遇象能鮮，即潔成輝。」四語可畫一子業也。

范介孺云：子業多鮮漣之致，惜未竟其詣。

錢受之云：子業少受知於李獻吉，弱冠登朝，薛君采一見歎服。詩以清新婉約爲宗，未嘗登壇樹幟，與獻吉分别淄澠，固已深懲洗拆之病，而力砭其膏肓矣。其意微見於《讀書園稿序》中。約之爲疏通證明，暢言其脈絡，世之君子墮落北地雲霧中，懵不知返，亦可以爽然而悟矣。

陳卧子云：子業沉婉雋永，多獨至之言，讀之如食諫果，味不驟得。又云：子業詞存清曠，意成淒楚。

李舒章云：子業如疏林清磬，聽者振衣。

《詩話》：嘉靖初，後生英俊，稍稍厭棄李、何。子業以吏部郎謝病歸，時獻吉留開封，辭必摹古。子業自序《讀書園稿》，謂「本非所長，而强力慕之，度必取訕於衆」。其立意固殊，讀其詩，如食哀家梨止渴，雖爽而不伐性；如以水精鹽進酒，雖薄亦能醉人。李中麓「六十子詩」，於子業有云：「蘇門能入室，何、李只升堂。」其傾倒也如此。

古詞

荆和當路泣，良璞爲誰明。茫然大楚國，白日失兼城。燕石十襲重，魚目一笑輕。古來共感歎，今予益吞聲。

再調考功作

引疾三上書，微願不克諧。徙官復在兹，心迹一何乖。軒裳日待旦，閶闔凌雲排。入屬金馬籍，出與群龍偕。積賤詎有基，履榮誠無階。但惜平生節，逾久浸沉埋。既妨來者塗，誰明去矣懷。鳥迷思故林，水落存舊涯。唯當尋素業，歸卧守荆柴。

益藩潢南云：委婉，非俗客能道。

秋情

凉風吹庭樹，蕭然已暮秋。歲運空云往，客行胡久留。良時每易失，微志果難求。餘光儻可積，但空成山丘。

病起偶題

空齋晨起坐，歡遊罷不適。微雨東方來，陰靄倏終夕。久卧不知春，茫然怨行役。故園芳草色，惆悵今如積。

雨中簡子仁員外

積雨曠朝暮，層城苦沉沉。端居誰與言，抱此懷人心。一爲軒冕拘，遂使名跡侵。長愧玄豹姿，隱霧南山岑。君通微妙理，佇想開塵襟。

簡袁永之獄中

本同江海人，俱爲軒冕誤。子抱無妄憂，余有多言懼。昔來始青陽，今此已白露。豈乏速進階，苟得非余慕。罪至欲何言，直以愚慵故。衆女競中閨，獨退反成怒。追誦古時人，蒙冤誰能愬。皇心肯照微，與子齊歸路。

元日同谷子延賦

雄都盛賓客，車馬爭馳騖。芳辰啓初年，宴飲多所務。不知灌園身，何爲迷方誤。郊館抗空壑，山扉啓峻路。良朋平生歡，就我今朝步。城因并舍登，徑爲穿林度。微陰原上明，片日雲中霧。青霞照深池，白雪停幽樹。共貪歲欲新，不厭日旋莫。農田方在兹，君豈數能顧。

益王潢南云：造語精綺。

敘懷

生長夷門郭，往來莘野路。家貧無良謀，躬耕有遠慕。始窮伯王略，遂覽生民故。曰余本空疏，當年恣高步。慶彼鳴鶴期，忝此飛龍顧。亦知敝帚材，早享千金誤。日月不我留，撫心慚往素。

益王潢南云：辭意俱古。

移樹道上

春園就蕪穢，雜樹生蒙密。不知雨露功，長養何多術。婆娑使人憐，斬伐終余恤。乘時聊徙植，于以託吾室。交生兩相當，列映直如一。轉令門巷新，遂放雞豚出。修修原上風，團團村邊日。紛吾本蹇劣，兼爾抱憂疾。敢學成都桑，而謀荆州橘。願及垂陰成，初志儻此畢。

歸次南關驛

祗役忽于今，徑塗宛如昨。秣馬息荒林，振車越重壑。歲暮滯還期，客心悵不樂。曰予本沉冥，遭時乃濩落。化海異微禽，蟠泥豈尺蠖。方因遷斥餘，始遂歸來諾。逝將入雲峰，滅迹從所託。

送别德兆武選放歸

燕郊秋已甚，木葉亂紛紛。失路還爲客，他鄉獨送君。罷歸時共惜，棄置古常聞。莫作空山卧，令人望白雲。

春夕同李考功道舊

下馬春庭夕，明燈夜雨深。人多新歲感，日有故園心。磨滅名題柱，淒涼賦賣金。十年同省舊，誰念各如今。

賦得嶧山碑送李東升明府

秦皇千載後，嶧嶺尚遺碑。斷石青山路，孤城滄海湄。蕭條餘霸氣，磨滅想雄辭。君到鳴琴暇，應多弔古思。

得張子家書

晚日照餘晴，荒亭暗復明。歸雲度深樹，飛雨過高城。蹇劣慚當代，棲遲笑此生。空持一書札，長歎故人情。

雨後有懷子延

驟雨新秋晚，微晴墟落間。悠然抱藜杖，率爾倚柴關。空壑纔容水，流雲故滿山。遙知城市裏，應羨此身閒。

西園再酬谷子延

茅屋還相見，冬郊那可聞。荒城連凍浦，落照與寒雲。遠樹行時倚，歸塗到處分。留君終日語，猶自日思君。

武城漕河逢張使君憶考功舊寮

岸拆留餘照，舟行稱晚風。歸心千里倦，行役一時同。置酒滄波上，停橈緑樹中。思君如河水，何日不朝東。

送别萧司勳

柴門夜語罷，惆悵出前林。曉日孤村映，秋風落木深。别來生白髮，歸去換愁心。還復茅檐下，朝朝鳥雀吟。

井陘道中

曉霜塗屋重，寒日出林微。改轍辭邊徼，登車望帝畿。深山藏驛道，巨壑斷村扉。欲問前征侶，迷津何處歸。

晚趨忻口

雲峰聊極目，立馬獨愁心。豈直關山遠，其如雨雪深。笳聲先入夜，邊氣迴生陰。疇昔長征意，蹉跎力不禁。

沁州張源鋪

去國三年意，還家此日心。天寒客路永，日暮衆山深。沙塞人偏老，風霜馬不禁。如何更萬里，投跡楚江陰。

送管平田先生頒封秦府歸省

五等周分國，三王漢世家。日聞敦帝族，時見遣皇華。剪土仍鶉首，疏邦自犬牙。秦關通使節，灞水渡征車。過邑恩難屢，登堂禮更嘉。何如北山客，行役動長嗟。

葉份 一首

份字原學，婺源人。嘉靖癸未進士，歷官山東提學副使。有《蓮峰集》。

汪禹乂云：原學詩平妥中有逸思。

夜泊壽春驛

萬里愁行客，孤槎自使星。人烟昏晚渡，漁火亂風汀。桐柏長淮水，松杉古驛亭。誰家吹短笛，淒斷不堪聽。

周易 一首

易字時伯，蕪湖人。嘉靖癸未進士，歷官提學副使。有《赤山集》。

春眺兼簡楊石巖

野曠春猶淺，山明雪正殘。楚雲棲樹濕，淮雨過江寒。酒醒頻看劍，愁深獨倚闌。客從天上至，猶道未回鑾。

陸冕 二首

冕字宗周，崑山人。嘉靖癸未進士，除禮部主事，歷官陝西按察副使。

周子籲云：宗周律己廉介，詩雅健清古。

西夏曲二首

秦關百二古稱雄。寧夏山河襟帶同。天險皇圖元自固，從前失策自和戎。

校獵河西日未曛。摐金伐鼓動風雲。還軍飲馬長城窟，野馬黄羊各百群。

韋商臣一首

商臣字希尹，長興人。嘉靖癸未進士，除大理評事；疏救議禮諸臣，廷杖，謫靖江縣丞；累遷四川參議。有《南苕集》。

《詩話》：南苕世爲廉吏，時以比胡威父子。歸田後，與蔣恭靖瑶、劉清惠麟、孫僉事濟、蔡同知玘、唐主事樞、陳參政良謨、顧尚書應祥、吴太僕龍、朱太守懷幹、張通政寰、施知州佑、李知縣丙、吴副使麟、參政龍一十五人，結「峴山逸老之社」。雖饘鬻不給，而春秋必赴，能不改其樂云。父厚，字原載，中成化丁未進士，仕至黄州同知，有《翠屏詩集》不傳。霅峰者，名雲鳳，烏程人，官刑部主事。蓋續入「逸老社」者。

秋社和朱雪峰韻

近圃青千疊，遥山碧四圍。舟從天際至，鷁向雨中飛。殘暑蒲葵扇，新凉薜荔衣。更憐天欲霽，返照弄餘暉。

鄔紳

一首

紳字佩之，丹徒人。嘉靖癸未進士。有《中憲集》。

寄汪水部淵之

憶昔河梁别，春華委芳樹。流光何迅速，朱夏忽云暮。園林莎雞鳴，檐隙疏螢度。向晚輟簿書，中庭浥微露。搔首重踟躕，無亦以君故。使者舒城來，多君眷南顧。遺我以先春，開我以尺素。殷勤報秋期，江皋諧夙晤。我欲往問之，蒼波渺烟霧。悵望寂無言，鳴琴寫情愫。

陳袞 一首

袞字邦進，寧德人。嘉靖癸未進士。有《騮山集》。

燈花

倦矣經年客，歸與萬里家。遠書期不至，空自卜燈花。

馮世雍 一首

世雍字子和，江夏人。嘉靖癸未進士，歷官徽州知府。有《三石稿》。

赴滇南煙莊道中

碧嶂千峰合，黄茅一徑開。馬從危石度，人自亂山來。瞑樹青溪濕，寒雲白雁哀。漫停湘浦駕，遥望漢江臺。

劉汝松 一首

汝松字貞吾，歷城人。嘉靖癸未進士。歷官知府。

送李進士之京

春風吹岐路，朝日照高城。青陽既駘蕩，林薄亦芬榮。之子去安適，迢迢入承明。皇居一何麗，雙闕凌太清。白馬振長綏，丹陛羅群英。匪才慚寡用，高步羨芳聲。盛年志四海，豈徒夸令名。

朱淛 四首

淛字必東，莆田人。嘉靖癸未進士，授湖廣道御史；建言，廷杖，放歸。有《天馬山房遺稿》。

林雨可云：損巖下筆清健，一種疏宕之氣，足以移人性情。

《詩話》：興國太后將至，禮部議由東安門入，覆議由大明左門入。張璁曰：「雖天子，必有母也。焉可由旁門入乎？」於是從大明中門入。在永陵意中，惟知有興國太后而已。嘉靖三年，值慈壽皇太后誕辰，有旨命婦免朝賀。損巖上言：「興國太后朝賀既已舉行，慈壽誕辰乃聞報罷。事體相類，禮數頓殊，臣切念武宗上賓，蒼生無主，當時爲孝廟後者，惟慈壽所欲立爾。手提神器，親授吾皇，孝宗在天之靈，所以望陛下之事母后者何如？天下臣民之心，所以望陛下之事母后者何如？今乃旬月之間，一舉一罷，彼此相較，形迹太分。何以慰孝宗在天之靈，副天下臣民之望？」疏入，永陵震怒，賴蔣文定力救，不能生矣。同時疏諍者，馬侍御明衡也。二公可謂格君心之非者。損巖詩無俗韻，誦之想見其人。

歲暮山中

種梅山逕邊，下有牛羊道。童豎恣攀翻，糾纏易枯槁。殷勤謝鄰翁，愛此寒花好。放牧須前山，前山足豐草。

飲黄石友人黄正可晚青亭和師山題壁

漫影落名山，歲月累云周。如何咫尺地，兹亭今始游。小草冒庭戶，寒花明牆陬。摵摵高樹聲，蕭然似林丘。西風天欲暮，雨意鳴靈鳩。主人有好懷，開尊更獻酬。相與各賦詩，談笑銷百憂。愛此同游人，俱維靜者流。盍簪誠足樂，萬事吾何求。

贈豐山陳于廷

我愛豐山無俗韻，時時來往小齋中。野情自比天隨子，詩句多師陸放翁。環堵蕭然無一物，才名早已動諸公。長吟盡日不知厭，興入冥冥海上峰。

草堂前芙蓉正吐口占

清霜一夜老蒹葭，牆角芙蓉漸著花。猶憶昔年江上看，西風吹夢客思家。

盧襄 一首

襄字師陳，吳縣人。嘉靖癸未進士，官職方郎中。有《五塢山房稿》。

一谿

一道縈村曲，何年有此谿。微風生細浪，過雨失平堤。漁潊舟相續，仙源路不迷。幽棲我亦戀，夢繞石湖西。

狄沖七首

沖字仲虛，溧陽人。嘉靖癸未進士，歷官南京工部郎中。有《春谿集》。

陳山父云：春谿思致雋爽，體裁各軌其度，音調亦遒。

《詩話》：春谿歷仕不達，晚乃爲郎。故其詩云：「官銜四轉轉萬里，垂老始博尚書郎。」其詩清澈，類楊夢山，特全篇合作者少。

臨淮思

淮之水兮清且瀏，思若人兮情夷猶。遡予舟兮夕逝，願從之兮靡由。淮之水兮清且駛，思若人兮不能已。抱多病兮焉投，隔淮湍兮千里。淮之水兮洋洋，睠我情兮難忘。永悠悠兮冬夕，輾轉反側兮未央。悲莫悲兮生別離，我思君兮君不知。臨北風兮隕涕，屬孤雲兮南馳。

東寺竹

林鳥已春聲，林竹尚寒影。豈無竹外花，愛此晚色靜。褰蘿拂苔石，透手弄清泠。飛鼠迭相竄，驚鱗時一逞。慚非海上翁，動物見猶警。

自銅仁至八盤

岧嶤度修坂，窈窕穿林木。野燒楓半枯，陰厓草全緑。獸鋌或銜人，鳥嚶如度曲。群猨不畏人，聯臂下江浴。人言此道險，欣籍吾方足。肩輿吟且眺，一一得所欲。月出江上峰，夜上峰頭宿。何似長安塗，飛埃眯人目。

德州道中

遠道嗟難到，舟行觸凍流。山城寒擊柝，客夢夜封侯。岸鳥棲還警，村尨吠不休。篙人真楚産，助力發蠻謳。

谿上

原樹明殘日，谿風掃斷雲。衆山圍野并，一水向田分。魚戲推萍轉，樵歌隔嶼聞。隱居逢此地，無事歎離群。

冒雨入白鹿

樹杪雨來風有聲，肩輿且并樹邊行。路傍鳥去葛花落，水面魚游蓮葉生。山接流雲多變態，澗添行潦亦爭鳴。此來老子興不淺，巾折衣霑踏草坪。

喜晴

東郊奄奄雨意足，南郭浮浮雲脚收。鸕鷀刷翎水北岸，蜘蛛添網門西樓。虹垂古澗青紅氣，日射蒼波紺碧流。曾苦妨農何事喜，桔槔閑卧夕陽洲。

柯維騏二首

維騏字奇純，莆田人。嘉靖癸未進士，官南京户部主事。有《藝餘集》。

謝山子云：先生閉户五十年，放意著述，自成一家。詩以積學勝，人不易託。

《詩話》：宋、遼、金、元四史，惟《金史》差善，其餘潦草牽率，豈金匱石室之所宜儲？希齋撰新編，會宋、遼、金三史爲一，以宋爲正統，遼、金附焉。升瀛國公益、衛二王于帝紀以存統，正亡國諸叛臣之名以明倫，列道學於循吏之前以尊儒。歷二十載而成書，可謂有志之士矣。其詩文曰《藝餘》者，編《宋史》之暇作也。先是揭陽王昂撰《宋史補》，台州王洙撰《宋元史質》，皆略焉不詳。至柯氏而體稍備。其後臨川湯顯祖義仍、祥符王維儉損仲、吉水劉同升孝則，咸有事改修。湯、劉稿尚未定，損仲《宋史記》沉於汴水，余從吳興潘氏鈔得，僅存。然三史取材：紀傳則曾鞏、王偁、杜大圭、彭百川、葉隆禮、宇文懋昭。編年則李燾、楊仲良、陳均、陳桱。禮樂則聶崇義、歐陽脩、司馬光、陳祥道、陳暘、陸佃、鄭居中、張暐。職官則孫逢吉、陳騤、徐自明。輿地則樂史、王存、歐陽忞、稅安禮、王象之、祝穆、潘自牧。著録則王堯臣、晁公武、鄭樵、趙希弁、陳振孫。類事則徐夢莘、孟元老、李心傳、葉紹翁、吕中、馬端臨、趙秉善、劉祁。述文則趙汝愚、吕祖謙。諸書具在，以予淺學，亦曾過讀。其他宋、金、元人文集，約存六百家；郡縣山水志，以及野史、説部，又不下五百家。及今改修，文獻尚猶可徵。予嘗欲據諸書，考其是非同異，後定一書。惜乎老矣，未能也。

别黄道卿

繁霜肅野草，回飆振城樹。胡爲子遠行，值兹歲云暮。我屢不出門，爲子臨岐路。子驂亦暫停，豈不以我故。我如蒿下鳥，子如雲中鷺。動息各有宜，安得長會晤。會晤不須期，努力慰所慕。

宏路驛

雨歇江天淨，山回驛路遲。客愁新歲減，風物故鄉宜。花事餘梅蕊，樵歌綴竹枝。祗慚司馬病，深負好文時。

豐坊 一首

坊字存禮，鄞縣人。嘉靖癸未進士，除禮部主事；以吏議免官，家居，坐法竄吳中；改名道生，字人翁。有《南禺集》。

張惟靜云：存禮質稟靈奇，才彰卓詭。論事則談鋒橫出，摛詞則藻撰立成。士林擬之鳳毛，藝苑方之逸駟。然而性不諧俗，行或蝥中。片語合意，輒出肺肝相啗，睚眦蒙嗔，即援戈矛相刺。亦或譽嫫母爲嬋娟，斥蘭荃爲蕢蕠，旁若無人，罕所顧忌。知者以爲激詭，不知者以爲窮奇也。由是雌黄間作，轉相詆諆；出有爭席之夫，居無式閭之敬。鶉衣繿縷，濕突不炊；僮奴絶粒而逋亡，賓客過門而不入。顑頷窮獨，以終其身，不亦悲夫！

王元美云：豐道生如沙苑馬，駑駿相半，恣情馳騁，中多敗蹶。

《詩話》：南禺釋褐後，從其父學士熙諫大禮，受杖闕下。人方謂學士有子矣。逮父卒戍所，乃言非父本意，忽走京師，上書，請追崇興獻王宜稱宗，入太廟。永陵用其言，而不録其人也。歸益狂誕，恃才傲物，作僞欺人。撰《子貢詩傳》《申培詩説》《魯詩世學》《古書世學》《石經大學》，竄易經文，别裁異議。一時若泰和郭氏、京山李氏、澄海唐氏，多惑之，而不知本邪説也。芝園一序，可當聲罪檄，而憐才美意，寔寓其中。此等人，第作犬豕相遇可耳。詩不必存，録而論列之，期以祛後人之惑也。

十月十一日作

去國已逾紀，玄節及兹臨。修軌忽電逝，壯懷終陸沉。淒淒寒露結，慽慽悲風吟。芳草委遥澤，驚鳥翔空林。朝飛尚蠅羽，夕寐惟蟲音。馳情有斷簡，卒歲無重衾。餘悰奚足道，雲海勞予心。

明詩綜卷四十

小長蘆　朱彝尊　録
西湖　馮念祖　緝評

龔用卿二首

用卿字鳴治，懷安人。嘉靖丙戌，賜進士第一，除修撰，歷諭德，終南京國子監祭酒。有《雲岡集》。

武仁第五曲謁紫陽精舍

九曲清溪流，此地適居半。上有丹屏圍，下有緑波渙。嘉木雜異草，神工留奇觀。山川洩幽靈，晦明定昏旦。茂囿小可耕，淺渠清可灌。我來謁紫陽，維舟楊柳岸。懷賢式居廬，訪舊窮考按。釣游本夙心，歷覽騁披翫。元理固予會，奈此浮名絆。行當息塵網，永作青山伴。

冬日飲九山員外怡薰樓

開軒對南山，蒼翠日在眼。山色佳有餘，引領意無限。煙霏起暮容，浮雲自舒卷。時見登山人，歷歷諒非遠。層樓具盤餐，主人興不淺。清歌遶畫梁，冥心栖絶巘。玄理儻予會，幽懷從此遣。

蘇祐 二首

祐字允吉，一字舜澤，濮州人。嘉靖丙戌進士，除吴縣知縣，再知束鹿，徵授監察御史，出爲江西提學副使，遷山西參政，陞大理少卿，以僉都御史，撫保定，以副都御史，撫山西，入爲刑部侍郎，尋以兵部左侍郎，總督宣大，進兵部尚書。削籍，尋復官。有《穀原詩集》。

朱中立云：　穀原所作，格不高而氣逸，調不古而情真。

穆敬甫云：　公意興甚高，得句不苦，自是盛唐遺韻。

于無垢云：　蘇公詩遒麗典雅，卓然名家。

陳卧子云：　司馬詩沉雄雅練，邊塞之篇，不愧横槊，七律格律精嚴，聲調清亮，咄咄逸群而上。

聞警

榆塞傳刁斗，經年未罷兵。遂令青海箭，復度白登城。四野空多壘，三軍孰請纓。轅門有頗牧，萬一早留情。

予歸入倒馬關作

南風吹雨傍關來，關上千峰畫角哀。老去尚憐金甲在，生還重見玉門開。鵾絃謾引思歸調，虎節空慚上將才。聖主恩深何以報，車前部曲重徘徊。

張鏊 一首

鏊字濟甫，南昌人。嘉靖丙戌進士，改庶吉士，累官南京兵部尚書。有《遷鶯館集》。

訪趙元戎築塞

走馬黄龍府，觀兵細柳營。連山邊雨合，平野陣雲横。松漠懸秦壁，燕支動漢旌。猶憐趙充國，辛苦築金城。

陸垹五首

垹字秀卿，嘉善人。嘉靖丙戌進士，累官右僉都御史，巡撫河南。有《簣山集》。

李元實云：簣齋詩文，發乎中情，根之理道。無高論，無詭詞，淡然如菽粟之味，可嗜而不可厭。

陸子餘云：簣山言志爲詩，罔非真響。處華腴而不詡，當阻阨而不挫，敘逸豫而不滛，宣伊鬱而不激。

《静志居詩話》：嘉靖初，吾鄉詩人，漸山而外，有菁山、簣山。漸山集，選家恒多采録，兩公詩或見遺。譬諸圖繪，漸山丹青，兩公水墨，鑒賞者好有不同，非畫品有高下爾。

感述

行人牽牛去，乃謂邑之人。無妄固有疾，勿藥戒諄諄。所以君子徒，兢兢慎厥身。明期無人非，幽欲無鬼嗔。不虞譽方恥，求全毁非真。浮雲翳白日，白日豈終淪。

築隄謡

彼田高，我田低，高田積土河成蹊。低田年年催築堤，築堤復取田中泥。去年大水百穀傷，高田得熟低田荒。今年土龍雨莫禱，高鄉之田爲茂草。

宿三叉口

雲樹蒼茫合，鄉關道路賒。近船呼伴侣，隔岸有人家。草短煙横野，江寒月侵沙。家人應念我，今夜宿三叉。

郡廨似野齋

青林依郡宅，渾似野人居。幸此無公事，閒來展道書。蟬聲来遠樹，草色上前除。莫笑耽玄寂，功名意本疏。

弋陽道中

石子船頭磊磊，溪聲枕上潺潺。人行上瀨下瀨，夢隔千山萬山。

張子立一首

子立字原禮，黄縣人。嘉靖丙戌進士，除行人，擢湖廣道御史，歷官右僉都御史，巡撫延綏，謫戍。

寧武關

龍沙北望接三關，十萬旌干虎豹閑。隘地風煙臨晉水，連營烽火動燕山。行邊將帥勞推轂，勝算朝廷重轉圜。黠寇早聞驅馬去，將軍新自射熊還。

吕希周二首

希周字師旦，崇德人。嘉靖丙戌進士，歷官通政司使。有《東匯詩集》。

《詩話》：東匯於詩亦沾沾自喜，其集不甚傳，由其子請論定於陸武惠也。同里曹秋嶽侍郎，博徵文獻，集明三百年名公卿手書墨蹟，裝潢成冊，多至七百家。東匯《雜詩》在焉。比集中所載者較勝，亟録之。侍郎殁後，古林書畫，散作雲煙，曩之過眼者，不復再覯矣。可惜哉！

雜詩

人生如萍藻，汎汎浮江河。東西逐流風，南北信逝波。波逝一以散，風回復來過。暖翠唼鳧鴨，遥青逼蒲荷。託身一水中，漂轉諒靡他。深谷忽爲陵，天運其如何。枯瘁同百草，無復黄白華。植根本無定，浮榮安足多。

萍鄉次趙都諫漸齋

晚憩萍鄉館，繁陰度短墻。鳥栖人亦倦，山僻雨初荒。新月憐游子，凉雲夢草堂。好風三百里，吹我上瀟湘。

華察十一首

察字子潛，無錫人。嘉靖丙戌進士，選庶吉士，改户部主事，歷兵部郎中，再改翰林修撰，遷侍讀學士，掌南院。有《巖居稿》。

黄才伯云：　鴻山詩追踪陶、杜，卓然大雅。

王僅初云：學士詩壹意冲淡，調出天成，語皆心得。

王道思云：子潛詩，灑然自立於塵壒情累之表，意象之超越，音韻之淒清，不受垢氛，而獨契溟涬。

王元美云：華子潛如磬石疏林，清溪短棹，雖在秋冬之際，不廢楓橋。

龔鳴治云：韓子云：「和平之音淡薄，愁思之音窈渺。」鴻山摻和平之音，而得窈渺之趣，可謂兼才。

宗子相云：學士詩雅淡，有靖節風。

蔣仲舒云：學士刊洗浮靡，獨秀本色，誠陶、韋之妙境也。惜才具稍乏，短於七言。

袁魯望云：先生詩根乎性真，妙乎言理，冲粹清英，不可境象。

李本寧云：學士五言有陶、韋之致。

鄭平子云：鴻山幽情秀句，不減王、孟。

陳臥子云：子潛清儉，似茅茨下人。

李舒章云：子潛如坐禪空山，微聞鐘磬。

《詩話》：學士豐於貲，纖纖務嗇，晝夜持籌，不知吟咏性情，何由超詣乃爾！

游善卷碧仙巖

落日下空門，齋鐘出林莽。偶兹叩精廬，再宿翠微上。舊游不知處，但見松杉長。巖虛露氣清，坐覺心魂爽。月白山窗高，夜静風泉響。遂令寤寐中，超然脱塵網。雲壑永棲遲，願言税歸鞅。

夏日山中述懷

晚來慕恬曠，適意在罷官。取涼喬林下，晝日恒不冠。白雲滿前峰，曳杖行獨看。有時遇鄰叟，烹茶共邀歡。山田固云薄，歲入亦自寬。達人貴知足，吾生永相安。

僅初移家湖上有作和韻贈之

城邑豈不美，生事在田廬。移家就所安，正當長夏初。壟上刈舊麥，園中灌新蔬。寧䘏四體勤，將期方寸舒。入門謝鄰里，幸託仁者居。湖光近林牖，水月澹清虚。因適魚鳥性，遂於塵跡疏。開軒聊種竹，閉户兼著書。豈羡衣食饒，但喜歲月儲。達人能固窮，朝夕恒晏如。願言日相過，多聞時起予。

五月望夜與諸君山中再酌和僅初韻

仲夏苦晝永，薰風起將夕。圓景海上來，照此山中客。坐令微暑消，兼使衆累釋。興至時命觴，露下復移席。因航水竹居，遂同魚鳥跡。盤遊豈忘返，翫物聊取適。臺空人影疏，夜静潭氣白。參差樹杪峰，歷歷辨咫尺。超然悟真境，萬物一虚寂。

晚至湖上和僅初韻

山中讀書罷，來憩澄湖濱。緑陰暗溪路，草堂靜無塵。平生滄洲意，煙波夢垂綸。石梁度落景，花渚藏餘春。閒情狎魚鳥，悠然適吾真。雲天澹晴霽，空水明衣巾。未遂乘桴願，徒懷江海人。

宿玉陽山房和僅初韻

返照明溪梁，深松晦夕景。岩臥符夙期，雲陰石牀冷。因投物外心，遂入清虚境。天寒木葉疏，月落山房靜。然燈獨不寐，秋宵一何永。明發從此辭，白雲鎖蒼嶺。

秋日觀稼樓曉望

日出天氣清，山中悵幽獨。登高一眺望，風物凄以肅。流水映郊扉，炊煙散林屋。秋原一何曠，薄陰翳叢竹。時聞鳥雀喧，因念禾黍熟。悠悠汩溺心，千載猶在目。

秋晚過英姪園居

野曠秋氣高，丹楓映茆屋。農家各欣欣，門外山田熟。相邀具雞黍，悠然入深竹。風物日蕭疏，但見籬畔菊。賞心愜所期，勝事良已足。落景照湖光，孤亭暝巖麓。

寄蔣子雲

我家大江南，君家大江北。平生弄篇章，白首不相識。曩聞大雅音，因窺作者閾。一從罷官歸，壟上親稼穡。口誦南華經，意象欣自得。有時江月來，照見天地色。神交入夢寐，道遠安可即。雁去爲寄書，殷勤問眠食。

秋日施子羽姚山人見過

掃徑秋色佳，衡門遲來客。山厨薦園蔬，戀賞淹日夕。荒臺蔭叢桂，徙倚對巖壁。夜静人意閒，潭空月華白。信宿愜所期，去住欣自適。養生慕彭聃，學道窺莊易。願言保微尚，歲晚成三益。

僅初以詩見寄次韻答贈

地僻畏風雨，入春長掩扉。一從還山後，又見梨花飛。世事多貝錦，故人猶布衣。瑶琴勿輕奏，山水知音稀。

屠應埈七首

應埈字文升，平湖人。嘉靖丙戌進士，選庶吉士，改刑部主事，調禮部，歷員外、郎中，仍改翰林修撰，陞侍讀，進春坊右諭德。有《蘭暉堂集》。

俞汝成云：漸山詩明爽俊偉。

穆敬甫云：屠詩深重不浮，得唐人應制體。

陳臥子云：屠公典麗流暢，亦足名家。

李舒章云：文升風姿閒麗，如玉樹風前，是戶庭佳物。

《詩話》：諭德取材六代，具體初唐，爛若春葩，將以秋實，是衆作之有滋味者

贈袁子永之戍湖州

弱齡事篇翰，與子諧所歡。同芳握蘭茝，偶德璵與璠。彈冠入鼎門，振衣陟華軒。皇心苟予顧，白首諒無愆。風波起中道，行路一何難。子行戍故越，予留滯幽燕。孤雲易流邁，獨波不成瀾。艱危各異勢，繾綣何由宣。贈子《別鵠操》，報我以《孤鸞》。

贈内

良時飭徒御，予當遠行游。上堂戀慈親，入室語好逑。王臣奉時役，不得顧晨羞。攜手再三歎，出門悵悠悠。室中四五雛，眷眷何能留。遠期在終歲，忽往增離憂。離憂安可任，迢遥隔辰參。莛莛雙鯉魚，一浮而一沉。楚橘不北徙，越禽有南音。贈子明明鏡，可以鑒我心。

馬上贈武舉生金寶有序

金寶以歲庚辰舉武試，時學士石公珤爲考官。今廿年餘矣，猶以敝衣走風塵中。兵憲陳君令護予行，予憫之，爲賦長句。

翩翩飛騎突且雄，槖垂七尺高麗弓。向予長跪馳素封，來自天津陳長公。感君來緘重君使，汝才且雄者誰子？云是熊峰門下士，緋衣已隨塵土緇，壯心尚逐風雲起。長公好士輕黄金，求才不憚幽與深。幕下立談收劇孟，坐中飛檄佇陳琳。白髮自知無長物，清商猶自有哀音。我聞其言感且歎，古來相士輕貧賤。驊騮豈少伯樂無，世上紛紛寧足羨。曾冰皚皚黄河枯，策勳報恩真丈夫。插貂横玉盈上都，封侯之骨汝有無？贈汝腰間金僕姑。

贈同年謝子儒致仕歸蜀

子真棲谷口，潘岳賦閒居。長揖辭明主，爲農返故廬。雪消巴嶺出，天入錦江虚。莫待揚雄老，潛夫早著書。

趙武庫元實移居賦得堂字

高士便疏曠，居臨御苑傍。開尊秋月滿，列樹夏雲凉。水鏡摇朱户，風琴奏石房。登樓新有賦，王粲謝升堂。

漫興

南風吹晝沙霧黄，遠在燕臺思故鄉。火雲炎日暑三伏，江檻野亭天一方。即愁蠅聲惱饒睡，况有客子來相妨。行歌抵暮遲明月，柏林露葉鱗鱗光。

鏡光閣雨

鏡光閣在帝城邊，遥控西山奠北川。忽有風雲來絶塞，坐看雷雨下諸天。微茫野色俱堪畫，漭沆中流好放船。東下林塘更幽絶，江南秋望此依然。

王格 一首

格字汝化，京山人。嘉靖丙戌進士，選庶吉士，出知永新縣，陞刑部主事，調户部，歷員外、郎中，出爲河南僉事；會南巡，行宫火，逮獄，削籍；久之，授太僕寺少卿。有《少泉集》。

顧華玉云：少泉取材于《選》，効法于唐，諸體皆工。

《詩話》：少泉矢口信筆，不費推敲，合作者寡，并非洞庭漁人之比。南風自此，繼夢澤而代興者，鮮矣。

燈夜曲

千金一刻此芳春，况復天邊月色新。曲巷小橋隨意去，明燈何處不留人。

陸粲 八首

粲字子餘，一字浚明，長洲人。嘉靖丙戌進士，選庶吉士，改授工科給事中；坐劾張、桂，謫都勻驛丞，遷永新知縣。有《貞山稿》。

顧玄言云：給事與屠文升、袁永之、王汝化同時入館，並有盛名。亦李唐四傑之流。

《詩話》：嘉靖間，元老類皆延攬賓客，雖貴谿、分宜亦然。惟張、桂專與文士爲讐，丙戌庶常，一筆盡掃。貞山又多論劾，困抑終身。然晚極田廬文酒之樂，菽園著述，傳誦藝林。比之二柄臣，孰得孰失邪？

擔夫謠

擔夫來，擔夫來，爾何爲者軍當差？朝廷養軍爲殺賊，遣作擔夫誰愛惜。自從少小被編差，垂老奔走何曾息。秖今丁壯逃亡盡，數十殘兵渾瘦黑。可憐風雨霜雪時，凍餓龍鍾强驅逼。手搏麥屑淘水餐，頭面垢膩懸蟣蝨。高山大嶺坡百盤，衣破肩穿足無力。三步回頭五步愁，嵍箐深林多虎跡。歸來息足未下坡，郵亭又報官員過。朝亦官員過，暮亦官員過。貴州都来手掌地，焉用官員如許多？太平不肯恤戰士，一旦緩急將奈何？噫吁嚱！一旦緩急將奈何！

贈别王直夫二首

商飈激疏牖，蟋蟀鳴墻陰。志士恒感秋，况乃違所欽。之子役王事，遠適閩江潯。攬衣起追送，渺彼川塗深。少小從子遊，方軌馳文林。時去志願違，素髮忽滿簪。撫景慨今昔，惻愴情難任。願言顧離索，惠我瓊瑶音。

威鳳天際翔，潛虯澤中蟠。嚴子時閉肆，貢公乃彈冠。顯晦豈必同，各以性所安。子行樹遠績，奮身青雲端。鄙人棲蓬藿，蹇拙聊自完。丈夫志千載，飛沉何足歎。相期保貞素，歲晚同金蘭。

憶家君

白髮人千里，朱門月半扉。燕山雲去遠，澤國雁來稀。無夜不成夢，有書空道歸。遥憐北風勁，尋便寄寒衣。

林若撫云：　先生七歲時作。

寄葛太守子中

憶爾投荒日，依依戀翠華。亦知行萬里，不是爲丹砂。郡古留銅狄，堂深繡土花。何須憂瘴癘，只合卧煙霞。

送陳太僕謫教海陽

蠻中千嶂啼猿裏，海畔孤城匹馬過。却望瀧江更南下，月明雙淚聽仁歌。

送人入蜀

樓船捩柁浪花生，百丈雙牽黛色明。夾岸兒童齊笑語，嘉陵江似使君清。

送汪僉事之湖南

驄馬長鳴飲碧流，銀鞍金絡紫茸鞦。一作「花銀鏤帶鸘鷞裘」。行人大別山頭望，雲外雙旌指鄂州。

石文睿 一首

文睿字文思，台州寧海人。嘉靖丙戌進士，除太常博士。有《白山集》。

《詩話》：文思詩未成家，然如「寒生紅葉雨，秋老白蘋江」，「高塔靜觀塵土界，老僧閒數廢興年」，正是不俗。

郊行和韻

雲散峰晴海角，樵聲牧唱山根。客喚潮來石渡，鳥翻花落蓬門。

江以達 一首

以達字于順，貴溪人。嘉靖丙戌進士，授刑部主事，歷郎中，出爲福建僉事，轉湖廣提學副使。有《午坡集》。

《詩話》：午坡以北地文出廬陵、眉山之上，又謂「昌黎詩不逮文，尚沿習氣」。胥臺贈詩云：「賦窺宋、賈室，詩登潘、陸堂。」不免阿其所好矣。

夏日偕東沙赴練塘北園之遊

佳辰愜行遊，以我心所賢。來登山上亭，共聽風中泉。因坡展瑶席，坐石藉芳荃。蟬鳴高樹林，凉葉墮我前。脱巾謝塵鞅，箕踞臻忘年。緬彼域外觀，息此區中緣。

聞人銓一首

銓字邦正，餘姚人。嘉靖丙戌進士，除寶應知縣，擢山西道御史，巡視兩關，歷湖廣按察副使。有《芷蘭集》。

《詩話》：邦正著録陽明之門，撰《飲射圖解》，又雕劉昫《舊唐書》行世，津津好古，不易得也。句如「花落雨餘雨，風吹寒食寒」，情味不淺。

登北固山

郭外青山好，高峰俯碧霞。江聲入尊斝，秋色滿汀沙。島嶼金焦並，人煙市井賒。地偏鷗鷺狎，擬宿梵王家。

田汝成五首

汝成字叔禾，錢塘人。嘉靖丙戌進士，授南京刑部主事，繇員外轉禮部郎中，出爲廣東提學僉事，左遷滁州知州，陞貴州僉事，遷廣西左參議。有《豫陽集》。

顧玄言云：學憲詩沉鬱豪縱，如探珠合浦，夜光迫人，往往眩目。《詩話》：叔禾挾黄勉之，徧游武林諸山，互相酬和，撰《西湖遊覽志》及《志餘》，亦稱好事。惜《中興館閣録》《都城紀勝》《武林舊事》《夢粱録》《咸淳臨安志》《大滌洞天紀》諸書，皆未寓目，未免挂一漏十耳。詩品在范菁山、江午坡間。

自石屋洞至法相寺同黄勉之

曠志憶逍遥，勞歌厭囚宭。縱壑媚春鱗，薄霄愧秋隼。厭彼方内遊，夙此塵外軫。每挹山水輝，都使名利盡。煙樹杳芊綿，雲峰互虧隱。崖屋已靜便，祇園復恬引。金輪相自圓，玉鏡光猶藴。沉照燭靈根，依方護玄準。理會得有充，神開暢無朕。雖牽纓組心，亦免丘壑哂。

軍中酬焦學憲過予思南别署有懷見寄

誰道軍中樂，徒勞物外吟。朔風凄鼓角，嘉節罷登臨。草閣依山迥，江梅映雪深。無由欵高駕，愁絶暮雲心。

烏蠻灘

一葉中流下，千山兩岸開。鼋鼍吹浪轉，燕雀受風回。巨石迎船出，啼猿近客哀。從來輕險絶，涉此寸心摧。

龍江送吴士美移守鈞州

蘆荻蕭蕭鴻雁飛，清江石郭重因依。孤舟尚憶他年别，萬死還從去路歸。白首丹心憐汝在，窮途青眼故人稀。量移猶是長沙謫，落日哀歌事轉非。

韶州

河戌寒依浦，村氓晝掩關。隔山明野燒，云是小溪蠻。

樊鵬六首

鵬字少南，信陽人。嘉靖丙戌進士，歷官陝西按察僉事，有《樊氏集》。

錢受之云：少南師事仲默，其論詩一以初唐爲宗，原本仲默也。《詩話》：望之、少南，同爲仲默鄉井，絜短論長，少南差勝。

楊白花

楊白花，一夜風吹去，知他飛飛落何處？金屋重重閉不開，哀鴉啼盡宫中樹。

於郎中足賦卷

官軍日食十萬粟，邊城財賦苦不足。大同宣府鄰封疆，千里極目皆沙場。朝廷北顧垂至計，馬飢軍餓憂不細。於君自出居庸關，芻粮堆積高如山。官軍無事日牛酒，偵騎聞之皆北走。

寄袁雙溪

聞汝行塵在，南陽定汝陽。古城遥落日，岐路滿秋霜。雁影江流隔，猿聲楚澤長。賈生官不達，莫怨漢文皇。

六合

聯轡来東邑，朝來暮復還。市廛通亂水，城郭帶秋山。路出青楓外，江流白霧間。西行鄉思切，愁絶望昭關。

五丈原

英雄久已矣，霸跡至今存。爲惜三分國，愁看五丈原。春雲浮戰壘，野柳暗營門。漭漭金牛道，誰招萬里魂。

賢隱寺宴别張子言限字

寺門縹緲立孤雲，雲裏鐘聲落澗聞。白晝蛟龍時並見，青山麋鹿晚爲群。窗中碧霧千峰濕，樹杪香泉百道分。明發長安萬餘里，落花尊酒暫留君。

袁袠十九首

袠字永之，吴縣人。嘉靖丙戌進士，選庶吉士，改授刑部主事，調兵部； 坐失火，下詔獄，謫戍湖州； 用薦補南京兵部員外，出爲廣西提學僉事。有《胥臺稿》。

文徵仲云： 永之樂府、古律詩，莫不合作。

吴峻伯云： 永之古詩法魏、晉，近體擬唐，當其意到一騁，敷贍沉核，無所摹剽，而動與作者合度。

王元美云： 袁永之如王謝門中貴介子弟，動止可觀。

蔣仲舒云： 袁詩如築城建邑，位置整嚴，終之悠然之思。

《詩話》： 永之詩品在后岡之上，足與吾鄉漸山方駕。《報顧東橋書》云： 「立言之道，其難有六： 學難乎淵該，事難乎綜覈，辭難乎雅健，氣難乎冲和，識難乎貫融，志難乎沉濬。兼是六能而假以歲月，庶矣。古之立言者，率多中歲，蓋少年輕俊，聞見未廣，計慮未周，詞鋒則鋭，而論議剽捷，終乖軌轍。」今讀《胥臺集》，多中歲之詩，宜其聲既清會，辭亦藻拔也。

移居峴山精舍

山寺閟精廬，移居性所適。寧知賓客稀，漸與城市隔。岡巒何秀美，蒼翠還日夕。夏木窨以陰，幽鳥來几席。開窗見漁舟，湖水清且碧。焚香日晏坐，遣興在篇籍。余本迂散人，禪林亦靜僻。兹焉遂吾好，已矣思屏跡。

題盧師陳所居五塢山房

吳邦表靈陝，山水藴清嘉。緬惟南横勝，玄邃誠難誇。飛泉懸白雲，疊巘棲赬霞。連岡盡叢竹，窨塢多桃花。信美可以居，僻性思移家。君家南横側，搜討窮幽遐。俯臨北麓峻，曲抱南湖斜。丹房閟芝术，列墅羅桑麻。既寡徵税憂，兼無城市譁。兹樂寧外獎，珪組亦何加。

觀魯迭所貢獅子歌

魯迭迢迢，遠在崑崙西，叩關通道貢狻猊。絶漠知重幾萬譯，跋涉流沙經月氐。初從羈縻就屬國，傾城聚觀途路塞。攣題械脰苦維縶，豹鞹爲鞘鐵銜勒。尾如流星氣憑陵，隅目燭地思奔騰。四蹄蹴躃毛髮竦，瘦脊硉兀排鋒稜。崩雷掣電望風吼，青兕辟易玄羆走。嗇夫股栗不敢前，壯士變色將無狃。

奚奴緑髯深眼睛，戟手魋髻垂胡纓。須臾鞚引藁街下，俛首帖耳猶長鳴。刲羊屠狗恣所欲，豐芻肥裁日不足。英雄束縛亦如此，豢養恩深敢辭辱。始知丹青貌不同，彷彿《山海圖經》中。上林已開射熊館，天子賜見長楊宫。虎賁如雲兵衛列，彊弩短刀防噬囓。詔謂圉人破檻車，玉階舞蹈龍顔悦。我聞異物不可馴，袒裼擾之如有神。水衡寶鏹勑頒賜，不惜金錢懷遠人。嗚呼！明王慎德卑遠略，珍禽奇獸須教却。周征白狼荒服叛，漢閉玉門歌頌作。先朝故事傳敬皇，魯迭欵塞曾來王。當時謝却仰明聖，萬古史册生輝光。今皇端拱勤内治，夷德無厭惟嗜利。何當破械縱山林，厚賞金繒絶來使。

送陳少參魯南之江西

金章荷聖恩，辭出大明門。驛路雲千里，都亭酒一尊。康郎城邊春水發，滕王閣上懸新月。輕帆直下疾於飛，幾日看山遍吴越。楊雄白首薦公車，曾作詞臣侍石渠。直道自甘終放棄，高才誰肯借吹嘘。藩參四品官不薄，豫章猶勝長沙惡。簿書錢穀亦何勞，十載功名至方岳。春來彭蠡雁難聞，江草江花杳暮雲。南歸正及鱸魚美，直北相思不見君。

送陸子玄遊泰嶽

有客手珮蒼精龍，告我遠遊登岱宗。岱宗根蟠九百里，絶頂上有秦時封。金泥玉笥秘難見，古文奇字誰能辨。日觀遥看碣石津，雲峰正對蓬萊殿。海中鰲身應天黑，三山湧出神仙宅。貝闕參差結蜃樓，珠宫掩映藏蛟室。君登泰嶽觀滄海，九州四瀆皆安在？堂上遺音想絲竹，壁間經傳尋魚亥。丈夫所志在蓬桑，焉能局促籠中藏。看君一劍行萬里，五嶽之遊自玆始。

大駕視牲南郊

大路調仙馭，朱旗列禁城。帝牛三月繫，田燭九衢明。日並龍旒出，山將綵旄迎。横汾卑漢詠，禋祀秉皇情。

人日齋居雪霽

瑞雪逢人日，堯年感物華。水從銀漢落，山繞玉關斜。帳殿披晴靄，郊宫閟綵霞。今朝禁城望，無樹不飛花。

蒼梧作

氣候南荒異，蒼梧濕更饒。山雲晴忽雨，江霧夜連朝。病與炎俱劇，愁隨瘴不消。故鄉那可望，桂嶺已迢迢。

憶横塘别業

一臥文園病，終朝念故山。敢希宣室召，秖望玉門還。橘想千頭足，桑思十畝閒。如何五斗米，猶自滯南蠻。

謁柳祠

羅池非昔日，柳廟亦荒頽。秋草重門閉，寒花獨樹開。文章真命世，今古孰憐才。猿鶴如相訴，松風晚更哀。

謁劉賢良祠

高樹臨流水，空庭澹夕陽。萬言翻下第，三黜竟投荒。事業存青史，英靈儼白楊。古來稱屈者，不獨一賢良。

自柳至平樂書所見

鬱白方言似，潯梧瘴氣賒。蚺蛇晴掛樹，射蜮晝含沙。屋覆湘君竹，山紅蜀帝花。《夷堅》收未盡，

《博物》待張華。

招鶴

獨鶴忽飛去，冥冥滄海東。離哉翻羽翼，幸矣脱樊籠。影憶空庭月，聲鄰别院風。凌霄自有志，吾豈學支公。

送陳德夫使魯

帝曰封同姓，皇華送使臣。河山藏漢誓，寶玉展周親。殿説靈光古，經傳孔壁新。余生好文獻，一爲訪先民。

送何給事善充守衡州

衡陽楚上流，太守古諸侯。五馬横金去，三湘露冕遊。猿聽巫峽夜，雁數洞庭秋。今日辭青瑣，還將諫草留。

秋興

仙仗行宫舊内居，花間往往駐鸞輿。徒聞漢帝横汾曲，不見長卿諫獵書。天子射蛟開水殿，奚官牧馬遍郊墟。兼葭苜蓿秋無限，悵望燕雲萬里餘。

登匡廬山

岧岧廬嶽近天都，萬丈丹梯鳥道孤。樹裏泉聲飛瀑布，空中煙霧起香鑪。峰形下瞰蓮花嶺，江勢遥吞彭蠡湖。白鹿仙巖何處是？却看五老在虛無。

采香涇新莊

誅茅閶闔城之西，路轉采香涇上隄。濃陰榆柳緑當户，秀色芙蕖紅滿谿。力田輸税半裁秫，鑿沼養魚兼灌畦。每愧長公高隱志，杜門從此可幽棲。張摯字長公。

西蘆辭

君家滬瀆城，城西蘆子渡。蘆子何蒼蒼，秋風吹白露。

范言 四首

言字孔嘉，秀水人。嘉靖丙戌進士，授蒲圻知縣，改保定儒學教授，歷國子監丞，陞大理府同知。有《菁陽集》《四音存稿》。

湯義仍云：菁陽質有其文，孤秀清瞻。

陳仲醇云：菁陽詩文深往獨至，最合古法。

《詩話》：菁山先生不畏強禦，爲國子監丞時，嚴世蕃著紅袴入上舍，先生夏楚撻之。分宜次日造門謝，未幾而大理丞命下矣。嘉靖初，吾鄉稱詩，必以先生爲巨擘。屠諭德漸山長歌云：「菁山先生真崛奇，文章垂世光陸離。懸黎結緑世莫識，《陽春白雪》和者希。」是時漸山詩名籍甚，顧入室稱弟子焉。

駕出北郊

清蹕辭南陸，玄宫禮北郊。周廬屬霜戟，行吹雜金一作風。鐃。齋袯陳周幣，明禋薦楚茅。還聞天樂在，縹緲下雲旓。

别華鴻山翰撰

細雨花邊路，閒亭竹外扉。地偏亭榭古，春老燕鶯稀。柳色侵歌扇，藤稍拂舞衣。新愁忽高會，知爾遠懷歸。

鶴樓别意

吹笛高樓月色新，不知江上有離人。柳條欲折可憐暮，梅花即開何處春，孤舟泛泛剡溪雪，落日迢迢揚子津。天涯我亦索居久，爲汝長歌一愴神。

曉發吳江

垂虹橋邊曙色微，三高祠下露華晞。畫船打鼓出城去，秋水滿江鴻雁飛。

趙時春 二首

時春字景仁，平涼人。嘉靖丙戌進士，選庶吉士，改兵部主事；以建言，下獄；尋補翰林編修，又以上疏放歸；會邊警，起領民兵，自副使超拜右僉都御史，巡撫山西。有《浚谷集》。

李伯華云：浚谷詩有秦聲。

錢受之云：浚谷伸紙行墨，滚滚而出，伉浪自恣，不嫻格律。

《詩話》：景仁慨當以慷，如擊唾壺，不必中節。

送陶虞卿赴神機參將

宋殿三衙帥，唐環十六軍。官聯參斗柄，旌旆儼星文。羽衛迎黄道，龍光覲紫雲。時時仙仗入，清蹕早應聞。

留滯

留滯滄洲已浹旬，鶡冠終日滿風塵。浮雲何事來還往，歲月無情秋復春。海甸中宵來驛使，天涯盡處未歸人。不堪對酒翻惆悵，翠篠黄花幾度新。

王慎中 十七首

慎中字道思，晉江人。嘉靖丙戌進士，除户部主事，改禮部，復改吏部，歷員外、郎中，謫常州通判，稍遷南户部主事，轉禮部員外，陞山東提學僉事，歷江西參議，河南參政。有《玩芳堂摘稿》《遵巖家居集》。

王元美云：王道思如驚弋宿鳥，撲剌遒迅，殊愧幽閒之狀。

錢受之云：道思詩體，初宗豔麗，工力深厚，歸田以後，攙雜講學，信筆自放，略與唐應德相似。

《詩話》：劉淵材憾曾子固不能詩，余嘗見宋人所輯《唐宋八家詩韻》，則子固與焉，不得謂非詩家矣。評明人詩者，不及王道思，然道思五古文理精密，足以嗣響顔、謝，而論者輒言「文勝於詩」，非知音識曲者也。

遊西山

良辰戾首夏，肅軫遊西山。山形何崒嵂，洲渚互相緜。奔湍既下赴，危峰亦上干。谽谺石洞窈，迤邐飛梁懸。朱葩晞陽谷，翠羽蔭陰巒。閟室象霞搆，疏甍憑風騫。抗宇凌層基，列楹俯流泉。好鳥揚幽音，弱蕖濯清漣。豈惟耽遠遊，因兹達大觀。拾乳歷寮窌，擷芳陵巑岏。渟渟出磵淙，靄靄冒隴煙。水碧間清藻，靈飈茁瑶萱。履險神彌豁，入幽情更延。隱巖懷子真，蹈海期仲連。遺形九州外，棲迹萬象顛。崇深惟素秉，神理迷真詮。遊心迓冲漠，斯道庶不諼。

山行

鴟夷泛左蠡，康樂慕東甌。屐泯無續蹤，舟沉誰溯流。至人與物化，曲士局時謀。疑冰哂夏蟲，將隨汗漫遊。蜿蟺既沿澗，崎嶇復經丘。振袂陟危巘，解纓濯澄洲。石滑時藉蘭，巖蹇或搴樛。文芝榮華巔，秀穎蔽平疇。緑葉蘽成帟，漱泉戞如璆。霏霏雲出岫，淅淅飈扶輈。旨酒盈瑶巵，臨風自獻醻。身已塵象超，心與灝氣游。緬懷羽化客，高舉不可留。精摇生乃勞，欲淺道則修。簪紱爲羈紲，撫己竟誰尤。

秋祀先師恭述

維馨歆歲事，有侐恭明神。豐功報宜重，孔祀典攸敦。明明天子命，宣哲協欽文。咨惟百工長，曰予克宅臣。攝事昭我將，奏假具惟寅。庶僚既濟濟，多士亦振振。肆佾表殷薦，大烹羞明禋。格思儼無斁，仰止儀自遵。大哉聖人德，展爲帝者賓。

十二夜月與張子同玩感述

高旻蕩浮翳，仲冬淑氣清。良夜何未央，憩坐臨前楹。舒景揚雲端，皓魄委廣庭。灝英鮮瑶席，華彩鑒雕櫺。稍稍風露重，微微河漢明。眷兹泰宇寬，展席諧芳朋。撫景遺俗廹，即事寡氛嬰。豈惟袪煩積，亦以湛心靈。戒盈君子德，和光達士情。葆曜貞有孚，養晦善自名。

普光寺睡起

群動各有營，蹙蹙不得息。嗟哉尺蠖徒，煩蹇牽物役。豈謂塵中姿，還寄雲外跡。古刹絶浮氛，法堂鮮來客。首夏澹新凉，偃臥不知夕。覺來盼高峰，近遠各異色。草摇席下芳，篘散尊中碧。鳥語無俗音，泉漱皆洌泎。俛仰愜幽賞，去矣從所適。

登金山口絶巔

地紀控西界，靈山亘北甸。足弱步屢憩，崖峭石猶踐。枝樛迺能援，葛脆不可挽。當其意象開，豈復慮高蹇。瞻峰皆㟨㠠，陟磵數回緬。稍覺天地寬，即看雲煙變。石竇芝自榮，林罅雪尚泫。興闊無近尋，登高有遠見。周圻矗五雲，易水通一線。微茫燕趙區，歷歷皆可辨。長嘯發靈籟，倦坐席苔蘚。氛垢苟不嬰，沉慮斯可遣。

異典有序

南郊工就，冬至前四日，上親勤玉輅，習郊禮於壇上。威儀卒度，周折咸中。小臣從觀其美，作《異典》。

芝壇歛浮景，休氣郁昭清。晨旭流翠葆，泰風颺華旌。飛龍麗重霄，蕤緌在天庭。式禮紆皇步，篤恭軫聖情。几几碱承舄，亭亭雲耀紘。秉離臨日鑒，乘乾健天行。升崇儼帝對，納陛惕陵兢。周折並圓方，興俛以屏營。萬舞羅皋帗，廣樂陳咸莖。度以哲罔忒，文用道自弘。卒事秩無僭，百辟具維刑。亹亹不顯德，千載揚徽稱。

章丘縣校士六月十七夜月有作因示諸屬

日入群動息，予亦遂休兹。稍喜喧濁屏，徙步臨前墀。仰見明月出，忽與心賞期。湛曠神俱王，虚明意自宜。况逢時雨霽，宿潤含華滋。品物各懷榮，因得静中窺。始悟玄寂理，寧爲躁競知。亦有盈尊酒，屢進不一持。非此莫與同，真賞豈因之。

遊大明湖晚至北極廟登覽

春城足遐觀，攜手復嘉客。欲極高深趣，停橈理輕策。林木飛鳥還，蒼茫煙景夕。返照射巖丹，遥空帶水碧。山色晦彌明，人聲喧更寂。燈火起閭閻，漁樵散原澤。當歌浩思盈，對酒沉憂釋。不知驩娱滯，天表生皓魄。

遊白鹿洞

素嬰丘壑情，况秉英賢想。寤寐懸宿心，遊盤得兹賞。重陰始晦蒙，杲杲旋開朗。攬勝據巉巖，探奇歷榛莽。境閑百慮空，意愜二儀廣。野色淨巾衣，秋容成物象。菊含露下英，泉作山中響。柔葉稍朝零，剛條非夏長。景光易流徙，今古同俛仰。躊躇悵回軫，何時還獨往。

六合亭

亭宇憑虚空，結構出妙境。攀援藉葛藟，毫末凌光景。豁達四天通，夷猶雙目騁。雲生當正襟，風起吹方領。泉脈散千峰，湖波澄萬頃。煙霏自開斂，魚鳥各翔泳。即事天機深，忘言外物屏。始知世上日，不比山中永。

遊麻姑山

雲出本無心，擇棲多奇巘。類予慕真勝，涉趣不知遠。初緣碧澗行，幾傍丹崖轉。林追去虎蹤，磴躡飛猿踐。泉流遞淺深，巖谷變陰顯。歎瀑遇留憩，石牀時仰偃。桂芳洞裏秋，霞映山中晚。探異尋前期，入幽忘後反。神遊力不悁，理愜情俱遣。天路如可梯，欲以微官免。

餘干道中寄懷江午坡僉憲

湖水日夜緑，輕舟隨泝沿。肅肅賓鴻羽，命侶悲楚天。征人正盈抱，坐使憂思牽。所思何爲者，我友阻良緣。昔望闊音容，幾經芳歲捐。緘素詞難極，馳情間山川。今來接面目，曾不須臾間。四體爲人役，從事嗟獨賢。倉卒執杯酒，沾脣不下咽。新篇何由覿，妙理未及詮。宿懷如糾結，待子解其纏。

乍見翻違去，持此竟莫宣。

侯民部靜溪招遊甘棠湖陪憲使管復齋諸公

積雨夏陰生，瀰漫湖水遍。悔爲一室拘，幸奉方舟宴。遠璵微出江，雜芳正盈甸。沿流始泝洄，逗浦更游衍。樹色逐橈回，波容隨望變。放情魚鳥閒，景昃不知晏。一杯已可歡，況以偶時彥。

洪方洲養疾山中惠訪草堂因而留館

裊裊桂樹枝，涼風日將變。生色難久留，華光苦流轉。夫君如不來，胡以慰偃蹇。今夕良何夕，悠然適我願。片雲本在山，出岫亦游衍。吾園雖蕪没，物意皆疏遠。以兹城郭深，豈必山林善。開軒散煩促，憑檻息步踐。新飈起草頭，白月浮池面。蕭閒秋正初，徙倚夜方半。君自所好殊，疵吝何足眷。

訪空同先生故宅

久欲求遺草，今來訪故廬。北窗存臥席，東壁有藏書。墨沼春苔長，琴臺夜月虚。年年桂花發，人擬子雲居。

過寧庶人故陽春宮

邪陌轉城闉，重門曲水濱。人談亡國地，花發舊宮春。珮冷空梁月，歌銷積棟塵。堪悲當日事，議讞帝家親。

李元陽 一首

元陽字仁甫，大理人。嘉靖丙戌進士，選庶吉士，除户部主事，擢江西道御史，出知荆州府，致仕。

冬夜

漫漫冬夜長，熒熒孤燭光。山人自無寐，况棲修竹房。修竹夜淅瀝，蕭灑吟寒蛩。朗月照戶庭，鳴泉歸故塘。别葉棄寒風，餘芳委嚴霜。東壁正中昏，振衣起徬徨。徬徨豈有他，望道吁升堂。悠悠歲云暮，遐哉猶面牆。寸陰與彈指，久近不可量。千古在須臾，安得不悲傷。

何穉孝云：此詩有蘧伯玉及時勉學之意，非留連光景者。

明詩綜卷四十一

小長蘆　朱彝尊　録
毗陵　徐永宣　緝評

羅洪先六首

洪先字達夫，吉水人。嘉靖己丑，賜進士第一，授翰林修撰，進左春坊贊善，罷爲民。隆慶初，贈光禄寺少卿，謚文恭。有《念菴集》。

王元美云：羅達夫如講師參禪，兩處著脚，不堪高坐。

穆敬甫云：贊善多講學，詩間有唐調。

黄清甫云：羅詩詞意貴顯，雖取材不遠，而屬對爲精。

錢受之云：達夫詩文，託寄可觀。時人謂其早經廢弃，久處民間，往往深於致情，易於興感，殆亦近於言志者也。

《靜志居詩話》：達夫遠師《擊壤》，近仿白沙、定山。然爽氣尚存，未墮塵霧。

雜詩 二首

故人萬里外，夜夢忽在兹。一去二十年，宛若平生儀。因悲久離别，再拜前吐辭。舉手雙涕下，自訴長相思。覺來天一涯，彼此安得知。豈無同心言，道遠孰致之。人生重結交，結交在當時。對面不傾倒，相思亦奚爲。

煩歊不能寐，披衣步前楹。仰視天漢流，衆星一何明。萬動皆有息，人生何所營。久佇風露下，灑然當我情。

獨坐

數月不出户，庭前多夕陰。閒看芳樹色，一倍舊年深。

山中雜詩

問我家何在，山深多白雲。巖前飛瀑下，對語不相聞。

後園續詠二首

棠梨花開深淺黄，燕子初飛日漸長。草亭坐久客不到，半雨半風春太狂。

南村雲起北村晴，晴鳩雨鳩更互鳴。東風吹雨衣不濕，我在桃花深處行。

唐順之十二首

順之字應德，一字義修，武進人。嘉靖己丑進士，除兵部主事，改吏部，尋改翰林編修，歷右春坊司諫；上疏請朝東宫，奪職爲民；起兵部郎中，巡視薊鎮，還視師浙直，超拜僉都御史，巡撫淮揚。天啓中，追謚襄文。有《荆川先生集》。

穆敬甫云：唐公詩典雅春容，綽有盛唐體裁。

顧玄言云：中丞古體如雲津躍龍，幻變莫狀；近體如風澗鳴琴，幽逸有致。并足流響詞林。

胡元瑞云：嘉靖初，爲初唐者，唐應德、袁永之、屠文升、王汝化、任少海、陳約之、田叔禾等。爲中唐者，皇甫子安、華子潛、吴純叔、陳鳴野、施子羽、蔡子木等。俱有集行世。就中古詩沖澹，當首子潛；律體精嚴，必推應德。

蔣仲舒云：弘正間，李、何輩出，海内遵之。迨其習弊。音響足聽，意調必歸，剽竊雷同，正變雲擾。太史振之爲初唐，宏麗該整，足稱羽儀。

黄清甫云：應德初務清華，晚趨險怪。考其所撰，若出二轍。故譽有所自，毁亦隨之。

錢受之云：應德於學，無所不窺，大則天文、樂律、地理、兵法，小則弧矢勾股、壬奇禽乙、刺鎗拳棍，莫不精心叩擊，究極原委，以資其經濟有用之學。晚而受知分宜，僇力行間，身當倭寇，轉戰淮海，受事未幾，遂以身殉，可謂志士者也。正、嘉之間，爲詩者踵何、李之後塵，剽竊雲擾。應德與陳約之輩，一變爲初唐，於時稱其「莊嚴宏麗，咳唾金璧」。歸田以後，意取辭達，王、李乘其後，互相評砭。吴人評其「初務清華，後趨險怪。考其所撰，若出二轍」。非通論也。

陳卧子云：應德氣象爽邁，才情駿發，使能深造，當有超乘。其後馳騖功名，詭託講學，遂頹然自放。

《詩話》：荆川開濟之才，閎攬百家，靡不融會，毅然自任天下之重。倭人構患，志在捍牧圉以保鄉曲。是時督師之權，惟甬江梅林是寄，公舍當局二人，誰可與談方略者？顧不知者，以公爲甬江所薦，介溪所知，因此薄公。豈惟昧於知人，并不識時務者矣。其建平倭之策，謂當禦之海外。故北自崇明，南至蛟門，乘桴破浪，身作先鋒，積勞而殞。是豈專馳騖於功名者耶！「襄文」之謚，允符公論也已。公初與遵巖論文，兩不相下，既乃舍所學從之。竊怪集中五言古詩特少，殆退舍以避遵巖也。至於律詩，質不傷文，麗而有體。

送孔上公助祭太學歸闕里時賜袞衣一襲

國喜嘉賓至，人攀上客行。來觀周室禮，去入魯王城。新袞山龍炫，餘堂金石鳴。聖朝稽古意，待爾示諸生。

同皇甫子循游横山

曲磴行來盡，松陰轉寂寥。不知茅屋近，却望石梁遥。葉響疑聞雨，渠寒未上潮。夫君軒冕客，此地欲相招。

送白尉往湖州

君家太湖北，作吏太湖南。驛路雞鳴近，山城樹影含。萬川疏沃野，百室競春蠶。幸此猶吾土，微官也自堪。

張相公壽詩

帷中運策九州清，共説留侯在漢京。賜第近連平樂觀，入朝新給羽林兵。儒生東閤承顔色，酋長西蕃識姓名。却望上台多氣象，年年長傍紫宸明。

鍾廣漢云：壽詩如此典重，允稱拔俗。

廣德道中

蒼山百轉見炊烟，茅屋高栖古樹顛。細雨薜蘿侵石逕，深秋秔稻滿山田。雲中望影迷遙岫，草裏聞聲覺暗泉。儻遇秦人應不識，只疑誤入武陵川。

聞復官報京師友人

姓名不復挂朝參，魚鳥由來性所耽。篋裏符經都已廢，山中藥草漸能諳。疏狂自分三宜黜，懶病其如七不堪。深謝故人推轂意，莫將陽羨比終南。

崔鎮道中晚望懷陳約之

郊原極目思依依，楚水連天楚樹微。遠浦潮生人獨往，寒林風靜鳥雙歸。泥塗自覺朋游好，日月偏催旅鬢稀。念爾同爲南竄客，烟波何事更相違。

覽徐養齋見懷毛古菴及小子之作存沒感懷和韻

早歲曾陪杖履遊，遙思墓木已三秋。美人去後空聞笛，芳草歸時獨倚樓。世上玉顏還易老，山中石髓杳難求。却慚司馬頻相許，擬向清湖共釣舟。

冬至南郊

明王敦大報，泰畤禮神君。位以南離正，宵從甲子分。月臨太乙館，星動羽林軍。除道疑登岱，鳴簫異度汾。聲容六變合，海嶽百靈紛。封檢微題字，屏帷悉畫雲。神光人共見，天語帝親聞。盛跡誰能賦，多慚扈從群。

松關

月出照松關，松陰正滿地。恐有山僧歸，終夜不須閉。

筠徑

面面隔深竹，茅齋在何處。遙聞犬吠聲，試從此路去。

古北口

諸城皆在山之坳，此城冠山如鳥巢。到此令人思猛士，天山萬里鳴弓弰。

李開先三首

開先字伯華，章丘人。嘉靖己丑進士，除戸部主事，改吏部，歷員外、郎中，擢太常少卿，提督四夷館，罷歸。有《閒居集》。

朱中立云：中麓著作甚富，一韻百篇，蓋白樂天之流也。詞浮意淺，繩墨尠中，多何尚焉。

錢受之云：嘉靖初，王道思、唐應德倡論，盡洗一時剽擬之習。伯華與羅達夫、趙景仁諸人，左提右挈，李、何文集，幾於遏而不行。雅負經濟，不屑稱文士。在銓部，謝絶請託，不善事貴人。已遷太常，會九廟災，上疏自陳，罷歸。歸而治田産，蓄聲伎，徵歌度曲，自詡馬東籬、張小山無以過也。爲文一篇輒萬言，詩一韻輒百首，不循格律，詼嘲談笑，信手放筆。嘗自序《閒居集》云：「年四十罷官歸里，既無用世之心，又無名後之志，詩不必作，作不必工。」其所著，詞多於文，文多於詩。改定元人傳奇、樂府，蒐輯市井豔詞，多士大夫所不道者。嘗謂古來才士，不得乘時柄用，非以樂事繫其心，往往發狂病死。今借此以坐消歲月，暗老豪傑耳。晚作《塞上曲》百首，其老而益壯，不甘自廢如此。

《詩話》：中麓撰述，潦倒牿疏。然最爲好事，藏書之富，甲於齊東。詩所云「豈但三車富，還過萬卷餘」，又云「借抄先舘閣，博覽及瞿曇」是也。先時邊尚書華泉、劉太常西橋，亦好收書。邊家失火，劉氏散佚無遺，獨中麓所儲，百餘年無恙。近徐尚書原一購得其半，予嘗借觀，愛籤帙必精，研朱點勘。北方學者，能得斯趣，殆無多人也。噫嘻！文淵閣藏書，例許抄覽，先具領狀，以時繳納，世所稱「讀中祕書」，蓋謂是已。奈典籍微員，收掌不慎，歲久攘竊抵换，已鮮完書，可爲浩歎。聞中麓後人，尚餘殘書數十部。巡撫丹徒張公物色之，中有陸農師《禮象》一編；張公殁後，訪之不能得矣。

苦熱

昏中日在柳，炎帝司其職。苦渴多病身，煩熱何相逼。浹旬難夜眠，近午始朝食。止螿藥無能，驅蚊扇無力。莫爲觸暑行，且就繁陰息。官微罷復久，賜冰胡可得。神馳寒露臺，夢想雪山域。妄念不須存，秋凉當在即。

塞上曲二首

虎旅紛紛列虎牙，龍庭漠漠走龍沙。未交八月先飛雪，已盡三春不見花。

一春不見煖融天，自是要荒氣候偏。落地雪花原是雨，漫天榆莢不成錢。

呂高一首

高字山甫，丹徒人。嘉靖己丑進士，授户部主事，改兵部，歷郎中，出爲山東提學副使，轉行太僕少卿。有《江峰漫稿》。

莫子良云：先生詩本初唐燕國、曲江二張，而晚出杜陵、大曆諸子間。

錢受之云：「嘉靖八才子」，山甫與焉。没後，李伯華爲作傳，序其遺文，評騭諸子長短，以雅致稱呂。今所傳《江峰稿》，似不堪與諸子驂乘，而景仁、叔仁皆以文筆著。叔仁文章奥博，不欲居王、唐下，惜其詩集散佚不傳。

《詩話》：詩莫盛於正德，文莫純於嘉靖之初。自後七子派行，而真詩亡，古文亦亡矣。山甫與富順熊過叔仁，名在「八才子」之列。雖未能驂乘王、唐，亦一時之儁也。王浚川數當時作者，有唐子，羅子，趙子，王子；江右則有尹子，曾子，胡子，陳子。尹名臺，字崇基，有《洞山集》；陳名昌積，字子虛，有《龍津集》；曾、胡二子，不能悉舉矣。

省中直宿

疏星歷歷露爲霜，獨宿瑤宫夜未央。樹色暗浮天仗外，香烟遥接御爐傍。鈞天月上聞長樂，玉漏風移出建章。不遇武皇行幸日，空憐頭白滯爲郎。

陳束 五首

束字約之，鄞縣人。嘉靖己丑進士，選庶吉士，改授禮部主事，已復改編修，出爲湖廣僉事，徙福建，轉河南提學副使。有《后岡集》。

王允寧云：后岡誠穎秀，第語淺氣促，寡詩人之致。

皇甫子循云：約之詩早鑄四傑，晚鎔二張，遒軼平原，晞駕康樂。

王元美云：陳約之如青樓小女，月下箜篌，初取閒適，終成淒楚。又如過雨殘荷，雖爾衰落，嫣然有態。

顧玄言云：約之詩，篇篇都秀潤，句句少警拔。亦就色相中，自然寫出。

黄清甫云：陳詩巧構新思，善詠故跡，華而不靡，舊而彌鮮。益以筋力，美篇豈少哉？

錢受之云：約之初與應德倡爲初唐，以矯李、何之獘。晚而稍厭縟靡，心折於蘇門。

陳卧子云：約之典禮之作，依然司隸衣冠。

《詩話》：約之取組六朝，亦稱典則。

咸寧山中雪霽晚行

雪霽乍見山，殘陽稍辭嶺。暝色起烟氛，寒光散墟井。田空獵犬還，林凍棲烏警。遙聞野寺鐘，初月生俄頃。

晚望有懷

高閣罷餘霧，曠然見遙岑。依微夕照滅，窈窕寒雲深。隱几獨成趣，據梧時自吟。惟當草玄者，寂莫知予心。

還浙夜泊江口

越嶂宜春望，江舠入夜乘。潮移諸島出，雲卷數峰層。近郭翻多戀，還家獨未能。北堂今夕夢，先已度西興。

都下秋雨夜飲王子長宅

闊別時何屢，蹉跎鬢已侵。還朝明主賜，卜夜故人心。凉雨杯初覆，空堂漏欲沉。安知非夢寐，相對帝城陰。

送李子

山城細雨緑蕪滋，黄鳥關關送别時。海内爲鄰千里近，湖邊傾蓋十年遲。蟬聲驛路催官騎，草色河橋映酒旗。遥想經行多逸興，逢人莫不寄新詩。

任瀚二首

瀚字少海，南充人。嘉靖己丑進士，繇吏部主事，補春坊司直，兼翰林檢討。有《忠齋稿》。《詩話》：少海遇青城山異人，授鴻寶修煉法，家中盤盎，皆點汞銀爲之。同時態叔仁，亦好服食煉形之説，而羅達夫之死燕齊，海上之士，或言其仙去。是時青詞丹籙，西内尚未譻齋，而諸君愛道，實開其先已。少海「老去自吹秦罍栗，西征曾比漢嫖姚」之句，詩家類多稱之。

病懷

海甸逢南菊，殊方也自花。江淹新卧病，王粲老無家。皓月千門夜，秋風雙鬢華。還持石函記，勾漏訪丹砂。

五丁峽别衡崑

峽天猨嘯萬山秋，御宿相逢轉别愁。後會知誰先白髮，清時勞汝問滄洲。繩牀對月此村夜，霜杵擣衣何郡樓。聞道西京最蕭瑟，可堪歸路曲江頭。

程文德 一首

文德字舜敷，永康人。嘉靖己丑，賜進士第二，累官吏部左侍郎，兼翰林院學士，改南京工部左侍郎。贈禮部尚書，謚文恭。有《松溪集》。

長洲訪常劉二子

籃輿春曉度浮梁，懶問城闉六十坊。小艇忽臨山盡處，美人宛在水中央。疏籬仄徑紆村巷，穉柳夭桃映草堂。流寓江山元有分，翛然安土即吾鄉。

蔡雲程 一首

雲程字亨之，臨海人。嘉靖己丑進士，歷官刑部尚書。贈太子少保。有《鶴田草堂集》。

登雷港驛樓

空江返照映孤洲，晚泊聊登驛外樓。可歎羈懷無住著，挂帆隨月下舒州。

楊博 一首

博字維約，蒲州人。嘉靖己丑進士，除盩厔知縣，徙長安，徵授兵部主事，歷郎中，出爲山東提學副使，遷參政，以僉都御史撫甘肅，進右都御史，兵部侍郎，升尚書，加少保，改吏部，晉少傅，尋加少師，兼太子太師。卒，贈太傅，謚襄毅。有《虞坡集》。

送雷信菴出按甘肅

湟中形勝地，尚記昔年游。清海崑崙斷，黄河積石流。左賢失右臂，上將得前籌。爲問乘槎客，何時到隴州。

胡松 一首

松字汝茂，滁州人。嘉靖己丑進士，累官吏部尚書。贈太子太保，謚莊肅。有集。

舍弟病久得書知小愈喜而有作

汝病經年久，常時繫我思。池塘春草夢，江海鶺鴒詩。歲暮悠悠别，天涯寂寂時。忽傳消息到，喜報細君知。

鄭大同 一首

大同字皆吾，莆田人。嘉靖己丑進士，歷官刑部右侍郎，贈尚書。

天游觀

輕輿斜日上高峰，瘦竹疏花萬壑風。獨鶴一聲松影亂，月明人在白雲中。

楊爵 一首

爵字伯修，富平人。嘉靖己丑進士，除行人，擢河南道監察御史；上書劾夏言、郭勛，因極言朝政，廷杖繫獄者再，久而得釋。卒，追謚忠介。有《斛山集》。

《詩話》：斛山手觸逆鱗，甘以其身顯棄。封事大略謂：「目前之憂甚大。大抵因仍苟且，兵戎廢馳，公私困竭，奔競成俗，賄賂通行，遇災變而不憂，非祥瑞而稱賀。讒諂面諛，士風民俗，於此大壞。而國之所恃以爲國者，掃地盡矣。」又云：「天下之患，莫大乎以危爲安，以菑爲利。實則可憂，而以爲可樂。法家佛士日遠，而快意肆情之事，無敢有齟齬於其間。積弊而至於蟲，則不可得而救矣。」永陵見之震怒，下鎮撫司，重笞下獄。於時晉江周主事天佐救之而死，文登浦御史鋐再救之，而又死。繫獄五稔始得釋，纔旋里，永陵復諭東廠拘之。斛山之在獄也，校尉蘇宣、喬某楊楝、獄官洪百户咸哀焉。及再被逮，緹騎亦憐之，不相促迫。斛山飯已即行，立門屏前，傳語家人曰：「有旨見逮，吾行矣。」觀者流涕。獄中撰《周易辨録》。其論文云：「文以理爲主，以氣爲輔。不以偏邪之見亂其心，本諸聖賢之言以充養之。如此，則造語皆自胸中流出，其吐詞立論，愈出愈新而無窮。如日月在天，窮居深谷，花石草木之微，青者自青，白者自白，仰之以生輝，觸之而成色矣。」旨哉言乎！詩則信口而作，不求工也。

中秋懷友

寂寞復寂寞，還如去歲秋。美人消息遠，令我心悠悠。吳水既東去，秦山不可求。思君譚道處，念此日幽憂。

林恕 三首

恕字道近，長樂人。嘉靖己丑進士，歷官雲南按察使。有《西橋集》。

《詩話》：西橋近詩，依然林子羽、王安中流派。

舟次白沙驛

長安何處所，孤櫂發閩關。白擁沙邊驛，青回江上山。風濤添别淚，村酒破愁顔。羡爾溪中鳥，閒雲共往還。

同蔣蒙菴朱豹厓登合浦海角寺

共是天南客，相攜海角行。山連銅柱界，水匯越裳城。落日潮聲起，高秋蜃氣清。故鄉回首望，歸雁斷南征。

宿唐浪村

黄精釀熟豆初花，籬落蕭疏遠市譁。地僻虞羅依岸曲，天寒漁火傍江叉。燕尋舊壘穿重幕，竹引新篁過别家。對景蕭然幽興發，可甘萍梗負年華。

薛甲 一首

甲字應登，江陰人。嘉靖己丑進士，除兵科給事中，以言事謫，累遷江西按察副使，致仕。有《畏齋類稿》。

生居

生居盈萬間，死居纔七尺。七尺已有餘，萬間何戚戚。造物與我身，此身應我役。曷以我身故，令我不自得。

楊祜 五首

祜字汝承，錢塘人。嘉靖己丑進士。有《丹泉集》。

《詩話》：汝承諸體，瀟灑拔俗。今鄉黨論詩，無人屈一指者，可歎也。

答陳李二侍御

吏隱滄洲遠，江楓伴索居。秋風一雁過，忽枉友朋書。獻納看君輩，聲名動直廬。東南民力竭，奏記意何如。

湖夜

湖夜熒熒白，蘋風嫋嫋秋。斷霞斜照雨，冥霧濕依樓。萬國仍多難，浮生祇百憂。滄江有漁笛，何事獨悠悠。

雨懷

山城積雨春無事，江閣停雲晚自怡。芳草不知隋處合，賓鴻何意獨歸遲。壯游東閣題詩處，恩幸南宫錫讌詩。風景不殊京闕異，江湖深繫廟堂思。

九日登泰山

殊方此日逢重九，絶嶽高吟散遠愁。漢畤秦封空往事，紫萸黄菊自深秋。天清樓閣明三觀，野曠山河辨九州。獨是懷親憂國意，白雲滄海共悠悠。

簡田長官

矯矯田郎三輔賢，省曹播越五經年。河洲水竹新開郡，暇日閒看沙鷺眠。

陳子文一首

子文字在中，閩縣人。嘉靖己丑進士，歷官湖廣按察副使。

夜泊皖城村舍

孤舟野泊初，遠寺疏鐘起。茅屋兩三間，懸燈深樹裏。

桂天祥一首

天祥字子興，臨川人。嘉靖己丑進士，由兵部主事，改監察御史，巡按山西、山東，出知大名府。

發和州

樓船開旭日，凉露灑征衣。擊楫横江浦，投詩采石磯。潮來紅蓼没，人語白鷗飛。天際瞻宫殿，金陵在翠微。

吴子孝四首

子孝字純叔，長洲人，尚書一鵬子。嘉靖己丑進士，改庶吉士，授工部主事，以光禄寺丞，出爲湖廣參議，提督太和山。有《玉涵堂稿》。

皇甫子循云：龍峰才情既美，興寄尤深。其詞婉以麗，其響和以平，其思悠以儁。故能蓄藻於建安，騰聲於天寶，希躅於少陵，逸駕於長慶。

《詩話》：純叔籍甚詩名，特格未高聳。其論詩云：「世之蕘童牧豎，矢口而成章；田翁野嫗，發聲而中節。彼蓋不知何者之爲詩？况詩之所以妙。何也？天地之機，洩之於人者，不知其所以然而然也。夫詩以言傳，亦以言隱。求之於迹者，非也；求之於音者，亦非也；求之於揣摩擬議者，亦非也。」數語足當正、嘉詩人鍼砭。

燕

數見沙頭燕，翩翩故傍人。定知巢已就，偏愛語相親。碧樹江波闊，烏衣故國春。卷簾誰爲汝，飄泊數沾巾。

送郟薦和奉使東萊

上宰承周賵，王官抱楚才。堂封鸞詔下，鐃吹錦帆開。海屋魚龍夜，仙宮日月臺。相如誇負弩，旍節幾時回。

秋日與子浚子約小集子循甫赴日南

莫問銀河淺，須憐玉竿空。洛雲三歲隔，楚月一宵同。風櫪悲窮驥，秋砧亂候蟲。新涼有離思，萬里憶征鴻。

送楊獻甫之官四川行閫參軍十二韻

越嶲憐君去，相違萬里餘。軍參孫楚事，筆草孟嘉書。魚鳥驚新陣，貔貅耀舊旗。桄榔山葉暗，躑躅野花疏。村女誇橦布，羌人趂葦墟。地當三蜀險，府控百蠻居。關徼留繻日，風雲按轡初。巴渝歌甚樂，兵騎報寧徐。才重松州幕，恩垂洱水車。遷喬應不忝，學武昔無如。贊畫元戎喜，籌邊勁寇除。少年誰得似，俠氣滿儲胥。

沈愷二首

愷字舜臣，松江華亭人。嘉靖己丑進士，歷官寧波知府，升湖廣右參政。有《環溪漫集》。

徐伯臣云：鳳峰長于律。

皇甫子循云：環溪閎眇之製，湛思以宣；綺麗之詞，緣情而得。茵鼎之貴，不能奪蓴鱸之思；熊軾之華，無以輓扁舟之興。不既深於詩乎！

穆敬甫云：沈詩肉骨匀稱，條達不滯。

李時遠云：舜臣詞翰瀟灑，有出塵之致。

園中雜言二首

洪鈞陶萬象，品彙皆天情。四時忽代謝，歲功賴有成。物理鮮常盛，天道有虧盈。哲人秉大觀，所以稱達生。伊余無所好，夙抱幽人貞。一丘常自足，千駟良可輕。寵禄豈足貴，賤者乃有名。

中歲不自好，營慮相糾纏。寧如返初服，停策倚林泉。豈不羡松喬，生本無僊緣。鍊形得長生，此事終茫然。有溪亦可漁，有山亦可田。營己良已足，踰分詎自全。青陽不再御，朱華苦易捐。欣然命旨酒，且以娱天年。

王轂祥 二首

轂祥字禄之，長洲人。嘉靖己丑進士，官吏部主事。有《西室集》。

梅花

風引上春香，雪弄江南色。爲有惜花心，樓中莫吹笛。

水仙

瑶環月下鳴，翠帶風中舉。胡然洛浦神，胡然漢濱女。

沈謐 一首

謐字靖夫，秀水人。嘉靖己丑進士，除行人，擢吏科給事中，終江西按察僉事。有《石雲家藏集》。《詩話》：先生師於陽明、甘泉，友于龍溪，窮研理學，故其詩品亦在元豐、淳熙之間。

游殊勝寺

畫舫連雲動，驚濤帶雨飛。青山天外出，白鶴寺邊歸。僧偈傳金粟，蟬聲隱翠微。洞庭乘興遠，直欲老漁磯。

蔡靉 一首

靉字天章，寧晉人。嘉靖己丑進士，除行人，擢浙江道御史；坐劾汪鋐，廷杖爲民；尋以原官起用，再謫山東按察知事。隆慶初，復職，致仕。有《汶濱集》。

過桑乾河入雲中

白草黄沙漢使稀，桑乾渡馬駐斜暉。孤城雉堞依黄土，古戍狼烟起翠微。入夜角聲驚客夢，凌風霜氣裂征衣。雲州一望天連水，惟是山頭朔雁飛。

周顯宗 一首

顯宗字子孝，濮州人。嘉靖己丑進士，除秀水知縣，歷官漢中知府。有《桃村山人自適稿》。

《詩話》：桃村於詩，未臻門徑，惟意所之。自序稱：「感興而作，不事强索，亦未嘗規規於古人。」自知之明，亦已審矣。集中絶句小詩，有偶合者。

宿安平驛

湖静冰初合，人喧市晚收。夜深誰共語，寒月獨登樓。

莊一俊 一首

一俊字君棐，晉江人。嘉靖己丑進士，官至參議。

小居

雀飲硯池水，蝶翻菜圃花。雖非高士宅，終是野人家。

張意 一首

意字誠之，崑山人。嘉靖己丑進士，官南職方郎。有《日涉園稿》。皇甫子循云：誠之詩無取模擬，而間合雅音。本之性靈，得於天趣也。《詩話》：誠之與兄情，後先取甲第。情有《公餘寓拙稿》，詩無足録者。自序以爲「習氣未除，興到輒就，不求其工，自適其適」。可謂「得失寸心知」者也。

世宗皇帝輓詩

神謨憑玉几，顧命託儲君。詔下輪臺悔，哀傳薄海聞。弓號遺劍舃，龍去失風雲。丹扆依然在，宫鑪冷夕薰。

楊本仁 一首

本仁字次山，杞縣人。嘉靖己丑進士。有《少室集》。

山行

山路登攀倦，鄉園何處邊。迷津岐路口，立馬亂峰顛。白髮雙親遠，黄河一綫懸。俯看鴻雁影，難寄益門篇。

曹世盛一首

世盛字際卿，閩縣人。嘉靖己丑進士，歷官廣西參政。有《方坡集》。

送淩應賢判常德

雄郡開南紀，行旌出北燕。别憐孤館夕，交憶故鄉年。曉月沉平楚，春山帶遠烟。離魂與孤雁，共逐洞庭船。

孔天胤一首

天胤字汝錫，汾州人。嘉靖壬辰，賜進士第二，以王府親，外補陝西提學僉事，歷浙江右布政使。有《文谷集》。

《詩話》：管涔山人如新調鸜鵒，雖復多言，舌音終是木強。

雁山峰洞巒壑之勝水石之奇雲物之美多在靈巖予往臨眺述景散懷

紆轡試委塗，回策亦尋壑。過澗厲潺湲，攀厓凌峭崿。步滑苔已沉，手援葛猶弱。磴竟造幽禪，山平臨化閣。列峰非一奇，芳林紛沃若。空水望如烟，絶巘驚欲落。深洞海冥冥，曾城天漠漠。雲物倏然改，霞氣時閒作。景與玄閬并，跡乃靈仙託。將乘琴高鯉，或馭王喬鶴。

朱衡 一首

衡字士南，萬安人。嘉靖壬辰進士，除尤溪知縣，徙婺源，徵授刑部主事，累官右副都御史，巡撫山東，入爲工部侍郎，改吏部，升南京刑部尚書，尋以工部尚書，兼副都御史，總理河漕，加太子少保，召還，掌部事。有《鍾山稿》。

十四夜待月

日入石梁暝，攜僧待華月。萬籟方澂瑩，孤鐘助淒越。素影澹青襟，清輝鑑玄髮。憮焉遐意存，暢矣浩歌發。歌聲難以竟，流響振林樾。

閔如霖 一首

如霖字師望，烏程人。嘉靖壬辰進士，歷官南京禮部尚書，贈太子少保。有《午堂集》。

游迎恩寺甯氏園林

逕轉金沙淨，壇依石洞幽。樹深寧受暑，蜩咽似迎秋。空翠含雲落，新泉帶雨流。歸驂楊柳陌，十里暮烟浮。

蔡汝楠 三首

汝楠字子木，德清人。嘉靖壬辰進士，除行人，遷南京刑部郎中，出知衡州府，歷江西參政，山東按察使，擢兵部侍郎，改南京工部。有《自知堂稿》。

唐應德云： 白石盡洗鉛華，獨存本質。

侯舜舉云： 白石詩諸體皆合，五言類陸機、沈約，易者擬子昂，七言近體與盛唐諸公相軋，而七言古多似高、岑，五言近體多似王、孟。

穆敬甫云：　蔡詩思深語險，不落塵詮。

洪朝選云：　蔡白石弱冠即以詩聞，初學六朝，既而學劉長卿，最後又學陶、韋。

王元美云：　蔡子木如嬌女織流黄，不知絲理，強自斐然。　又云：　子木少年雅慕建安，晚攻錢、劉，索然易盡。

顧玄言云：　司空詩聲調清雅，情興高朗。　晚歲率意應酬，似出二手。

黄清甫云：　子木登第最早，服官留都，與皇甫伯仲日相倡和，雅有令譽。　送别登臨，佳句未嘗不在人口也。　既而官爵日尊，詩格日損。　必窮乃工，豈其然邪！

錢受之云：　子木風調，得之皇甫兄弟漸摩者居多。

《詩話》：　白石詩名籍甚，與四皇甫相酬和。　唐應德亟賞之，云：　「白石今之名家也，一變而得古作者之精。　僕非知音，亦三歎不能自已。」而其鄉錢守中撰《竹里老人沈宗殷傳》，備述正、嘉之際，湖州人物之盛，有云：　「長興則吳布衣玩，安吉則陳大參良謨，烏程則凌訓導震，歸安則嚴知府鳳、吳知縣廉、唐主事樞，德清則沈僉事松，武康則駱編修文盛。　而劉尚書麟自江右至，居蒙塢，孫山人一元自陝西至，居戴山」云云。　獨不及白石，何與？

武夷山詩

夙慕武夷遊，已入晴川境。稅我塵中車，振衣三秀嶺。樹暝疊浮嵐，溪虛寫澄影。石竇通海流，猨巖嘯峰頂。空洞駭回飈，遠嵔眩殊景。倏爾昇雲烟，兼復徹軒屏。晨翠流耳目，霄陰濯襟領。靈跡冠閩甌，真機會箕潁。榮素寔殊塗，俾予發慚省。

化劍閣贈田柜山督學

昔與君子別，乃在荆門山。雲濤緬相失，五載隔五關。武夷寧不懷，欲來分水艱。不因覲省暇，何能晤清顏。信矣延平津，神會自昔然。高閣出幽岫，雙溪迅驚瀾。山雨炎燠銷，林華芬藻繁。泓澄隱風雷，磊落明琅玕。方諧意未悉，將別念彌難。豈無聲音及，獨悵形蹟單。有緣期後逢，更極平生歡。握手何以贈，永好在弗諼。

送陳郎中出守廣川

戀別南州守，聊爲越客吟。三江看雁盡，五嶺入雲深。風氣通蠻落，人烟接海陰。炎方將帝命，并切飲冰心。

吕光洵 一首

光洵字信卿，紹興新昌人。嘉靖壬辰進士，累官兵部尚書，兼副都御史，巡撫雲南，改南京工部尚書，未任，卒。有《期齋集》。

立春前雪應制

天惟玄德感，帝念小民依。送臘能呈瑞，先春果應祈。兩儀渾并色，萬有倏交輝。欲繼周文詠，還輕郢曲稀。

林應亮 一首

應亮字熙載，侯官人。嘉靖壬辰進士，歷官户部右侍郎，總督倉場。有《少峰集》。

宿會江

古驛山城外，寒江客到稀。潮平見魚戲，葉落聽禽飛。遠火行人語，荒原古渡歸。徘徊不知夕，零露忽沾衣。

范欽五首

欽字堯卿，一字安卿，鄞縣人。嘉靖壬辰進士，累官兵部右侍郎。有《天一閣集》。

《詩話》：堯卿格律自矜，第取材太近。時倡和者，沈嘉則、呂中甫諸人，未免聲調似之。其藏書最富，今浙中舊族，若山陰鈕氏、祁氏，吳興潘氏、沈氏，檇李項氏、郁氏、高氏、胡氏，遺書盡散，惟范氏籤帙尚存。惜未能泝江就閱也。

江上翫月

萬里空江月，孤舟日夜看。關山何處是，烏鵲不勝寒。氣逼銀河轉，光含玉露團。踟躕瞻斗極，髣髴辨長安。

寄陳駕部國祥

不見陳司馬，蹉跎幾歲年。長江無旅雁，絶塞有風烟。羽檄連宵動，瘡痍何日痊。憑將賈生疏，太息漢庭前。

雪中簡王惟和

寂寞梁園客，迂回剡曲家。一冬初破雪，萬里正飛花。帶雨斜侵幔，回風曲抱沙。相看如不醉，辜負此年華。

姪澈使滇南

鳳曆千齡啓，龍函六詔傳。雲開星使路，地盡夜郎天。頒瑞符虞典，祈靈異漢年。可令籌國計，人復數張騫。

東歸次錢唐先寄弟

月落天將曙，風高浪欲層。夜來春草夢，先已度西陵。

蘇志皋 一首

志皋字德明，固安人。嘉靖壬辰進士，除瀏陽知縣，徙進賢，徵授刑部主事，歷郎中，出爲僉事，遷副使，升布政使，以僉都御史，撫遼東，進右副都御史。有《寒村》《梀罕》二集。

錢受之云： 中丞才情富麗，沾沾自喜。

早朝奉天殿接詔

禁漏沉沉曉色遲，回廊華月隱參差。玉階直接承明殿，銀漢遥通太液池。咫尺雲函頒聖詔，逶迤宫扇肅朝儀。微臣亦見天顔喜，未必長教近侍知。

顧存仁 二首

存仁字伯剛，太倉州人。嘉靖壬辰進士，除餘姚知縣，入爲禮科給事中； 以言事，廷杖，編管保安。隆慶初起用，官至太僕寺卿。有《東白草堂集》。

薛仲常云： 吳中詩，大都模擬而出，雖自相誇詡，稱爲作者，而知言之士，不無遺論矣。伯剛諸體，温厚和平，忠愛怛惻，根諸心而寓諸言，不假組織，而依詠成章，得雅頌風騷之遺。

周子籲云：居庸山人詩，和平雅澹。

《詩話》：陸子餘劾張、桂，作奏時，鬼嘯于庭。顧伯剛起草，則鬼近榻前，其聲迫矣。詰旦，鴉又鳴户上。而兩公直言不諱，雖受廷笞，未嘗殞命。使有畏縮，何以成名乎？伯剛所言五事，其一論及黄冠，故答鴻山、漸山詩，有「潮海空傳佛骨書」之句也。是時金籙青詞猶未盛，而徙薪曲突，君子重其知先幾焉。

岔道

目極長安嶺，春生岔道屯。看花頻掩淚，聞雁欲銷魂。隴霧侵衣濕，風沙隔面昏。據鞍悲髀肉，徒切壯心存。

對月

清光此夕爲誰秋，關月能禁故國愁。何處笛聲吹不斷，卧看北斗挂城樓。

周復俊二首

復俊字子籲，太倉州人。嘉靖壬辰進士，仕至太僕寺卿。有《六梅舘集》。《詩話》：子籲甄綜鄉黨之詩，爲《玉峰詩纂》，而以己詩，請楊用修評點，亦稱好事。第諸體多膚淺，不足觀。

淶水官舍感懷

今夕復何夕，倚此明燭光。疏星燦前帷，三五河漢旁。天寒邊雲白，歲暮堠草黄。古云易水寒，重以繁露霜。迢迢遠行遊，塗軌浩無方。眇余苦不達，素髮垂中堂。所嗟志徒菀，四牡厲周行。

白水驛早發

東方日未明，寒林鳥將散。靄靄川霧昏，縷縷村烟亂。崩雲卧岑崖，狂飈決門閈。迢迢白水程，栗栗黑墳岸。陰陰蟲知曙，喈喈雞迎旦。狨猺儼狙伏，徒御失魚貫。稍聞滇水寒，已習炎方暵。凉冷雖迭時，陰陽自貞觀。吹萬感覊發，致一疑漶漫。霜封紫柯榮，冰蝕丹藹粲。遊子悲遠鄉，夙興轉勞憚。

朱輪一何翩，玄冬豈爲玩。騂騂激靡懷，鬱鬱累方歎。五斗陶令奔，一瓢許君判。扣角白石咢，乘桴滄海惋。永言緝修軌，末以塵嬰絆。

浦應麒 一首

應麒字道徵，無錫人。嘉靖壬辰進士，官春坊贊善。有《後巖集》。

次韻强德州

林屋秋高已自凉，山中新酒熟鵝黄。銀絲豈必鱸魚鱠，金粟齊飄桂樹香。泉石最憐微著雨，芙蓉最好未經霜。臨流不盡歸橈興，隔水漁燈見小航。

呂懷 一首

懷字汝德，廣信永豐人。嘉靖壬辰進士，改庶吉士，歷官南京太僕寺少卿。有《巾石先生類稿》。

阻風登觀音閣用韻

憑高獨上觀音閣，落日還登燕子磯。鳥道重重高峽險，烟波漠漠遠山微。岸吹夜浪豚相拜，厓護春巢鶻遠歸。聞道鑾輿回北闕，歡心直向五雲飛。

王梅六首

梅字時魁，平湖人。嘉靖壬辰進士，選庶吉士，除刑部主事，謫判滁州。有《柘湖集》。《詩話》：柘湖風神韶亮，得無累之神。絶句小詩，尤見清拔。

送林節推赴任瓊州

見說瓊州地，烟中疊浪開。遠天分島溆，晴蜃結樓臺。水舘鮫人識，風檣賈舶來。桄榔秋樹好，莫怨夜猨哀。

登滁州城

淮北淮南節候同，荒臺無限北來鴻。愁成短夢青山外，倦倚高城夕照中。雲樹不堪連海岱，商歌何處起秋風。横塘寂寂蘋花老，欲采寒香薦醉翁。

江干曲

估客乘潮去，春風幾度寒。江潮元有信，日日至長干。

偶成

滁州城樓雲滿梯，滁州城下水連堤。臨流欲渡無舟楫，愛殺江蘺葉正齊。

題畫寄張廷瞻

渺渺平蕪淺淺沙，垂楊疏處見人家。二年京洛緇塵滿，愛殺芳洲杜若花。

南津

南津津頭春水新，草堂滉漾摇青蘋。漁歌窅窅遠山碧，時有鵁鶄飛近人。

許應元二首

應元字子春，錢塘人。嘉靖壬辰進士，除泰安知州，徙泰州，徵授刑部員外郎，進郎中，出知夔州府，升四川按察副使，調廣西，遷右布政使。有《滽堂稿》。

皇甫子循云：子春短律淒清，長歌瓌壯。

再過懷玉感述

瑟瑟零雨暮，熒熒燈燭光。我僕亦已痡，偃息臨廣堂。我何獨不寐，起坐思縱横。念我同懷人，遠遊在冀方。豈無二三子，與子共翱翔。良友信可懷，寧知非爾兄。引領既北睇，側身復東望。倚閭久相待，何以遲遲行。修途繁暑雨，塗潦沾衣裳。願言託晨風，飛止即故鄉。

己酉夏宣城道中作

水國去已遠，旱陸兹方永。朝行指墟烟，午餉閱田井。曲薄蠶事歇，來牟供秸秉。丁男與紅女，所務良自黽。予亦勤饘粥，安能厭馳騁。微月沉西麓，群壑倏已冥。杳藹聞鐘聲，幽林隔人境。且復息微躬，明發還耿耿。

錢嶫六首

嶫字君望，揚州通州人。嘉靖壬辰進士，歷官參議。

憫黎詠六首　有序

嘉靖戊申，崖吏失御，重以積蠹之餘，群黎遂叛，攻掠城邑，遠近繹騷，撫者無策。漫以牛酒從事，越歲不戢。當路請命征討。予分典戎事，深悼誅夷之慘，用廣咨諏，卒藉天威，誅獲渠首，殲蕩醜類，總五千餘級。諸村悔過，悉歸順焉。庚戌夏四月三日，奏凱底定。追惟致寇有因，覆車當戒，感時述事，潸然有懷。

在昔邃古初，鴻濛闢天地。巨擘嶂南海，五指鬱蒼翠。中有黎母居，伊人尚蒙昧。鑿井以飲渴，農田亦時藝。荒路曖匪通，幽扃或交市。雖爾隔華界，猶紀王正歲。生黎若草木，榮隕隨和厲。熟黎若鳥獸，于何勞智慧。所以古先聖，馭之以不治。

粤南本炎嶠，矧此瓊崖東。玄冬日且和，幽郊鮮陰風。花柳蔭廣隰，苗黍青芃芃。皇仁漸南極，草木均化工。豈獨茲黎人，物與非吾同。軍行直人日，感歎心沖沖。

朝發城東門，夕駐藤江壘。殺氣干層雲，狼師渡藤水。雞犬皆震驚，人民盡奔徙。海避愁蛟蛇，山匿畏虎兕。蛇虎猶可虞，狼毒不可邇。軍令甚分明，顛仆何由弭。伶俜泣路衢，迸淚不能已。嗟哉一將功，豈獨萬骨毀。

海南無猛虎，而有麕與麋。玄崖産珍木，種種稱絶奇。斯物出異域，頗爲中國推。以茲重徵索，奔頓令人疲。窮年務采獵，爲官共饋儀。苦云近歲盡，無以充攜持。直欲訴真宰，鏟此蘇民脂。物理固有然，忉怛勞人思。

葉落當歸根，雲沉久必起。黎人多良田，征歛苦倍蓰。誅求盡餘粒，尚豢犢與豕。昨當租吏來，宰割充盤几。吏怒反索金，黎氓那有此。泣向邏者借，刻箭以爲誓。貸一每輪百，朘削尤相擬。生當剥肌肉，死則長已矣。薄訴吏轉嗔，鎖縛不復視。黎兒憤勇決，挺身負戈矢。鎗急千人奔，犯順非得已。赫赫皇章存，今人棄如紙。

朔風戒良節，赫赫張皇師。軍門號令嚴，震肅將天威。壯士快鞍馬，鋒鏃如星飛。一舉破賊壘，刀斧紛紜揮。剖尸越丘阜，踏血腥川坻。白日暗西嶺，瘴氣昏餘暉。翅鼠墮我前，饑烏逐人歸。征夫懷慘憂，涕泗霑我衣。黎人本同性，云胡登禍機。神武貴勿殺，不在斬獲爲。息火當息薪，弭兵當弭饑。誰生此厲階，哲士知其非。

尹耕十四首

耕字子莘，蔚州人。嘉靖壬辰進士，由兵部郎中，出知河間府，升河南按察僉事；坐劾戍遼左。有《朔野集》。

錢受之云：子莘詩沉雄歷落。《秋興》《上谷》諸篇，有河朔俠烈之風。

《詩話》：李何詩派并行，曾未幾時，而學李者漸少，宗何者日多。學李得其風骨者，前有凌溪，後有朔野而已。朔野以邊才自負，一蹶不振，坎壈而終。詩如曉角秋笳，聽者悽楚。

修邊謠

去年修邊君莫喜，血作邊牆牆下水。今年修邊君莫憂，石作邊牆牆上頭。邊牆上頭多凍雀，侵曉霜明星漸落。人生誰不念妻孥，畏此營門雙畫角。

黟縣道中

嶺峻橋横渡，泉懸水逆流。映空峰影亂，觸石浪花浮。歲月悲行役，衣冠憶舊游。望鄉雙淚眼，休上最高樓。

韓淮陰侯廟

背水空留陣，良弓早見收。身危緣震主，面相止封侯。落日荒祠道，西風澗水秋。君臣終始義，爲爾淚長流。

關壯繆侯祠

盪寇襄樊日，長濤滸魏軍。氣雖雄百戰，功竟偃三分。鬼馬騰空阜，靈旗掣亂雲。神絃朝暮曲，長向嶺頭聞。

秋興四首

銅龍春闕曉光寒，金水橋横白玉欄。見説漢皇求大藥，故邊王母到長安。黄金夜獻文成竈，青鳥朝翔太乙壇。不是歲星陪帝輦，蟠桃誰奉殿中歡。

薊門千里接雲中，燧火清宵警報同。合陣幾窺青海月，鳴鞭爭下黑山風。殘冬戰士衣仍薄，荒歲孤城廩欲空。南國十年輸輓盡，防秋諸將慢論功。

十萬鳴弦報吉囊，野心狼子是花當。連姻故自輕中國，分道頻看入漢疆。推轂丈人空肉食，操戈遺孽尚蕭牆。不應干羽修文日，歲歲三關有戰場。

威名萬里馬將軍，白首丹心天下聞。遼水旌旗餘殺氣，泰山松柏已高墳。條侯自靖中州變，竇憲曾名塞外勳。獨倚凌烟思將略，暮天征雁下寒雲。

上谷歌四首

大寧無路援開平，極目孤懸獨石城。遙憶先皇親躍馬，長驅絶塞苦提兵。寒流汩汩交樵徑，野戍荒荒列漢旌。千載土人談往事，伯顔山下有英聲。

永寧山外黄花鎮，隆慶州傍土木城。千里風烟開紫塞，萬年根本是神京。分工幸築沿邊壘，深入宜防間道兵。見説花當窺伺久，窮邊誰識近年情。

飛狐倒馬紫荊連，此去朝廷路一千。向日北門嚴鎖鑰，於今南牧盛烽烟。時名受脤當關將，歲德臨分破陣年。願假精兵渡遼水，莫令疲病久戈鋋。

陽河西帶鎮寧流，順聖川南是蔚州。比歲凶荒猶在眼，向來荼毒幾曾收。靈關皆出紅沙嶺，直峪斜通白草溝。封殖紫荆端在此，倉場芻粟可深籌。

紫荆關

漢家鎖鑰惟玄塞，隘地旌旗見紫荆。斥堠直通沙磧外，戍樓高并朔雲平。峰巒百轉真無路，草木千盤盡作兵。誰識廟堂柔遠意，戟門烟雨試春耕。

春懷

春深關塞尚屯兵，萬里邊防拱漢京。不爲翠華臨遠道，豈應金甲廢深耕。轉輸坐見司徒急，經略親看相國行。莫訝至尊忘北顧，顯陵遷附聖人情。

桑喬 一首

喬字子木，江都人。嘉靖壬辰進士，除户部主事，改授監察御史，駕幸承天，扈從未行，乞歸。逮赴詔獄，廷杖，謫戍九江，卒戍所。隆慶初，贈光禄寺少卿。有詩文集。

歐楨伯云：子木詩清雅俊逸，有昌黎、眉山之風。

《詩話》：子木按大同還，一日劾四尚書，嚴嵩與焉。可謂敢言矣。然幾殺其身，得不死者，幸爾。歐楨伯撰《廣陵十先生傳》，十先生者，儲瓘靜夫、王軏載卿、景暘伯時、趙鶴叔鳴、朱應登升之、蔣山卿子雲、曾銑子重、朱曰藩子价、宗臣子相，其一則子木也。

流水

江流九派是潯陽，山勢千重擁建康。日暮雲帆看不見，夢隨江水過横塘。

包節 三首

節字元達，華亭籍，嘉興人。嘉靖壬辰進士，除東昌推官，徵授監察御史，出按湖廣；抗疏劾守陵大璫廖斌不法，爲斌反誣，下詔獄，謫戍莊浪衛。有《臺中》《湟中》二集。

莫子良云：侍御詩，於臺中見遂初之志焉，其言麗以則；於湟中見窮愁之藴焉，其言婉以思。

顧玄言云：侍御詩意象都新，令人炫目，方之玉琢鼎彝，欵識工緻，特乏弘綽耳。

《詩話》：侍御悅研風雅，以《文苑英華》詩，可續《昭明文選》體，編成《苑詩類選》三十卷，亦稱好事。其所作，大約取材於是。西谷張氏惜其「立志太鋭，任事太勇，嫉惡太嚴，爲讒者所中，才與命妨，志與時違，故所就止是」。亦知己之言也。

九日宴西寧城樓

九日依邊郡，登高倍黯然。山風寒擁葉，城日澹浮烟。菊亦窮荒見，萸應故國偏。何期流竄客，猶接歲時筵。

得侯介潭消息

消息西來未忍聞，若爲多難復離群。投荒自分先朝露，歎逝那知對隴雲。隔歲行塵猶避馬，早春芳草已孤墳。生還儻過山陽道，長笛何堪聽夜分。

贈俠少年

早隨飛將戰龍沙，日晚收營過狹斜。下馬直趨盧女肆，滿樓喧笑擁琵琶。

馮汝弼 一首

汝弼字惟良，平湖人。嘉靖壬辰進士，工科給事中；以言事謫潛山縣丞；遷知太倉州，調揚州府同知，不赴。隆慶初，追贈布政司參政。有《祐山集》。

《詩話》：祐山入諫垣，值汪尚書鋐掌吏部，恃寵恣肆，言官劾之不動。祐山投袂起曰：「擊之不勝，則其志益驕，事有不可言者，吾當以死爭之。」疏入，帝怒，時禮科給事中揭陽蔡宗愷、河南道御史泰和曾翀，皆廷杖死。祐山與諸暨翁給事溥等八人，俱外謫。然翁終以此逐。斯隆慶初，有追贈之典也。祐山歸田後，睦鄰敦俗，鄉里德之。曾孫孝廉洪業，守其家法，輕財博施。至今東湖言好義者，必曰馮氏。

夜發天津

明月天津岸，孤帆水底明。北來新雁至，仿佛自神京。

徐禎二首

禎字世兆，長洲人。嘉靖壬辰進士，歷官廣東參政。有《堯山詩集》。

楊蘭亭奉使北上

出關稱使者，知是棄繻生。鳳詔從天下，樓船截海行。五雲還入夢，千里欲遄征。到處逢迎是，無勞念去程。

鄒虹橋新居

欲謝塵中鞅，言從野外居。短籬齊樹槿，新水曲通渠。俗客無停軫，幽人有報書。清風北牕下，高枕意何如。

謝少南二首

少南字應午，上元人。嘉靖壬辰進士，歷官廣西提學。有《粵臺稿》。

府江雜言二首

蠻烟不雨似雲濃，白日陰陰慘澹中。炎氣熏人冬亦暖，不知何地候春風。

落日官軍舉號齊，琱戈畫盾障山蹊。不嫌銅斗通宵擊，却厭斑雞半嶺啼。

王畿一首

畿字汝中，紹興山陰人。嘉靖壬辰進士，官南京武選主事。有《龍溪集》。

《詩話》：龍溪學術不純，詩亦駮雜。

登西天目

早起登山去，芒鞵結束牢。但令雙足健，不怕萬峰高。

白悅 一首

悦字貞夫，武進人。嘉靖壬辰進士，除户部主事，改禮部，歷員外、郎中，未幾補左春坊司直，謫永平通判，轉南京後軍都督府經歷，稍遷南吏部郎中，再謫河間通判，復轉户部主事，改尚寶司丞，有詔遷江西按察僉事，俄令致仕。有《雒原集》。

皇甫子循云：雒原調暢朗而思沉，語婉麗而致遠，音和平而易感，旨雋永而難斁。

顧玄言云：司直以建安風骨，兼貞觀思致，足以振響長慶，繼軌太傅矣。

秦省諸君招飲愛山園亭

幽林闢瑤圃，飛閣臨華池。高賢敞燕會，慰我遠遊思。情酣衆音翕，日永杯行遲。鮮飈空中來，坐令炎霧披。緑竹蔭雕榱，雜樹緣芳畦。夕照燦雲峰，澄波漾漣漪。淵魚伏蒲藻，鳴鳥遷樛枝。歡樂良不極，惜兹光景馳。慷慨君子心，明明乎令儀。散聚靡有常，邂逅天之涯。眷言崇懿德，式彼周行詩。

趙伊 一首

伊字子衡，平湖人。嘉靖壬辰進士，歷官廣西按察副使。有《序芳園稿》。

案山

沙圩塔前春草齊，案山樓外曉鶯啼。畫船載酒三湖徧，簫鼓聲中日又西。

張謙 一首

謙字仲受，慈谿人。嘉靖壬辰進士，歷官按察副使。

東門行

步出城東門，泛彼河上舟。河流東北馳，念子悵悠悠。子行一何遠，乃在渤海頭。白日照遼陽，朔風吹高丘。王事各有程，焉得斯須留。執手淚盈把，杯至不能酬。垂楊夾廣衢，有鳥聲相求。感之增煩惋，怨彼道路修。丈夫自有懷，豈若兒女儔。贈子明月珠，照耀光九州。所期在同心，千載爲我述。

廖希顔三首

希顔字叔愚，茶陵人。嘉靖壬辰進士，有《東雲集》。

送岱宗諫議謫鎮遠

明堂再續周王禮，宣室能容賈誼狂。抗世有人還諫草，清時憐汝獨遐荒。龍吟鎮澤千峯雨，雁度偏橋八月霜。去住天涯各何意，長星猶在太微傍。自注：時有星變。

送李約齋戴前峰二諫議謫象郡

天風吹雨氣蕭森，行盡江潭是桂林。萬死投荒明主意，一封排闥小臣心。城臨南斗桄榔出，花暗春山瘴癘深。彈劍長歌倍憐汝，許身我亦愛南金。

送方兵備赴蜀兼懷楊芳洲夫子

西路元戎看仗節，南宫詞賦起明經。天門初日餘殘雪，江國浮雲伴使星。乘輿還移浣溪櫂，幾時同過草玄亭。生憎楊柳催春發，故向愁邊却盡青。

王瑛一首

瑛字汝玉，無錫人。嘉靖壬辰進士，官監察御史。有《石沙溪上集》。

任丘道中寓目

萬山秋色送行韉，高樹雲生欲暮天。可是河頭漁艇出，鷺鷥驚起水西田。

王廷榦二首

廷榦字維楨，涇縣人。嘉靖壬辰進士，除行人，遷南京刑部主事，歷户部員外、郎中，出知九江府。

有《巖潭集》。

天壽山行宫

天旆三春發，離宫四月開。觀河懷禹跡，問野見周才。日氣生高嶺，雲陰拂翠臺。太平叨扈從，文雅愧鄒枚。

後湖答皇甫司勳

高皇方息戰，於此濬澄湖。版籍封疆遠，絲綸詔命敷。萬年修禹貢，九譯獻周圖。自得清風句，南中麗景無。

錢薇 一首

薇字懋垣，海鹽人。嘉靖壬辰進士，除行人，擢禮科給事中，轉右給事中。贈太常寺少卿，有《承啓堂稿》。

贈呂東匯銀臺

薊門十載别，此日意何如。濟世餘三策，謀身合二疏。浮跡寄天地，真樂自樵漁。好借盧敖杖，周行五岳墟。

高世彦一首

世彦字仲修，號白坪，内江人。嘉靖壬辰進士。有《自得齋稿》。

《詩話》：白坪軒名「自得」。其詩意象從容，五言如「群鷗穿藻出，一鳥捕魚飛」，「月令如潮信，年光似水流」，「白雲棲樹杪，青竹露牆根」，「瑶瑟難爲調，牙籤剩有書」，「潮來沙作篆，雲過石爲衣」；七言如《對月》云：「佳辰若此不易得，良夜何其分外明」。《九日》云：「清時容我林泉懶，黄菊笑人塵務勞。」《自娱》云：「花陰數酌陶元亮，日課一詩梅聖俞。」蜀中尚楊用修派，詞多穠郁。而其詩清潤如此，所當洗眼觀也。

冬江

秋盡寒潭斂水痕，斷雲殘雪送朝昏。深冬野鳥巢溪樹，近渚人家掩石門。何處洞簫吹夜雨，一竿漁火徹朝暾。蜀江氣暖春光早，已有林花映小村。

明詩綜卷四十二

小長蘆　朱彝尊　録
清淮　丘　迴　緝評

孫陞二首

陞字志高，餘姚人。嘉靖乙未，賜進士第二，授翰林編修，歷右春坊，右中允，國子祭酒，陞禮部侍郎，改吏部，復改禮部，旋復改吏部，進南京禮部尚書。卒，贈太子少保，諡文恪。有集。

穆敬甫云：孫詩爾雅，足稱上乘。

送龍氏

客子欲何之，蒼梧古南粤。相望萬里餘，征鴻杳天末。杪秋霜露零，寒飈迅城闕。睠兹發深慨，而況當乖别。采蘭以贈君，所願芳未歇。

送陳氏之留都

結交不在早，要在心所當。伊人則古昔，晤塈情何長。云胡倐行游，告言之建康。驅車薊北門，鼓枻潞河陽。川原悠以邈，使我戚中腸。自戚還自慰，睽離庸詎傷。黄鵠摩青霄，遠舉固其常。去矣勿復道，恒德期不忘。

趙貞吉一首

貞吉字孟静，内江人。嘉靖乙未進士，選庶吉士，累官禮部尚書，入直文淵閣，加太子太保。卒，贈少保，諡文肅。有集。

錢受之云：文肅詩突兀自放，一洗臺閣鋪陳之習。

金陵送取經僧回蜀

洗鉢長干寺，鳴榔一葦灣。經收唐藏譯，歌學楚狂還。草緑金沙島，雲開石鏡山。慈航偏易渡，豈若世途艱。

林廷機 一首

廷機字利仁，閩縣人。嘉靖乙未進士，改庶吉士，除檢討，遷國子司業，出爲南祭酒，遷太常寺卿，陞工部侍郎，改禮部，進工部尚書，復改禮部。贈太子太保，謚文僖。有《世翰堂稿》。

王元美云：利仁如太湖中頑石，非不具體，無乃癡重。

九日瑯琊山宴集

此日瑯琊亦勝遊，眼中風物足清幽。青山似識重來客，白髮能禁幾度秋。萬事無如行處樂，一尊還爲故人留。登臨況復逢佳節，會取黄花插滿頭。

何維柏 一首

維柏字喬仲，南海人。嘉靖乙未進士，改庶吉士，授監察御史；坐劾嚴嵩，廷杖；累官南京禮部尚書。謚端恪。有《天山草堂存稿》。

顔應雷云：先生詩冲澹雍雅，趣味天然。《静志居詩話》：端恪詩多雜講學語，合格者希。其《乞休作》云：「樂事尚饒新歲月，勝游不改舊雲山。」侍其父，與鄉人爲「九老會」，亦佳話也。

夜坐

虚亭面芳沼，凉月散遥林。坐觀群動息，惟聞蟋蟀吟。物性各自適，兹理會子心。虚明生夜景，微風開我襟。整衣起巡簷，鳴我花間琴。緬懷千載下，希聆疏越音。高梧發孤籟，妙契天機深。對此不能寐，待旦夙所歆。

尹臺二首

臺字崇基，永新人。嘉靖乙未進士，選庶吉士，授編修，歷修撰，諭德、侍講，遷南國子祭酒，調北祭酒，改少詹事，兼侍讀學士，陞南吏部侍郎，進南禮部尚書。有《洞山集》。

送西吳張太史使江藩

京國論交幾過從，郊筵惜别奈殘冬。銜寒裘馬今朝發，獻歲鶯花若處逢。桐葉剪圭周建爵，菁茅立社漢分封。歸將錦節停鄉邑，玉笥高開紫霧重。

光山逢劉唐巖副使

十年芳草惜離群，海上朱旛隱暮雲。何意歸舟停楚澤，萬山黄葉獨逢君。

康太和 三首

太和字原中，莆田人。嘉靖乙未進士，改庶吉士，累官南京工部尚書。有《礪峰集》。

人日

南國逢人日，相傳卜歲華。陰晴曾不定，時序轉堪嗟。地僻將舒柳，山寒未放花。草堂詩欲寄，羈思正無涯。

端午書懷

入夜潮聲急，平明江霧開。感時人競渡，弔古獨登臺。野樹疑分合，沙鷗任去來。乾坤堪一笑，駛景白駒催。

仲秋國學陪祀

吾道宫牆在，清秋雨露多。禮分三獻肅，樂奏九成和。夜静傳金柝，庭虚聽玉珂。歸途燈火遠，星斗耿天河。

張舜臣一首

舜臣，章丘人。嘉靖乙未進士，累官户部尚書，都察院左都御史。卒，贈太子少保。

雲中曲

黄雲塞北起秋風，宣府居庸羽檄同。天子臨朝親遣帥，戰袍賜出大明宫。

孫植 一首

植字斯立，平湖人。嘉靖乙未進士，除南京刑部主事，累官刑部尚書。諡簡肅。《詩話》：簡肅家誡頗嚴，諸子析箸後，命每夕各出盤蔬榼酒共飲，飲必分題賦詩。其意以爲兄弟日親，則妻妾之言不得而間，蓋亦具苦心矣。公之先名固者，元處士，有詩名，《聽雪齋集》，嘉隆間曾鏤板。惜也今其子姓，莫有儲藏者。

霜降陵祀夜行

夜靜鐘聲徹，山深古柏寒。回風吹落葉，絶壑響鳴湍。候騎林間出，懸燈嶺外看。神遊列聖遠，弓劍五雲端。

張瀚 五首

瀚字子文，仁和人。嘉靖乙未進士，累官太子少保，吏部尚書。贈太子太保，諡恭懿。有《奚囊蠹餘》。

雜詩二首

王胥習格熊，黄公善厭虎。血氣一時衰，終爲黠獸苦。安身貴明哲，鷙猛奚足數。魯縞本非堅，猶能敵強弩。知雄守其雌，深藏是良賈。

復蛸生枯株，脱殻爲玄蟬。本與稿壤俱，一朝憑化遷。吐納月露中，櫛沐風雨前。微形竊伏匿，何意聲日宣。螳蜋枉見撲，稟質非甘鮮。

初夏入濟

我昔駕征航，芳華媚初景。淺緑曳垂楊，輕紅發朱杏。忽焉幾千里，始涉齊魯境。春風度去陌，夏雲薄前嶺。花落樹陰繁，鶯鳴晝逾永。戀土厭薄遊，懷人復心耿。天闕五雲中，蓬窗日延頸。

歸鶴篇

皎皎雲間鶴，不受氛塵侵。幽人一以贈，馴爲階下禽。春風舞翩翩，秋月唳清音。經年託儔侶，欲别意難任。念非夙所隨，還歸嘉樹陰。客既眷故鄉，鳥亦適故林。去矣物無累，懷哉誼已深。願比雲霄翼，常同萬里心。

出塞

涇原北望塞門秋，漠漠沙塵暗戍樓。羽檄不來氊帳遠，前軍夜獵海西頭。

馬森 一首

森字孔養，懷安人。嘉靖乙未進士，累官太子少保，兵部尚書。謚恭敏。有《鍾陽集》。

分水關

出關閩土盡，征路楚山迎。曉霧連空暗，炎天過雨清。人來千樹杪，鳥雜百泉聲。每憾箯輿闊，難從石罅行。

靳學顔 二首

學顔字子愚，濟寧人。嘉靖乙未進士，除南陽推官，累遷吉安知府，歷左布政使，入爲光禄太僕卿，以副都御史，撫山西，轉工部侍郎，改吏部。有《兩城集》。

朱中立云：子愚詩宗初唐，雄渾老健，卓然成家。

出塞

大漠羽書傳，君王勑視邊。徵兵動河朔，伐鼓下祁連。鐵騎金沙冷，鵰弓寶月懸。由來重恩紀，不爲勒燕然。

即事

片片輕鷗淥水涯，隔溪楊柳是誰家？主人有酒不招客，可惜滿林紅杏花。

陳堯 一首

堯字敬甫，南直隸通州人。嘉靖乙未進士，歷官刑部左侍郎。有《梧岡詩集》。

夏日後樂園雜興

吏隱容疏放，園居況寂寥。護花編架密，種豆引泉遥。閲世思緘口，逢人恥折腰。無能煉丹鼎，華髮日蕭蕭。

康朗 一首

朗字用晦，惠安人。嘉靖乙未進士，歷官右副都御史，巡撫貴州。

昌平道中

塵俗每相拘，日夕不遑息。暫輟簿書勞，山間事行役。驅車出北郊，晴煙委園陌。松梢露漸稀，草際霜已白。初與市塵違，忽見山如積。明月含半峰，流水時滴瀝。良似故山中，眷言素所適。游子未能歸，懷哉安可獲。

許穀八首

穀字仲貽，上元人。嘉靖乙未進士，除户部主事，改禮部，轉吏部郎中，遷南太常少卿，謫浙江運副，起爲江西提學僉事，陞南尚寶卿。有《外臺》《武林》《省中》《歸田》諸稿。

穆敬甫云：許公家建業，自能爲六朝語。

《詩話》：石城詩頗近大曆十子。

新秋飲秋澗宅分韻得我字

輕飈送驕陽，嘉節屆流火。故人敞層軒，芳筵列瓜果。野老纔登堂，良朋漸盈坐。展卷道古今，泯迹忘爾我。赤日既西匿，凉月升樹左。高天飛白雲，歷亂不成朵。遷席向廣庭，縱横樂皆可。既醉乃言旋，竟忘白幘墮。揮毫贈同心，志合會終妥。毋然逐輕肥，令人笑委瑣。

畫鹿行

古來寫鹿誰最賢？耶律以後皆無傳，吾鄉近推快園叟，毫端物態俱天然。快園野叟氣豪蕩，此圖全得山林象。疑從靈囿翻然來，走入君家錦堂上。玄圃平開藥草生，靈泉倒瀉溪流清。溪邊跂跂似求侶，草畔甡甡如有聲。野叟風流不可見，綵筆貽君足珍玩。霜毫豈羨芙容園，銅牌未數宜春苑。憐君自是全生者，百年意興惟原野。世路逃名不受羈，雲厓結伴寧相捨。予本江南一散人，悔將書劍誤風塵。披圖便欲捐簪珮，共採苹蒿樂性真。

偶成

新作魚鹽吏，遥辭龍虎都。乾坤無棄物，江漢有潛夫。短笠三山雨，扁舟八月鱸。兹懷何日遂，把酒意踟躕。

夏日過西宗別院

退食尚書省，聯鑣大士林。地開仙梵境，客遠市塵心。石竹下空翠，山雷生晝陰。竭來幽賞意，一寄白雲岑。

送馬抑之冊封魯藩

惇族開新典，馳封輟從官。使星過即墨，厩馬出長安。日躍扶桑樹，芝生泰嶽壇。勝游多賦草，揮贈故人看。

過德州

樓船御北風，渺渺過齊東。種秫生涯薄，誅茅結構同。日沈平野上，人語近村中。水面看牛斗，星槎似可通。

雪

吳山冬盡雪初飛，極浦彤雲合翠微。越女臺邊猶黯淡，蘇公堤上已芳菲。他鄉酒盞愁仍把，虛室琴書淨可依。所願普天歌樂歲，故園休問幾時歸。

登五雲山

名山高擁五雲層，危磴重重躡屐登。西望諸天應咫尺，東來疊嶂總丘陵。海門遥指三山樹，梵殿常懸七寶燈。便掃蒼苔題短句，乾坤高覽記吾曾。

王維楨 二首

維楨字允寧，華州人。嘉靖乙未進士，選庶吉士，授檢討，歷修撰，諭德，陞南京國子祭酒；以省母歸，值地震，陷死。有《槐野存笥集》。

孫志高云：槐野詩宗少陵，多深沉之思。務引於繩墨，必結構中度，而後出之。

王元美云：王允寧如馬服子陳師，自作奇正，不得兵法。又如項王嘔嘔未了，忽發喑嗚。

穆敬甫云：王詩負氣不泄，沉鬱有調，大是少陵之遺。

俞汝成云：槐野詩磊塊瀺灂，雖非純雅之辭，不失雄渾之氣。

胡元瑞云：嘉靖時爲杜者，王允寧、孫仲可；爲六朝者，黄勉之、張愈光。允寧于文矯健，勉之于學博洽，皆勝其詩。

錢受之云：允寧論詩服膺少陵，自謂獨得神解，尤深于七言近體，以爲有照應、開闔、關鍵、頓挫，其意主興、主比，其法有正插、有倒插，而善用頓挫倒插之法者，宋元以來惟李崆峒一人。及其自運，則麄笨棘澀，滓穢滿紙，譬如潦倒措大，經書講義，填塞腹笥，拈題豎義，十指便如懸錐，累人捧腹，良可一笑也。

李舒章云：允寧意氣惝可，若云學杜，尚未有毛分。

《詩話》：王允寧、孫仲可皆學杜，而不得其門。允寧自詡七律，然尤儒鈍。五言有句無篇，如「千里秋江水，孤舟月夜吟」，「高林風葉下，遠渚薄雲低」，「花樹迷官路，濤聲入縣門」，「山無雲斷處，塔有雁來時」，「三疊尊前酒，雙旌畫裏身」，「暮雲迷遠岫，春棹響空江」，「天險分秦塞，神謀度漢兵」，尚泠然可誦也。允寧死於地震，謗者謂獲罪華山之神。攷同時死者，尚有楊尚書守禮、楊都御史邦奇、馬光禄卿理。李伯華詩所云「平生三老友，一夜委泥沙」也。諸公豈皆獲罪於神者邪？事在嘉靖二十四年十二月十二日夜，蒲州震尤甚，山陰僖順王聰澍亦薨，又輔國將軍四人，承國將軍一人，鎮國中尉十七人，輔國中尉三人，庶人五人，縣主、郡君、淑人各一人，夫人四人，齊厭死。伯華詩又云：「四方多變異，詎止平陽哀。户曹倏降火，渭流却逆洄。山崩兼泉涌，彗見復風霾。犬育在雞卵，蛇出由人懷。雨豆血淋漓，妖鳥羽毰毸。虎産於猪腹，人生自鱉胎。李樹忽結瓜，多而更且魁。夜見火城出，蓮從上釜開」。妖孽如此，天心可知。而西苑君臣，方以丹鼎青詞相尚，祇見白龜白鹿，頌瑞應者紛紛，真可長太息也。伯華詩太惝鄙，以其紀事特詳，故附録，以資史局述《五行志》者。

孝烈皇后挽歌

範内留芳訓，扶天有駿功。仙游知跨鳳，聖念爲當熊。玉珮虚無裏，蒼雲悵望中。宜春花照眼，淚灑舊時叢。

《詩話》：宮婢楊金英，欲弊世宗于熟寢，以繩束帝喉，未絶。有張金蓮走告皇后，往救獲甦。此嘉靖壬寅年事也。訊得同謀者，楊玉香、邢翠蓮、姚淑翠、楊翠英、關梅秀、劉妙蓮、陳菊花、王秀蘭、徐秋花、鄧金香、張春景、黄玉蓮，凡一十三人，悉磔之于市。王祭酒維楨《孝烈方皇后輓歌》：「仙游知跨鳳，聖念爲當熊。」蓋指此也。

熱

院深風不度，火鑠井猶温。林啓翻包暑，蚊多故趁昏。何方無五月，明發問孤村。蓮洞涼如許，茶瓜與客論。

駱文盛二首

文盛字質甫，武康人。嘉靖乙未進士，選庶吉士，授編修。有《兩谿集》。

蔡子木云：兩谿詩冲澹爾雅，出孟貞曜之上。

孫志高云：質甫詩婉切冲雅，似唐人聲調。

讀延生集

適俗韻自少，愛山情頗多。邇來南山下，卜築當巖阿。檻外倚修竹，牆頭纏女蘿。藹藹叢桂陰，鬱鬱喬松柯。清泉日夕流，好鳥鳴相和。展書坐磐石，書中意如何。延齡與養性，要在蠲煩苛。長生豈敢慕，庶以痊沉痾。

左順門值雨

曉漏趨朝候，殷雷送雨時。殿雲低拂檻，檐溜急通池。自訝沾衣速，何妨退食遲。宮鶯春罷囀，應濕上林枝。

王立道一首

立道字懋中，無錫人。嘉靖乙未進士，選庶吉士，授編修，有《具茨集》。

送沈夷齋

飛來雲中雁，十五自成行。如何同心友，各往天一方。憶與君相見，桃李熙春陽。胡然忽離跡，飛蓬卷秋霜。天時有代謝，人事安可嘗。不見參與辰，出没遥相望。雖有盈尊酒，何能解中腸。

劉繪 二首

繪字子素，一字少質，光州人。嘉靖乙未進士，授行人，選户科給事中，轉刑科右給事中，出知重慶府。有《嵩陽春詠》。

皇甫子循云：先生經術文章，可謂兼之。若騷賦詩歌，則固北海餘聲，宣城寄興，非所專好也。

錢受之云：子素詩才氣奔騰，而風調未諧，多生獰臱兀之致。

《詩話》：潘恭定試士中州，得子素卷曰：「此河岳英靈也。」子素既釋褐，給事省中，偕同官壽貴溪，貴溪手玉碗行酒，子素揮之。次日疏其十罪，不報。明年六月朔，日食晝晦，永陵大恐，問天官主何占？子素請去言以塞天怒。言遂去位，子素亦出守。及言再相，嗾南省論罷。其大指謂：「飲酒酣歌，自稱豪俠；當場蹴踘，旁若無人。廣聚生徒而要譽，多張讌會以慆淫。」既歸田，講范、白之術，取負郭水田，疏爲大壑，種魚萬頭，牧馬山莊，得良駒六十匹。又責僮往來徐、揚，貨布及鹽，課入息以給賓客。其《答楊用修書》云：「人情有所寄，則有所忘。寄而意不縱，則忘之不遠。惟忘之遠，而後我無所貪。無所貪，而後能適。」蓋亦自道也。與熊叔仁論文云：「仙釋二氏，非聖之書，吾既不從其道，却借彼之言以資吾文。所謂文者，將何所爲乎？爲文而雜以二氏語，此唐、宋間雜學之弊也。昌黎不道二氏語，與二氏言，必舉六經之言告之。子厚謂某秀才，文多引莊列，頗奪正氣。論亦凛凛。至與二氏言，便盛稱其敎，而雜諸戒律毗尼之說，却不自覺。蘇氏《記大悲勝相》諸作，至爲偈語，準《楞嚴》《法華》，大不宜也。」其持論甚正。詩非所長，比於伯華，稍事裁剪。

曉望終南

終南亦何有？白雲長英英。層峰亘西來，巍然臨咸京。中有太一洞，窈窕清籟生。鬱鬱古柏竦，關關春鳥鳴。紅泉石乳溜，金竈丹光縈。經年鮮人跡，翠竇懸空青。我欲往從之，坎壈不能行。緇塵滿周道，躑躅傷我情。何能奮飛去，儵然學長生。

送吴祥雲赴趙總戎幕

天門昨夜耀龍文，大將横戈正立勳。上谷不傳青海箭，漁陽新練水犀軍。金笳夜嘯樓前月，赤幟朝翻陣外雲。遠客莫辭千里去，滿堂珠履盡迎君。

薛應旂 一首

應旂字仲常，武進人。嘉靖乙未進士，除慈溪知縣，轉南吏部主事，歷浙江提學副使，改陝西。有《方山集》。

《詩話》：方山以帖括擅長，既負時名，遂專著述。所續《通鑑》，孤陋寡聞，如王偁、李燾楊、仲良、徐夢莘、劉時舉、彭百川、李心傳、葉紹翁、陳均、徐自明諸家之書，多未寓目；并遼、金二史，亦削而不書。惟道學宗派特詳爾。《憲章録》一編，似未覩《實録》而成者。若《浙江通志》，簡略太甚，俾後之欲知前事者，漫無考稽。文獻不足徵，是誰之過與？昔劉仲原父謂「可惜歐九不讀書」，覽方山遺編，頗同此恨。詩其餘藝，不必論也。

贈朱子价

美人淮南來，貽我瓊瑶篇。扣之作哀玉，引被清商絃。忽復渡江去，揚帆凌紫煙。臨風愴然别，佇立還自憐。况當三五夕，皓月生嬋娟。盈盈媚河漢，對影成留連。豈無新相知，故舊情獨牽。折葵製團扇，置子懷袖前。采蘭結芳佩，繫子衣帶邊。如彼遠行邁，勿爲中路捐。

陳鳳 四首

鳳字羽伯，號玉泉，上元人。嘉靖乙未進士，累官陝西參議。有《清華堂擇存》。

王元美云：　陳羽伯如東市倡，慕青樓價，微傅粉澤，絶工顰笑。

始至郡

予本澹蕩人，十年滯空谷。偶逢純熙運，釋擔荷甄録。浮沉金馬門，日飽太倉粟。恭承紫宸詔，持法佐明牧。此邦古帝丘，在昔號淳樸。所嗟末世僞，浮雲恣反覆。秋荼網何密，棘林夜多哭。折獄愧惟良，受命如集木。雖乏淑問資，尚希士師躅。願同于公仁，無取高門福。庶獄惟庶慎，仰裨刑措俗。

嘉禽庭可巢，幽圃草生緑。矢心及兹辰，詠言聊自告。

贈别孫子請告還山

丈夫各有志，所志在千秋。臨岐送將歸，解贈雙吳鈎。子有高世才，行矣善自謀。盛年易就衰，去日安可留。努力萬里途，及時須好修。肯戀京洛塵，以貽靜者羞。

行經李膺墓

炎精黯無光，吹嘘賴君子。三君世所宗，吾愛司隸氏。大厦業將傾，一木支未已。昊天不祚漢，人亡國隨圮。偶兹行役餘，幸覩豐碑峙。荆榛莽交道，荒丘竟誰是。龍門徒想像，仙舟渺云逝。石麟既埋没，原隰自虧蔽。我懷若而人，九原嗟莫起。驅車行灑泣，落日照寒水。

再送環浦憲使

攬轡喜重臨，臺端遂盍簪。離亭忽此别，客思一何深。雨雪燕山道，江湖魏闕心。知君多古調，三歎憶遺音。

周天佐 一首

天佐字宇弼，晉江人。嘉靖乙未進士，除户部主事；上疏救楊爵，廷杖，卒。萬曆中，追贈光禄寺少卿。天啓初，追謚忠愍。有《續山存稿》。

過田家

五月過田父，刈麥方暮歸。徵租公府吏，督責諠荆扉。舍擔具雞黍，向吏語依依。非敢後官税，去秋穡事微。晚埸穫無穀，婦織不上機。此月幸有麥，欲救眼前飢。送吏行出門，歎息淚滿衣。千村多飽吏，不見一農肥。

牛恒 二首

恒，武功人。嘉靖乙未進士，仕至周藩左長史。

周藩宫詞二首

蕭蕭修竹映池寒，分汲銀缾灌牡丹。報道花朝開内宴，競持金剪繞朱闌。

夜來行樂雁池頭，侍女分行秉燭遊。唱徹憲王新樂府，不知明月下樊樓。

陳元珂一首

元珂字仲聲，閩清人。嘉靖乙未進士。有《雙山集》。

新構一笑亭于烏石山陰漫述

曾聞劉隨州，英采特高妙。解印無與言，見山始一笑。伊余慚古人，拂衣幸同調。結屋傍山陰，開軒面層嶠。庭草愜幽懷，巖雲增遠眺。况有同心人，銜杯縱吟嘯。翠篠逗曉風，薜蘿收夕照。散地有餘歡，閉門忘津要。悠悠百年身，此意知誰肖。

張天麟一首

天麟，深州人。嘉靖乙未進士。

旌德道中

小邑無郵吏，農人半甲兵。石樓横斷岸，草徑入荒城。聞道甘泉駕，將臨細柳營。風塵何日静，洗眼看昇平。

吴瓊三首

瓊字邦珍，婺源人。嘉靖乙未進士。

送方際明之金陵

津亭楊柳色，話别思如何。爾向金陵去，應聽玉樹歌。石城寒雨散，牛首暮雲多。好獻匡時策，無須念薛蘿。

旅邸除夕

老至謀仍拙，天寒酒易消。冰霜愁裏過，鄉國夢中遥。一歲秖今夜，百年能幾宵。病懷堪自適，無復歎蕭條。

歲暮書事

海上猶多壘，江東未息兵。如何觀察使，遽報武功成。寒沍凝春令，陰霾蔽日明。不堪黄浦路，雞犬寂無聲。

施峻三首

峻字平叔，歸安人。嘉靖乙未進士，除南京刑部主事，歷郎中，出知青州府。有《漣川集》。

王元美云： 施平叔如小邑民筑室，器物牿完。

徐伯臣云： 平叔詩隨時上下，而格調渾厚，體裁平實，固一代之良。

茅順甫云：施青州詩，音響興寄，與荊川相上下。

《詩話》：平叔以七律自詡，閭黨交稱焉，然殊不見好。諸體過修邊幅，未免氣餒。顧箬溪序之，謂「唐以後詩，音調格律相尚，鍛鍊益工，其氣益弱」。毋乃微辭也乎？

撒秧謡

東阡有田三十畆，秧穀已撒十五斗。去年薄收難接新，種得早稻方救貧。相傳今年晚更好，十分秪宜一分早。東鄰西舍皆晚禾，我種早稻知如何？

郊扉

青入秧田雨，黄連麥坂雲。郊扉聊騁望，世事不須聞。竹外鳩雙語，花前鶴自群。溪邊來縣尉，載酒勸農耘。

寄王屋張山人玄超

隱隱茅堂鎖白雲，萬峰飛瀑靜中聞。徵君只在東西崦，碧樹叢深路不分。

郭萬程一首

萬程字子長，閩清人。嘉靖乙未進士，刑部主事。有《雲橋集》。

仗劍

仗劍遊薊門，蹉跎歲華晏。中懷日鬱紆，結髮從遊宦。一謝鹿豕群，誤蒙犬馬豢。宫殿生洊雷，浮雲在清漢。徒有憂天心，無從隕首諫。退而礙禄養，進則涉誹訕。悔作章句儒，書空徒浩歎。忠義本區區，焉敢私憂患。耿耿平生心，何由愬親串。

茅瓚一首

瓚字邦獻，錢塘人。嘉靖戊戌，賜進士第一，累官太子賓客，吏部左侍郎，兼翰林院學士。有《見滄先生集》。

寄王冉山

清商凉氣肅，白露瘁庭柯。美人去極浦，一夕秋風多。言念燕婉情，攜手南山阿。爲樂苦不周，良游忽蹉跎。瞻彼松柏枝，引蔓附女蘿。而我同心侶，悵别情如何。

袁煒一首

煒字懋中，慈溪人。嘉靖戊戌，賜進士第三，授翰林編修，歷侍講、學士，禮部右侍郎，進尚書，召入直改户部，加少傅，兼太子太傅，建極殿大學士。卒，贈少師，謚文榮。有《元峰集》。

王元馭云：公詩華富温密，無棘塞詭衆之詞。

《詩話》：永陵自壬寅宫婢之變，即移御西苑萬壽宫，不復居大内。先是嘉靖二年四月，太監崔文等，於欽安殿修設齋供，請駕拜奏青詞，此金籙青詞之萌牙也。其後齋醮日盛，一時詞臣，以青詞受寵眷者甚衆，而最稱旨者，莫若袁文榮煒、董尚書份。如世所傳醮壇對聯云：「洛水元龜初獻瑞，陽數九，陰數九，九九八十一數，數原于道，道通元始天尊，一誠有感；岐山威鳳兩呈祥，雄聲六雌聲六，六六三十六聲，聲聞于天，天生嘉靖皇帝，萬壽無疆。」此則文榮所撰也。時禁中有貓，微青色，惟雙眉瑩潔，名曰霜眉。善伺帝意，帝甚憐愛之。貓死，命以金棺葬萬歲山，薦以齋醮文。榮撰詞有「化獅爲龍」語，因題碑曰「虬龍冢」云。王秀才逢年上文榮書曰：「閣下以時文發甲科，以青詞位輔相，安知世有所謂古文者哉！」快意之言，然未免直而無禮矣。

初夏宴崔太常道院

出郭尋玄圃，黄鸝懷好音。瑶壇群木秀，清磬碧雲深。緑酒傾燕市，微風動越吟。歸來踏明月，萬户漏沉沉。

翁大立三首

大立字儒參，餘姚人。嘉靖戊戌進士，累官南京兵部尚書。

吴謳三首

蠢兹田中氓，輸租入城府。上逢官長嗔，下遭卒胥侮。但保微軀完，寧論錢如土。官輸曾幾何，羨餘反無數。錙銖苟未償，猶然禁囹圄。待得還鄉閭，敝廬無完堵。

舊徵未云已，府帖重徵新。昨朝銀花布，今日金花銀。侵晨趨城府，薄暮遍鄉鄰，一身應重役，重役無寧晨。父母生我時，胡不百我身。殘軀被箠楚，苦切難具陳。寧爲乞市子，莫作當官人。鄉民不出鄉，何曾識京輔。官家督輓輸，僉丁作温户。給文督儲臺，登數度支部。盈虧日較籌，未敢捐區釜。中途忽遘患，漂没河淮滸。經年未能償，逢人涕如雨。人憐征戍勞，誰憐輓輸苦。

陳紹儒 一首

紹儒字師孔，南海人。嘉靖戊戌進士，累官南京工部尚書。有《司空集》。

送吴中丞悟齋巡江

青霄繡斧出郊行，春水樓船壓浪平。聖朝王會自江左，才子風流今舊京。城隅黄柳色轉變，湖上碧桃花欲明。正好芳辰無那别，勞勞亭畔不勝情。

喻時 一首

時字中甫，光州人。嘉靖戊戌進士，累官南京户部右侍郎。有《吳皋》《海上老人》二集。

安如山云：吴皋詩格律宏雅，思出象外。

李時遠云：海上老人詩思苦澀，好用僻事及佛書，多斧鑿痕。

村舍

塵斷蒼波繞，村遥碧嶂臨。晴沙隨豕跡，風葉送禽音。誰笑兔園冊，獨憐鷗社吟。四時真賞在，幽事動關心。

章煥三首

煥字懋實，吴縣人。嘉靖戊戌進士，除禮部主事，歷吏部，考功郎中，轉南京太僕少卿，進光禄卿，以右僉都御史，撫治鄖陽，改河南巡撫，尋以右副都御史，總督漕運，改督南京糧儲；坐誣，逮繫遣戍，自稱羅浮山人。有《陽華漫稿》。

醉翁亭漫題

醉翁昔醉醉翁亭，翁醉還看翁自醒。我來亭中翁已去，釀泉之水空泠泠。相邀明月坐白石，舉首青天横翠屏。眼前有酒不能酌，相逢一笑花冥冥。

聞寇至吴門焚刼登樓作

江上黄塵慘不開，吴門不見使人哀。虚聞青海無傳箭，始信昆池有刼灰。忝竊自慚稱吏隱，故園何日賦歸來。傷心野哭千家處，愁倚滁南百尺臺。

南巖宫

三十六巖何者奇，南巖巖壑多幽姿。飛空欲作翔鸞舞，誇澗真看渴虎垂。樹杪回欄時隱見，雲中棧閣故參差。歸旌欲問來時路，洞口雲深已不知。

萬虞愷 二首

虞愷字懋卿，南昌人。嘉靖戊戌進士，除無錫知縣，徵爲南兵科給事中，累遷山東參議，福建副使，貴州參政，福建右布政使，山西左布政使，擢南京都察院右副都御史，入爲刑部侍郎。有《楓潭詩鈔》。

山中曉行

攬衣中夜起，秣馬早鳴鞭。殘月不照地，明星猶在天。出門頻問曉，歷澗暗聞泉。翳翳東林外，山雲雜隴煙。

烏江廟

入關事已定，豈在割鴻溝。霸業一朝盡，烏江萬古流。

查秉彝 一首

秉彝字性甫，海寧人。嘉靖戊戌進士，除黄州推官，徵授禮科給事中，歷戸科左、右給事中，坐建言，謫定遠典史，稍遷建寧推官，陞刑部主事，改吏部，進郎中，遷太常少卿，改大理少卿，轉太僕卿，終順天府尹。有《覺菴存稿》。

贈悟齋吳諫議奉使琉球

玉冊傳殊域，天朝簡近臣。漢官陳法從，周禮貴王人。横海樓船使，明河博望津。長空浮遠樹，疊浪淨高旻。馳傳祥飈護，揚旌水怪馴。彭湖晴似練，天界雪如銀。雨過龍宫曉，雲開貝闕真。千年存故國，八葉沛恩綸。異俗敷文教，通儒羨席珍。一新唐號令，不數漢和親。磊落凌霄氣，昂藏報主身。嗚珂期不遠，民瘼陛前陳。

《詩話》：京尹爲諸生時，夢受杖暗室中，仰見廟額懸「天上春回」四字。後任户科給事中，上疏劾嚴嵩父子，詔廷杖六十，謫定邊典史。恍憶前夢，因賦詩云：「九重天上春回日，二十年前夢裏身。」京尹爲今吉士慎行、嗣瑮高祖，嘗出家集見示，鈔撮數首。近覓笥中散紙不得，僅存長律一篇。

周怡 一首

怡字順之，寧國太平人。嘉靖戊戌進士，除順德府推官，擢吏科給事中，以言事，受杖，繫獄，久得釋。隆慶初，起遷太常少卿。及卒，鄉人私謚莊簡先生。天啓初，追謚恭節。有《訥齋集》。

《詩話》：訥齋封事，因翟、嚴二輔臣市恩修怨而發。疏中有云：「陛下日事禱祀，而四方之水旱灾傷，未能消也。歲開納銀之例，而府庫未能充也。歲須蠲租之令，而百姓未能足也。時下選將練士之命，而邊境未能寧也。」深觸永陵之怒。廷杖之，下錦衣獄，踰年乃釋。既而與楊爵、劉魁仍逮繫。所著《訥齋集》，大半獄中與爵等倡和作也。

知二弟至用韻慰之

歲晚吾長滯，秋深爾遠來。鶺鴒飛已急，鴻雁去還哀。伯氏喜猶在，爾懷強自開。可憐風雨夜，須酌解愁杯。

王健七首

健字偉純，永嘉人。嘉靖戊戌進士，歷官光禄少卿。有《鶴泉集》。

過馮公嶺

飄飄谷雲飛，泠泠澗水流。水雲亦何心，旦夕使我愁。憶昔離鄉縣，迨今逾二秋。形容日以變，光景去不留。墨翟非咸英，楚王惡卞璆。主恩不時遇，志士徒包羞。井渫豈不食，受福明王求。攘袖啓篋笥，攬取雙吳鈎。

贈江皋陳子

日月互代謝，火旻忽西馳。荃蘭秘幽谷，芬馨誰復知。矯矯江皋彦，文采未彰施。鳳凰栖庭梧，鵬鳥運天池。機哉不可度，神物固有時。君其抱明志，終始以自持。

上陵

玉帛來天府，衣冠去國門。萬年周典禮，七葉漢陵園。月擁玄宫迥，星依紫極尊。翠華如在上，瞻切五雲屯。

送友

良晨餞我友，長鋏歸去來。請歌青玉案，贈别黄金臺。一鳥日邊下，片帆天際開。知君意不適，行矣首重回。

別建安尹陳石陽

王粲忽不樂，陳琳將遠行。三秋離別思，十載給交情。日下飛凫影，雲中去雁聲。有懷他夜月，夢繞建安城。

懺閣阻雨

危崖側轉路千重，懺閣登臨坐午鐘。可是潭龍來聽法，半山香雨忽濛濛。

題湖南處士卷

湖南結屋水雲間，十里平湖抱岸還。日落沙明開玉鏡，芙蓉倒浸郭公山。

張秉壺 一首

秉壺字國鎮，莆田人。嘉靖戊戌進士，歷官太僕少卿。

過楊文敏公塋

豐樂橋前擁紫雲，路人指視太師墳。不爲子姓干恩澤，力與鄉邦寢運軍。國有三楊翊社稷，門無一字表元勳。高賢去矣餘封土，落葉蕭蕭日近曛。

温新三首

新字伯明，洛陽人。嘉靖戊戌進士，官主事。有《大谷集》。

宿靈寶

驛館桃林在，山城木葉秋。我行聊駐馬，訪古憶歸牛。風浪黄河近，塵沙白日愁。鄰家好明月，今夕自高樓。

白溝河先世武功所在感而賦焉

朝行清苑市，暮渡白溝河。此地煙塵渺，先人戰伐多。野猶存大樹，世已罷横戈。涉水思鴻烈，臨風發慨歌。

野菊

重陽不見鄉園菊，野徑折來尤可憐。爲客正當嶺海外，逢花偏憶酒杯前。荒英斷葉愁相把，落日飛雲恨轉牽。兩歲佳辰俱自負，幾回欲賦不成篇。

沈鍊 二首

鍊字純甫，一字子剛，會稽人。嘉靖戊戌進士，除溧陽知縣，調茌平，再知清豐，入爲錦衣衛經歷；坐劾嚴嵩，廷杖，謫田保安州，尋爲嵩所陷，僇於邊。隆慶初，贈光禄寺少卿，謚忠愍。有《鳴劍集》。

王元美云：青霞詩甚奇麗，而不能盡削其牢騷憤激之氣，故往往多楚聲。

陳臥子云：青霞快男子，詩亦俊爽。

寄諸生楊子中

碧柳青莎怨暮春，沙明水白更傷神。娟娟夜月當樓靜，冉冉飛花入座頻。海畔音書常阻絶，山城瘦馬苦逡巡。坐憐物色多惆悵，欲覓芳洲彩句新。

答陳鳴野社友

十年赤縣頻爲吏，一疏中朝便落官。勞寄音書如夢寐，細籌世路轉艱難。馬蹄最識邊沙苦，雁影猶驚塞月寒。詞客幸能憐旅況，玉門應爲賦生還。

茅坤 一首

坤字順甫，歸安人。嘉靖戊戌進士，除青陽知縣，以憂歸，補丹徒知縣，徵授禮部主事，改吏部，左遷廣平通判，陞南京兵部主事，出爲廣西按察僉事，歷副使。有《白華樓》《玉芝山房》《耄年》諸稿。

《詩話》：世傳「唐宋八大家」之目，係鹿門茅氏所定，非也。臨海朱伯賢定之於前矣。彼云

「六家」者，合「三蘇」爲一爾。今文抄本，大約出於王道思、唐應德所甄録。茅氏饒於貲，遂開雕以行。即其評語，稱關壯繆爲關壽亭，不亦刺謬甚與？文既卑卑，詩亦庸鈍。觀其酬酢，多醫卜星相之流，知非意所存也。

春日蹋雪彭城道中

春日獨傷春事稀，馬蹄又向雪中歸。數家煙火望欲斷，幾樹飢禽寒不飛。有客尋詩穿谷口，無人載酒欵林扉。看山不覺日已暮，千里雲霏生薜衣。

莫如忠 一首

如忠字子良，松江華亭人。嘉靖戊戌進士，除南京工部主事，改禮部，擢貴州提學副使，投劾歸補湖廣副使，歷河南參政，陝西按察使，浙江布政使。有《崇蘭館集》。

陸與吉云：中江抒寫性情，諧合風雅，五七言近體，可以上方王、孟，抗行岑、劉。

過成山云：方伯詩緣情體物，敷腴雋永。

陳臥子云：方伯名德羽儀，詩頗朴易。

送王汝修楊翼少二給諫募兵河南山東

皇明盛文軌，武偃不復張。雲中一失險，獷騎遂縱橫。甘泉照烽火，穹廬薄城隍。登埤半市傭，格虎驅群羊。養兵百年來，國恩竟誰償。天子赫震怒，徵發無留良。王生按臨淄，楊子莅大梁。千金募猛士，桓桓奮鷹揚。丈夫四方志，狥國在邊疆。無專職青瑣，搤腕談慨慷。

喬世寧九首

世寧字景叔，耀州人。嘉靖戊戌進士，繇南京刑部郎中，遷四川按察僉事，歷湖廣提學副使，河南參政，終四川按察使。有《丘隅集》。

王元美云：喬景叔如清泉放溜，新月掛樹，然此景殊少，不耐縱觀。

蔣仲舒云：景叔趣本爾雅，調亦清和，規模沈、宋，時沿李白。

孫山甫云：三石子詩不作唐以後語，盡洗剽敓繁陋之習，一裁於造化。性情之真，傳也必遠。

《詩話》：何仲默視學秦中，景叔親受詩法，譚必移日。故其詩整而不浮，可與許少華肩並，餘蔑有過焉者。

燕歌行

西日不再中，東流無回波。人生如夢寐，少壯能幾何。朝馳長安道，暮送歸山阿。胡不置酒高堂，鼓瑟日以歌？君王萬歲罷干戈，霍家衛家相經過，千金駿馬換吴娥。今者不樂，來日無多，黄金白髮奈君何。

鴻雁行

鴻雁何聯翩，聯翩西北翔。西北曠何許，逝將之塞疆。我有一書札，緘之金玉箱。將以遺所思，道路阻且長。因風託羽翼，爲爾立彷徨。去時春草青，歸當秋草黄。草黄歲將晚，毛羽恐摧傷。願言愛毛羽，邊塞多風霜。

長安道

長安道，直以迂。環五城，開九衢。外羅天市拱皇居，中懸日月耀金樞。朱輪驄馬如流水，長安道上禁馳驅。誰家少年俠邪徒，雄豪去天尺五餘。白日殺人當路衢，司隸過不問，况乃執金吾。人言輦轂之下，朝犯法，暮伏誅，吁嗟此徒天日無。霍家奴？衛家奴？

竹杖歎

我病常持一竹杖，出門入門全爾仗。病愈却之曾幾時，不復念爾能扶持。我心視汝無好惡，秖緣衰健情亦移。何况世情雲雨變，妍媸翻覆須臾見。寶劍棄擲康瓠留，得時即貴失時賤。新人入門故人出，秋風那復悲紈扇。鳥盡弓藏自古然，竹杖竹杖何足歎！

入塞

沙海烽塵息，將軍奏凱旋。九邊傳露布，一夜到甘泉。天子開麟閣，都人望馬鞭。定知金市裏，甲第在今年。

秋夜

今夜燕城館，忽驚霜露侵。寒砧薄暮急，落葉下庭深。爲客仍多病，悲秋正苦吟。誰家明月下，吹笛更關心。

春雁

春風纔幾日，江雁已春聲。關路何時返，鄉愁爲爾生。望窮遥漢影，不盡倚樓情。却憶金河北，人同出塞行。

聞河西警報

上郡連烽火，河湟更羽書。一時傳警報，中夜獨躊躇。歲苦兵戈擾，身憐老病餘。名山猶未卜，何處可閒居。

馬湖登覽

四海車書日，千旄萬里揚。牂牁今作郡，魑魅舊爲鄉，江自金沙出，山連玉嶠長。歲時常霧雨，草樹只青蒼。舟楫通吴楚，楩楠足棟梁。千秋賓上國，一統見今皇。到此真殊域，憑高覽大荒。嵐光生澗壑，雲氣滿衣裳。西徼仍多難，當關詎可忘。天王今有道，舞羽爲邊防。

徐楚一首

楚字世望，淳安人。嘉靖戊戌進士，除工部主事，歷官四川左參政。有《吾谿集》。

築圃

垂老學爲圃，乘秋課築塲。編�聊覆屋，壘石更圍墻。蔓草芟宜盡，嘉蔬刈可嘗。親朋時一過，漫說午橋莊。

沈峃二首

峃字子由，吳江人。嘉靖戊戌進士，歷官湖廣按察副使。有《西臺》《越吟》《楚吟》《家居》《雞窠》諸稿。

過越王祠

湘湖雲樹杪，翼翼表崇祠。殿古巖煙合，苔深石磴危。霸圖昭越絶，敎訓首西施。尚想烏鳶曲，君臣別淚滋。

黔陽舟中

黔陽春草碧雲齊，萬疊青山萬曲溪。久客不禁鄉土思，半檣殘月子規啼。

王問 八首

問字子裕，無錫人。嘉靖戊戌進士，除戶部主事，歷郎中，遷廣東按察僉事，以父老請歸。及卒，門人私謚曰文靜先生。有《仲山詩選》《秖役稿》《原筮齋集》《崇文館稿》。

王敬美云：子裕詩翛然清遠。

穆敬甫云：仲山如姑射仙人，吸露飡霞，都無塵壒之氣。

《詩話》：仲山兼擅畫書詩。畫多游戲，詩不起草，五言平衍者多，歌行稍覺頓挫，近體亦嫌率易。越縑宣紙，流遍人間，披覽手書，或與集中詩有異。由其才多，下筆不能自休，字句轉易，皆於俄頃也。

贈友人

秋風吹衡宇，絡緯已宵吟。忽忽歲將暮，誰不念所欽。合并嗟難久，會合喜自今。良辰且爲樂，胡不日鼓琴。白駒一朝去，金玉懷爾音。交義永不薄，悠哉君子心。

贈别沈少坡寅長

白門柳花覆大堤，東風吹來逐馬蹄。征車迢迢君解攜，故人猶在鍾陵西。鍾陵江頭落日低，爲君執鞭花下迷。憶君路傍春草齊，到處交交黄鳥啼。

采蓮曲貽施子羽有序

子羽爲海鹽丞，不得志，將告歸，采蓮湖上，故有是贈。

采蓮歸，常日暮。西江極望平，所思在遥浦。月滿蘭房未有期，風急湘川不得渡。長干女兒不解愁，羅裙結束盪蓮舟。始逐輕鷗過别浦，還隨飛鷺向中洲。中洲别渚常相見，向晚江風各分散。獨惜流光歎落花，芳菲易盡心先斷。

築城謡常熟縣作

築城入荒草，白沙無煙莽浩浩。築城上高山，崩崖錯崿青冥間。我生不辰可奈何，昔日防邊今備倭。馮馮一杵復一杵。丁夫如雲汗如雨。星火出門露下歸，野田苗稀黄雀飛。今年縣官復徵税，城下相逢只垂淚。

官軍來

白鶴舖前沙日黄，湖渚草長倭走藏。柘林舊賊驕不去，新舶正發南風狂。寶帶橋西蛟起舞，白石山邊逐虓虎。湖南六郡多旌旗，賊勢西來疾風雨。城頭戍鼓聲如雷，十城九城門不開。封羊宰牛具宿酒，日夜秖望官軍來。

團兵行

銷鑱钁，鑄刀兵，佃家丁男縣有名。客兵貪悍不可制，糾集鄉勇團結營。寧知縣官不愛惜，疾首相看畏占籍。奔命疲勞期會繁，執戟操場有飢色。星火軍符到里門，結束戎裝蚤出村。將軍令嚴人命賤，一身那論亡與存。保正同盟衛鄉里，何期遠戍吳淞水。極目沙壖白骨堆，向來盡是良家子。

田家行

田家場圃築過畦，大兒當家小兒嬉。刈稻上場隱茆屋，黄日下檐雞啄粟。人言畝收八斛餘，官廪私租未及輸。樂歲家家猶自苦，今日江南不如古。

贈之山有序

之山家太倉州，爲園種竹，歌咏自怡。海寇至，避居金陵，與予月夜步柳隄。想念疇昔，悽然傷懷。

城柝聲悲夜未央，江雲初散水風凉。看君已是無家客，猶是逢人説故鄉。

何御六首

御字範之，福清人。嘉靖戊戌進士，歷官浙江鹽運使。有《白湖集》。

别何子

北風吹征襦，與子重契闊。仰盼雙禽翔，握手不能發。一似野中蓬，一似弦上筈。朝望在河梁，河水鳴活活。夕思隔河梁，浮雲起天末。悠悠生别塗，慎矣無飢渴。

觀碧雲寺坐石泉邊酌酒

侵晨發廣源，到寺日亭午。回見山下居，頗異闤中土。樹底禽關關，巖間鹿麌麌。鐘鳴出紺林，香藹薄珠宇。薜荔當高垣，蘼蕪雜脩楚。入門釋襟裾，衆僧相導武。軒軒望虚堂，歷歷轉回廡。石泉山下行，流杯坐中取。渟渟靜心源，皎皎鑑神府。即此慰遐情，何戀珪與組。

青龍橋南遇山人汪旦

沼湖行欲竟，前望青龍橋。茅茨鬱煙火，稍已鄰紛囂。故人欻相值，雅見塵外標。長揖立道左，眷言相招邀。山居當甕麓，轉岐路非遥。松膏堪繼夜，菰米足供朝。畦蔬滴露薤，林果炊新蕉。慷慨珍來意，宛戀停予鑣。野風吹秋水，征馬鳴蕭蕭。願留竟莫克，投贈愧瓊瑶。

鄭林二君就北園

僻郡稍無事，而多載酒臨。雨消秋後瘴，雲薄竹間陰。紀會賓朋寡，看年鬢髮侵。惟君數來往，聊慰望鄉心。

自東粤歸口號

懶慢時將棄，逢迎世所稱。歸與從漢水，去矣學於陵。鶴唳聞青野，猿吟出紫藤。君看山谷士，未必盡無能。

過慶原

野燒萋萋尚雨痕，半山斜日近黄昏。驛亭阻絶來時路，煙火蕭條戰後村。倦鳥驚人移浦樹，寒潮帶月上江門。長年書劍催行色，肉食慚孤報主恩。

俞憲一首

憲字汝成，無錫人。嘉靖戊戌進士，歷官湖廣按察使。有《遼海》《金陵》《蓬萊》《轂下》《外臺》

《去楚》《當奕》諸集。

《詩話》：汝成手輯《盛明百家詩》，足稱好事。而甄綜未當，舍彼蘭蕙，反存菉葹。卷首題識，都不成文。

趙陵舖

岸谷遷移不可憑，空餘春樹曉煙凝。年年芳草王孫路，走馬何人問趙陵。

陸師道 一首

師道字子傳，長洲人。嘉靖戊戌進士，官至尚寶司少卿。

晚過治平寺

修竹藏精舍，香林遶化城。窗中九峰秀，門外五湖平。綠樹凉雲合，丹楓夕照明。秖緣山太静，易得感秋聲。

明詩綜卷四十三

小長蘆　朱彝尊　録
海陽　金成棟　緝評

嚴訥一首

訥字敏卿，常熟人。嘉靖辛丑進士，改庶吉士，授編修，歷侍讀學士，禮部侍郎，進尚書，改吏部，加太子太保，兼武英殿大學士。卒，贈少保，謚文靖。有集。

對月

良宵不可得，清賞詎相違。影落山精鏡，光寒織女機。林鳥驚漠漠，花露靜輝輝。萬里邊城客，防秋正未歸。

陸樹聲 一首

樹聲字與吉，松江華亭人。嘉靖辛丑，會試第一，改庶吉士，授編修，累官禮部尚書。卒，贈太子太保，謚文定。有集。

《靜志居詩話》：平泉在史館，相嵩壽日，同館皆更緋衣入賀，公獨青袍立，嵩目懾之，不爲意也。其後定陵踐位，即家拜禮部尚書。江陵將援之入閣，授以意，佯爲不覺，竟托疾歸。江陵大愠。比歸，遂不復出，天下高之。卒時年九十有八，與魏文靖同，洵人瑞也。

白鷺洲

白鷺洲邊建業城，幾經攀折柳條生。行人莫漫輕離別，聽唱陽關第四聲。

董份 一首

份字用均，烏程人。嘉靖辛丑進士，累官禮部尚書，兼翰林院學士。有《泌園集》。

送王侍御南還

山木自有枝，結交亦有因。豈無他人故，莫若心所親。願得展婉孌，攜手同清塵。變故出須臾，離別在兹晨。如彼同枝葉，一旦東西分。子堇我食荼，各自中苦辛。含情各倉卒，匪我言所申。

王崇古二首

崇古字學甫，蒲州人，嘉靖辛丑進士，除刑部主事，累官右僉都御史，巡撫寧夏，以兵部右侍郎，兼僉都御史，總督三邊，以右都御史，總督宣、大，加太子少保，進兵部尚書，召入協理戎政，加少保。卒，贈太保，謚襄毅。有《山堂彙稿》。

李舒章云：司馬意氣閒整。

《詩話》：襄毅詩格聳高，横槊自喜，然按之不無儒響。

别同鄉諸同年

十載看花侶，年來半去留。江城憐我别，霄漢羡君遊。柳暗旗亭道，花明禁苑樓。征途從此始，瞻望不勝愁。

登鐘山戍樓

危樓高結跨飛虹，古塔崚嶒對梵宮。北去關河連塞上，西來風物自秦中。洞門暗向前山轉，石井深連幽澗通。扼險應期追一范，不堪摇落戍煙空。

方逢時 一首

逢時字兆行，嘉魚人。嘉靖辛丑進士，累官少保，兼太子太保，兵部尚書。有《大隱樓集》。

李時遠云：金湖古體擬曹、陸，近體上下常侍、隨州，且得之倚輿、横槊間，尤稱絶俗。

穆敬甫云：方公詩氣勢雄豪，律法嚴整，如嫖姚出塞，萬馬横嘶，而部伍不亂。

過天津

城頭初日亂啼鴉，客子行歌上使槎。蜃氣高連蓬島近，雁行遥度薊門斜。河聲過雨添新漲，草色和煙翳淺沙。聞道邊庭猶苦戰，九關西望動悲笳。

吕時中 一首

時中字道夫，清豐人。嘉靖辛丑進士，改庶吉士，累官户部右侍郎。有《潭西存稿》。

穆敬甫云：吕公七律，在開元、大曆間。

靈巖寺喜晴和吴學憲

秋山雨過静朝氛，爽氣初開散鹿群。倚杖欲攀峰頂樹，披衣猶拂洞中雲。青天塔影當巖落，曉閣鐘聲別浦聞。自是新晴堪遠眺，擬窮丘壑到斜曛。

萬士和 二首

士和字思節，宜興人。嘉靖辛丑進士，歷官禮部左侍郎。卒，謚文泰。有《萬文恭公摘稿》。

姜廷善云：履菴詩未嘗不工，然非酷意求工者。

《詩話》：履菴出荆川之門，詩派從其師指授。然荆川集中，罕存酬和之作，故履菴有「姓名不挂更何論」之句。及督學貴陽以後，詩另入一格。荆川乃許之曰：「讓汝出頭。」蓋荆川初入館局，詩學初唐，晚年效邵堯夫，謂其天機自動，未免頹然自放矣。履菴雖宗《擊壤》，而習染未深，觀其黔南諸作，頗有似柳柳州者。

自炎方驛暮宿亦資孔

遠道資人力，扶持萬嶺中。仗隨徒隸亂，輿放僕夫空。雲動嵐移黑，霞收樹斂紅。祇貪趨館宿，未暇泣途窮。

烏撒道中

地當高處峰隨轉，雲到窮時路更賒。夏半火刀方佈種，晚來牛馬不歸家。瘴煙寒鎖蠻村樹，嵐霧晴迷客子槎。干羽未能馴鬼國，祇貪關市中鹽茶。

洪朝選 一首

朝選字舜臣，同安人。嘉靖辛丑進士，歷官刑部右侍郎。有《芳洲集》。

《詩話》：舜臣強直自遂，爲勞堪羅織，斃之獄中。士林多爲扼腕。時王道思、唐應德輩，鋭意古文辭，舜臣雖不與八才子之列，而實聯鑣並驅。道思《與李中溪書》云：「吾鄉洪芳洲先生，文直得韓、歐、曾、王家法。吾輩駁雜，視之有愧。」其傾倒至矣。詩非擅長。

送黃明齋歸姑蘇

往歲禪林居，逢君同棲止。予抱子輿疾，君洗巢父耳。同賦招隱吟，肯効彈冠喜。嗟予學不就，冠帶束疲薾。黽勉江東行，意君雲霧裏。胡爲塵土間，逢子亦在市。髭髮半霜根，垢衣露敝枲。良久問口談，始憶君名氏。君有博古才，五車在牙齒。上精蒼頡書，下綜姬公禮。羲畫卦之初，機經兵所起。星書甘石文，地志神禹紀。探詣各窮源，名狀何切理。遂令侯貴間，傳客播芳美。頗似鷩座陳，還如使氣禰。忽驚風露零，頓使家園邇。去來本無心，別離亦倏爾。夫椒山窈深，五湖水清泚。請君具扁舟，高臥從此始。

何遷二首

遷字懋益，德安所人。嘉靖辛丑進士，累官刑部侍郎。有《吉陽山房稿》。

李時遠云：先生素講理學，詩亦冲淡典實。

送人守綏德

戎馬猶嚴警，旌旃復遠行。龍沙知上將。燕頷本書生。樹引秦川直，山連晉水清。因君思保障，萬里見長城。

萬松菴

青林千尺陰，覆此山中閣。月出不逢人，門前松子落。

范惟一 二首

惟一字于中，松江華亭人。嘉靖辛丑進士，歷官南京太僕寺卿。有《范太僕集》。

莫子良云：太僕詩質而不浮，麗而有則。

送人之廣東郡幕

春杪都門道，清尊送客行。一官趨郡幕，萬里是王程。瘴嶺排雲入，蠻煙入市生。回看鄉國樹，黯黯正含情。

龍華廢寺

雁塔猶初地，龍華半刼灰。棟虛雲氣隱，簷漏日光來。馴鴿群迎客，香花亂點苔。還憐杯渡者，何日問津回。

雷賀 一首

賀字時雍，豐城人。嘉靖辛丑進士，歷官右副都御史，巡撫四川。有《雷中丞律選》。

宿郢東驛

策馬驅殘日，開軒候晚風。鳥回雲夢北，花發石城東。宦況重來減，風光別後同。幾番經夙夜，身世歎飄蓬。

謝東山 一首

東山字少安，射洪人。嘉靖辛丑進士，歷官右副都御史，巡撫山東。有《近譬軒詩抄》《黔中小稿》。

次雲屏九日韻

海門孤嶼湧中流，千古龍祠在上頭。記得雙旌蒼水使，春風一舸下渝州。

林懋和 一首

懋和字維介，閩縣人。嘉靖辛丑進士，歷官廣東左布政使。有《櫟寄集》。

憩玄福宮

碧殿依青嶂，丹臺入紫霞。聊因駐征蓋，復此訪仙家。洞隱疑無路，林凋尚有花。山童陳石髓，羽客進胡麻。石上柯初爛，壺中景未斜。赤松如可見，從爾學丹砂。

萬衣一首

衣字章父，潯陽人。嘉靖辛丑進士，歷官河南左布政使。有《草禺子集》。

九日蒲圻張魏二省丈見邀

年年客裏逢佳節，今日登高復異鄉。二妙恰逢天上侶，孤臺宛在水中央。白衣似爲幽人至，黄菊能如故國香。别後出關秋正杪，年華旅思共凄凉。

王應鍾一首

應鐘字懋復，候官人。嘉靖辛丑進士，歷官山東參政。有《缶音集》。

題謝中皋卷

林栖懷獨往，人境逈遺群。一徑通樵路，千山藹暮雲。埜禽當户囀，澗水向田分。偃息亭皋上，玄言不可聞。

龔秉德 三首

秉德字性之，濮州人。嘉靖辛丑進士，歷官湖廣按察副使。有《三幻集》。

朱中立云：虹川詩和粹婉麗，藻思駿發。

夏日齋居即事

首夏物始和，端居恣游衍。林木花已敷，池荷葉未展。布穀啼空桑，流鶯下崇峴。雨餘竹韻清，日上巖光顯。澄心扇自捐，縱目簾初卷。偶因謝簿書，兼得理墳典。叨籍力不任，冒榮分非淺。感兹華髪生，滄洲若在眼。神與元化并，思將遺慮遣。守道情自愜，處順顔無靦。升沉嗟倚伏，明晦歎尋轉。性本戀煙蘿，敢云輕軒冕。

曉發龍潭道中

霓旌蕩煙靄，星駕轉岧嶤。水落龍潭淺，山連雉堞遥。林昏猶辨月，江冷不聞潮。漸覺鍾陵近，淒涼憶六朝。

雨花臺眺望

崇臺縹緲出雲孤，春日憑虚覽壯圖。江繞潯陽遥辨楚，山連京口半吞吳。秦淮風土憐今昔，王謝豪華問有無。回首長干傷往事，六朝煙雨半蘼蕪。

鄭渭 一首

渭字應清，閩縣人。嘉靖辛丑進士，榜姓孫，官至河南按察副使。有《望川存稿》。

舟次桐江釣臺

乘舟入桐廬，山水得佳憩。伏岸倚灘隈，連峰上雲際。傍石試躋攀，臨流喜容曳。目隨魚鳥閒，心與漁樵契。寂寞古釣臺，青蒼遠虧蔽。天晴靈境幽，日暮長川逝。邈矣羊裘人，高名誰與繼。

朱瑞登一首

瑞登字禾仲，海寧人。嘉靖辛丑進士，由桐城知縣，選湖廣道御史，歷按察副使。有《真逸先生集》。

中秋對月

林塘客萃止，待月欣舉觴。今夕勝昨夕，已見生東方。澄空斂煙霧，彌覺清輝揚。初猶樹枝杪，俄頃天中央。徘徊臨廣除，白露霑我裳。弦望洵有度，明晦何能常。良時不屢值，對此宜樂康。毋容外物累，長近君子光。

李時行三首

時行字少偕，番禺人。嘉靖辛丑進士，除嘉興知縣，徵授南京兵部主事。有《青霞集》。

《詩話》：少偕罷官歸里，與梁公寔、黎維敬、歐楨伯、吳蘭皋結社，稱「南園後五先生」。其詩體格雖卑，然亦清穩，無呌囂之習。

别吴山人擴

客中仍送客，離思渺難任。岐路一尊酒，故人千里心。歸雲銜落雁，寒角亂秋砧。湖海風塵裏，前期何處尋。

酬張符臺秋夜閣直見寄

禁苑含香入，高秋複道平。疏星移鳳闕，明月上龍城。夜半聞天語，風前遲漏聲。思君在霄漢，清夢隔蓬瀛。

寄廣陵高子通徐伯可

憶昔逢君客帝京，留連郎署十年情。看花並醉長千里，走馬同過白下城。春入吴宫芳草色，月明蕭寺暮鐘聲。别來迢遞天南北，一望江湖感慨生。

張習 一首

習字子翀，寶應人。嘉靖辛丑進士，官郎中。

塞上

寄雲今重地，遥望幾重山。西入黄花鎮，東連黑谷關。邊臣常帶甲，酋女不垂鬟。慚負司農識，蒸民食尚難。

瞿景淳 一首

景淳字師道，常熟人。嘉靖甲辰，賜進士第二，授翰林編修，歷左諭德，侍讀學士，以太常寺卿，領南國子祭酒事，陞南吏部右侍郎。卒，贈禮部尚書，謚文懿。有《文懿公集》。

秋懷

秋夜不能寐，起視臨軒墀。明月入我懷，幽恨不自持。憶昨赴京洛，正當月弦時。月明幾圓缺，我行無還期。祇應清光同，千里長相思。

吴桂芳一首

桂芳字子實，新建人。嘉靖甲辰進士，累官工部尚書，兼副都御史，總理河道。有《師暇裒言》。

東湖

東湖行一曲，十里柳煙齊。遠嶼浮空碧，長雲壓水低。岸香聞杜若，沙淨浴鳧鷖。更愛維舟處，夕陰蓮葉西。

劉崙 一首

崙字山父，無爲州人。嘉靖甲辰進士，累官大理寺少卿。

天津即事

秋盡蒹葭白露晞，片帆遥指朔鴻飛。天横絶塞孤雲遠，水遶寒城落照微。四海徵求方訴急，九邊征戍未言歸。天津橋上空回首，封事誰當達禁闈。

趙釴 三首

釴字子舉，桐城人。嘉靖甲辰進士，歷吏科都給事中，陞南京太僕少卿。有《無聞堂稿》。

從軍行

從軍有苦樂，從軍良不惡。官家選民兵，我軍只守城。民兵負戈戰，我軍立觀變。民兵骨如山，將軍不汗顔。但得我軍在，城墮不稱敗。我軍生死將軍命，將軍護軍如護印。將軍有時罪猶録，行賞我軍恐不速。莫歎身無衣，居無屋，但報寇入邊，我軍有馬兼有粟。如此從軍心亦足。

白龍潭

白龍水底眠，猶放雲光入。有時化作人，獨向峰頭立。

古藤洞

古藤生洞口，不遺遊人入。酌酒坐藤陰，飛泉忽相及。

胡安三首

安字仁夫，餘姚人。嘉靖甲辰進士，歷官苑馬寺卿。有《趨庭集》。

黄太冲云：樂山詩極多雋句。

無題

春到春歸不旋軫，綠陰稠處花開盡。泥中何得粘飛絮，墻頭忽見過新筍。荒園落莫待我來，小車久閣無人引。獨倚南樓待月明，平生懶作河陽尹。

閨意

涼風動袖湖波起，岸頭月影如秋水。蓮房摘盡蓮葉低，含啼轉向芳閨裏。征雁還從北地飛，山川何處不沾依。應知薄倖思羅綺，不著年年寄到衣。

固原

柳色凋殘雨未收，陽關西去更堪愁。平川落照連秦苑，古道吹煙覆驛樓。刁斗風清初禁夜，氈帷月冷盡防秋。雲山最是淒涼地，今夜邊關第一州。

汪一中 一首

一中字正叔，歙縣人。嘉靖甲辰進士，繇工部郎中，出爲江西按察副使；閩、廣寇至，戰死。贈光禄寺卿，謚忠愍。有《南華山房集》。

汪禹乂云：正叔近體，典雅雄渾，有盛唐人矩度。

送吴舍人還楚

百年心事獨依依，千里思家願不違。燕塞夕陽孤雁渡，荆門秋雨一帆歸。曲終江上人何處，雲散荒臺夢已非。莫向鐘山賦摇落，朝廷獻納似君稀。

任環 一首

環字應乾，長治人。嘉靖甲辰進士，歷官山東右參政，贈光禄寺卿。

《詩話》：倭人入犯，任公大小數十戰，功最多。歸熙甫詩云：「江南列郡盡乘城，藏穴何人肯出兵。惟有使君躬擐甲，劉家港口看潮生。」公軀瘦瘠，倭人目曰「瘦官人」，望而避之。詩特其寄興，然亦明淨。

和張石川野航之作

蘆花汀畔獨移船，一曲滄浪興杳然。已付世情流水外，遂令心事老江邊。閒憑魚浪傳書帖，淨愛鷗沙占酒筵。便與先生訂幽約，乘槎直欲犯青天。

江珍 一首

珍字民璞，歙縣人。嘉靖甲辰進士，除高安知縣，徵授禮部主事，遷南京兵部郎中，出知廣信府，轉按察副使，歷浙江參政，按察使，雲南右布政使，終貴州左布政使。有《華委堂集》。

汪禹乂云：民璞五律，温厚典雅，蓋枕籍唐人而有得者。

寄汪伯玉職方

聞汝燕山信，秋深已飭裝。如何冰雪候，猶未到江鄉。舟楫關河阻，兵戈道路長。倚闌思不極，雲樹渺蒼蒼。

徐文通 一首

文通字汝思，永康人。嘉靖甲辰進士，歷官山東按察副使。

王元美云：徐汝思如初調鷹見擊鶩，故難獲鮮。

岱宗

岱頂淩霄十八盤，中原蕭瑟思漫漫。振衣日觀三秋曙，倚劍天門六月寒。風雨黄河通瀚海，星辰紫極近長安。小臣願獻蓬萊頌，閶闔高懸謁帝難。

魏文焲 一首

文焲字德章，侯官人。嘉靖甲辰進士，歷官四川參政，備兵松潘。有《石室私抄》。

遊武仁

躡步上昇真，長揖紫霞客。玆山多靈異，想像銀臺闕。瑶草吐金光，慧泉注丹液。仙翁挾茅龍，棄世如遺跡。回首謝所親，尚留赤玉舄。我欲往從之，茫茫水雲白。誤與軒冕期，學道恐無益。

張才二首

才字茂参，西安衛人。嘉靖甲辰進士，歷官按察僉事。

王元美云：張茂参如荒傖渡江，揖讓簡略，故是中原門第。

《詩話》：元美評茂参詩，比之「荒傖渡江」。茂参之言曰：「自六義輟講，而詩教寖衰；五傳異觀，而文體漸裂。今昔殆不相及矣。務艱者氣鬱而不信，樂易者神渙而弗耀，侈博者意累而靡潔。至或思不通圓，而極貌摹倣；識未周洽，而委心剽敓。支戾勿經，踳駮可厭。篇帙雖富，豈足稱哉！」其意亦似不滿於瑯琊、歷下二子。度其集必有可觀，而惜其罕傳。里有姚叟瀞，曾問牧齋宗伯：「茂参何名？」牧齋不能答。則其論詩之旨，聞之者益鮮矣。

朝陵歌 一首

本朝陵墓傍燕關，殿閣參差霄漢間。王氣千年朝北極，雄圖萬里抱西山。松門回首七陵遥，春殿金燈鎖寂寥。地迥忽看星斗動，夜深疑有鬼神朝。

劉鳳 一首

鳳字子威，長洲人。嘉靖甲辰進士，官至河南按察僉事。有《澹思》《太霞》二集。

李于田云：　子威掘奇索隱，抗心無前。

屠長卿云：　侍御思苦志勞，力勁神王，沉淵無底，排雲直上。

錢受之云：　子威博覽群籍，苦心鉤索，著騷賦古文數十萬言，觀者驚其繁富，憚其奥僻，相與駭掉慄眩，望洋而歎，以爲古之振奇人也。嘗試爲之解駮疏通，一再尋繹，肌劈理解，已而索然不見其所有矣。余嘗得子威所誦讀遺書，觀其丹鉛，考索大槩，於篇中擷句，於句中擷字，而所擷之字，自一字至數字而止。如唐人所謂碎金薈蕞者耳。其有所撰述也，累僻字而成句，字稍夷更刺僻字以蓋之；累奥句而成篇，句稍順更摭奥句以竄之。而字之有訓故，句之有點讀，篇之有段落，固茫如也。餖飣堆積，晦昧詰屈，求如近代之江亶爰、李滄溟，且不可得，而況於古人乎？韓子曰：「降而不能乃剽賊。」子威其剽賊之最下者與！

陳臥子云：子威意在獨造，頗傷冗仄。

《詩話》：子威局守千鱗「唐無古詩」一語，歎爲知言。其詩襞積纂組，節節俱斷，俾讀者茫然如墮雲霧中。吳趨士風清嘉，不意出此鈍漢。所著《澹思》《太霞》二集，類一時顯名者序之，盛相揚詡。而吳市賣卜人袁孟逸，每向人抉擿其字句鉤棘、文義紕繆者，以爲姍笑。子威聞而大怒，愬之有司。有司既撻之，而數之曰：「若敢復姍笑劉侍御詩文耶？」伏地對曰：「民寧更受笞數十，不能妄諛劉侍御也。」蓋草野之公論尚存，勝於士大夫曲狥多矣。

懷友

回思京洛日，初及壯盛時。極意但娱樂，奄忽歲月馳。亦知計不立，才薄靡所施。良無根株託，飛蓬安可期。自我與君居，遠在天一涯。出處道不同，榮悴古有之。反復念疇昔，筋力亦已衰。會面諒無由，願寄一言辭。久要貴能敦，情義兩不疑。勗哉崇明德，式用慰我私。

朱曰藩五首

曰藩字子价，寶應人。嘉靖甲辰進士，除烏程知縣，遷南京刑部主事，改兵部，轉禮部郎中，出知九江府。有《山帶閣集》。

王元美云：朱子价如高坐道人，衩衣躡屐，忽發胡語。《詩話》：升之詩倣北地，子价則法用修。其在金陵，懸用修畫像於寓齋，焚以東官香，薦以陽羡茶，賦《人日草堂》之詩，與唐李才江尊賈浪仙爲佛，事絶相類。然其詩實與用修派遠，由其牽絲西吴，蓋心慕蔡白石，故爾。

贈袁河内

漢郡繇來重，仍傳借寇行。山從上黨斷，河入大伾平。訪古停千騎，班春遍百城。西征雲物美，憑軾賦先成。

贈石城文選拜南太常

我祖都江左，鐘山萬古憑。朱旗唐鹵簿，白露漢園陵。懷里心長往，分曹事有恒。清齋三五日，贈子玉壺冰。

飲罷

沙溪雨過漸通潮，新漲朝來拍小橋。九曲湖塘藏窈窕，數株門柳伴逍遥。時魚饌客烹蘆筍，海鶴驚人起稻苗。飲罷中庭不成寐，夜間河漢正寥寥。

將入雲中作

咫尺分胡地，崎嶇出漢關。今宵看太白，一上紇干山。

舟行

淥水平如鏡，芙蓉媚遠天。時聞采菱曲，唱近使君船。

陳皋謨一首

皋謨字思贊，江陰人。嘉靖甲辰進士，除知蒲州，歷南京工部郎中。有《薄游》《北游》《南都》諸稿。

環縣城遠眺

靈武孤城霽色開，感時還上最高臺。山樓風急熊旗動，關塞天連鳥道回。經略久寒西夏膽，安危深仗北門才。殊方獨抱懷鄉思，日暮愁聞畫角哀。

劉爾牧 一首

爾牧字長民，一字成卿，東平人。嘉靖甲辰進士，授户部主事，歷郎中；忤嚴世蕃，廷杖，削籍。有《堯麓集》。

王元美云：成卿質秀才俊，尚未成家。

重陽前一日

楚天愁絶九回腸，漢水煙波動渺茫。雁盡北書無日到，秋深南菊爲誰芳。江頭落葉催行路，峴首浮雲蔽故鄉。惆悵年來遲暮意，明朝風色是重陽。

蔣孝一首

孝字維忠，武進人。嘉靖甲辰進士，官户部主事。

顧玄言云：户部才情綺麗，頗任俠氣。

贈顧少參

白下今才子，華陽舊隱居。早辭南省貴，來著北山書。邑有盧敖井，山藏内史廬。堂前曳珠履，寧羡食無魚。

方九敘二首

九敘字禹績，錢唐人。嘉靖甲辰進士。有《十洲集》。

同諸子游靈隱寺夜宿澗西房

厭喧慕幽棲，惜陰躭夕憩。梵宇枕山阿，層巒延遠睇。水石互清華，松篁紛蔽翳。緣澗蔭芳椒，依巖構禪砌。嵐翠罨簷牙，靈籟響雲際。曖曖日將頹，凄凄風且曀。稍覺朝歡闌，還因宵賞滯。高閣謝塵囂，流泉澄夢寐。況復偶羊何，寧須狎支惠。尚子欣遠遊，嵇康慵作吏。苟非賢達人，詎知身似寄。

鳳山懷古

宋朝宮闕鳳山隈，輦路荒凉過客哀。青史尚留南渡恨，黄旗無復北庭回。沙埋舊井琉璃碎，蘚蝕殘碑翡翠開。歎息百年行在所，只今惟有梵王臺。

余文獻一首

文獻字伯初，德化人。嘉靖甲辰進士。有《九匡集》。

送聶子靜南還

十年纔返國，何事復南歸。歲月冰霜晚，江湖鴻雁稀。青山還舊業，落日上初衣。去住乾坤裏，無嗟與世違。

李汝蘭 一首

汝蘭，咸寧人。嘉靖甲辰進士。

溪上晚歸

徑路草萋萋，歸人咫尺迷。水聲聞犬吠，月色見雞棲。露下沾衣濕，星垂掛樹低。今宵有風雨，多在杜陵西。

彭謙一首

謙字德光，溧陽人。嘉靖甲辰進士。有《茭東稿》。

早行

畏塗兼歲暮，假寐怯宵征。高柳霜前短，殘星曉後明。板橋人度影，畫角戍傳聲。野燒前山起，覊心黯自驚。

張居正四首

居正字叔大，江陵人。嘉靖丁未進士，改庶吉士，陞編修，歷春坊學士，以禮部侍郎入内閣，官至太師，吏部尚書，中極殿大學士。卒，謚文忠。有《太嶽集》

《詩話》：江陵以奪情，爲清議所不容。然能自任天下之重。定陵冲年，請大閱京營之士，時掌中樞者，山陰吳尚書兑也。尚書繪圖藏之家，予曩從尚書孫錦衣使國輔處見之。及歲武毅鎮薊，大臣行邊，簡閲士馬，隨上功狀，疏恩晉秩，烽火不徹於甘泉者，一十五年。江陵之秉國成，可謂安不忘危，得制治保邦之要矣。近靈壽傅尚書維鱗撰《明史記》，乃與分宜合傳，毋乃過與？于文定《與丘尚書書》云：「江陵以蓋世之功自豪，固不肯甘爲汙鄙，而以傳世之業期其子，又不使濫有交游。其平生顯爲名高而陰爲厚實，以法繩天下而間結以恩。其深交密戚則有賂，路人不敢也。債帥鉅卿則有賂，小吏不敢也。當其柄政，舉朝爭頌其功，而不敢言其過。及其既敗，舉朝爭索其罪，而不敢言其功。皆非其情實矣。」此足以當爰書，聞有題詩于故宅者云：「恩怨盡時方論定，封疆危日見才難。」二語足稱詩史矣。

恭勵聖學

元后輔萬邦，綏猷良不易。若稽古哲王，多聞乃建事。堯舜帝者宗，精一闡微義。夏禹既祇德，殷高亦遜志。成后務緝熙，周詩咏小毖。猗與休烈光，英聲播來嗣。今皇體睿明，冲齡纂神器。爰當訪落初，即敞金華秘。書帷簡儒彦，藝圃覃文思。朝昃不遑暇，寒暑靡暫離。寰宇仰休明，風雲慶遭際。顧以謭陋質，無能補天地。願言崇聖功，問學登純懿。勿云天聰明，無爲事博識。圖書足自娱，兼之益神智。勿云富春秋，茂葉良可諉。寸陰重逾璧，居諸易流駛。勿云履崇高，優游保天位。君心苟縱逸，萬幾遂顛墜。勿云當燕閒，可以快志意。一暴而十寒，細行終爲累。戒彼鴻鵠心，專精道乃致。暬御必端良，勿狎於匪類。爲山九仞崇，成功虧一簣。慎初惟克終，終保無爲治。愚臣職司規，敢以告中侍。

莊敬太子挽歌

鶴馭凌霄漢，龍樓鎖寂寥。空悲仙路杳，無復寢門朝。綺季辭金輅，浮丘侍玉霄。惟餘鳳笙曲，猶逐白雲飄。

舟泊漢江望黄鶴樓

楓林霜葉淨江煙，錦石游魚清可憐。賈客帆檣雲裏見，仙人樓閣鏡中懸。九秋查影横青漢，一笛梅花落遠天。無限滄洲漁父意，夜深高詠獨鳴舷。

潛江憫澇

水漲平堤沙岸回，野田今見荻花開。江濤挾雨秋仍壯，塞雁衝寒暮獨來。歲晚風霜欹客枕，夜深燈火傍漁臺。悲時已有江南賦，愁聽荒城畫角哀。

殷士儋三首

士儋字正甫，歷城人。嘉靖丁未進士，累官少保，兼太子太保，禮部尚書，武英殿大學士。卒，贈太保，謚文通。有《金輿山房集》。

王忠伯云：先生登高而賦，餞别而歌。體齊魯之雅馴，兼燕趙之悲壯，采吴越之婉麗，以求勝于歷下、婁水之間。

送劉希宏驛宰之高郵

迢遞淮南驛，風煙隔楚波。潮平漁火近，日落客帆多。遠樹生鄉思，青山入棹歌。春來見芳草，知爾憶嗚珂。

送趙萬舉守淮安

聞道淮陰郡，輿圖屬上游。雲連江國曙，地接海門秋。特簡中朝彦，遥分南顧憂。青山迎列戟，芳草待扁舟。楚甸歌新牧，瑯琊識故侯。津橋通晚泊，膏壤課春疇。樹色依官舍，潮聲入驛樓。知君富登覽，吟興滿滄洲。

題番馬圖

玉塞無聲夜有霜，橐駝五萬入漁陽。平沙落日悲風起，馬上横捎四白狼。

楊巍二十一首

巍字伯謙，海豐人。嘉靖丁未進士，除武進知縣，入爲兵科給事中，歷右都御史，巡撫宣、大、陝西、山西；入爲兵部侍郎，陞南京户部尚書；召入，改工部，復改户部，再改吏部，加太子少保，進太保，贈太師。有《夢山集》。

朱中立云：夢山詩不事雕繪，旨趣天成。

王貽上云：先生五言，直舉胸臆，真澹雅素，而格在其中。陶、韋嫡派，儲、王之雁行。又云：先生詩蕭疏簡遠，得淵明、摩詰之真品，當在蘇門之次，西原之上。

謝方山云：先生擅塲，本在五言，其近體妙處，發源王、孟，接軌高、薛。嘉、隆塵坌之習，曾未染其筆端，故是間代清律。

沈山子云：夢山五律，固是長城，其全首矜鍊者不待言。句如「風雨樓煩國，關山李牧祠」，

「春風吹户牖，芳草遍庭除」，「薄地不盈頃，草房才數間」，「漁樵原舊業，荷芰有初衣」，「花憶春城發，門憐芳草多」，「北窗風到處，深樹鳥鳴時」，「磵雪春仍積，岩花夏始開」，「家貧人臥穩，橋斷客來稀」，「杯外分平楚，窗中到遠山」，「霜笳連夕院，野燒到經臺」，「野燒驚沙雁，霜風落塞榆」，「人垂燈下淚，鬼哭雨中魂」，皆近自然，豈四溟山人所能及！

《詩話》：　夢山與中麓、滄溟同郡，而其詩遠法右丞、左司，近取蘇門，不蹈章丘犓鄙之音，不墮歷下叫囂之習，信豪傑之士也。集不甚傳，近新城王尚書、德州謝郎中重爲鏤板，始行於世。夢山自言：「不知詩，補晉臬時，學使者曹君紀山謂當以唐人爲宗，且辨其體格，及歸田，四明吕山人往來海上，相與倡和，共明此道」云云。吕山人者，時臣中甫也。紀山名汴，江陵人，嘉靖辛丑庶吉士，仕至右副都御史，巡撫雲南。以夢山推許若是，度其詩必有可觀，惜無好事如王、謝兩公刻之以傳也。當嘉靖初，北地、信陽朝華已謝，滄溟集盛唐人字句以爲律，一時宗之。正猶隋苑，剪綵成花，淺碧深紅，未嘗不眩人目，然生意絶少。此時讀夢山詩，如水仙十囊，江梅一萼，嫣然薄冰殘雪之外，有不愛惜者邪！

春日述懷

曉齋春雨歇，一鳥當窗鳴。山雲入我座，不知在邊城，夙心本閒曠，偶無塵事縈。手把《楞伽》讀，忽已忘吾生。軒冕是何物，可以嬰其情。君子貴得道，誰能顧浮名。

醒後聞磬聲

泠然響清磬，我思良悠悠。披衣一起坐，明月懸高樓。遥遥目天宇，空闊萬象收。此時無人言，獨與太虚遊。河清不可俟，天運倏已周。冥心入無極，真想在浮丘。人生亦晝夜，身外更何求。

漫翁詩

子美稱漫郎，次山號漫叟。兩公皆偉人，斯名傳不朽。余本疏闊士，且與病爲偶。性惟率其真，名不居其右。雖嘗爲文章，不習韓與柳。詩韻尚未諧，况復辨好醜。亦嘗涉世故，世故良難剖。軌事與掄材，舛錯恒八九。自信惟此心，得失兩無有。所幸遂歸來，惟與鹿豕友。耕也不知獲，漁也不用笱。富貴若浮雲，詩書成敝帚。於今年八十，萬事空回首。茫茫視天地，未知誰長久。仍欲惜豹文，仍欲競雞口。縱得千載名，何如一杯酒。歲月自盈虚，吾生無譽咎。從此稱漫翁，可並古人否。

送黎樂溪轉甘肅太僕

白嶺千山外，黄河萬國西。塞雲秋渺渺，沙草日凄凄，遠地愁離别，邊城尚鼓鼙。昔賢名未泯，勳業爾能齊。

北樓口留別許參戎

絶塞難爲别，離尊駐晚暉。悲風嘶去馬，落葉上征衣。野燒臨河斷，寒沙帶雪飛。邊城人不到，此後信應稀。

忻州雨夜

世慮已難遣，况當旅館秋。寒城夜半雨，故國夢中樓。河漢幾時曙，蛩螿增客愁。雁門明日路，鼓角入邊州。

柏林寺别王計部寺即李晉王葬所

園陵今作寺，秋草向沙陀。事歎千年往，人憐兩度過。山川明霽雪，鐘磬帶煙蘿。於此别知己，尊前意更多。

壬申九日登覽曠亭憶舊兼喜谷司馬初還次前韻

往事真如昨，登高復此間。歲時人半老，江海客初還。暮雁聲偏疾，寒花色自斑。不須多感慨，東望有牛山。

秋日閒居

笑我起居處，寥寥一竹床。長貧諳性命，多病識行藏。地與紅塵遠，秋憐白日凉。山僧久不至，木落井西堂。

送汪山人遊山海

自是江湖客，猶然變姓名。妻孥貧不問，書畫老逾精。雲黯秦王島，山高孤竹城。同誰登碣石，醉看海濤生。

雨夜董信溪過訪

臥病滄江上，柴扉晝不開。况兹風雨夕，乃有故人來。遶屋吟黄葉，疏燈照緑苔。平生丘壑意，共盡掌中杯。

秋雨宿黑石嶺

嶺險藤迷路，山高石作城。片雲何處雨，孤客此時情。茅屋幾家住，秋風半夜生。旅魂愁已絶，况聽鼓鼙聲。

早秋登龍門城樓

指點雲州地，真爲漢北門。八城臨大漠，一路向中原。晴日山川映，秋田禾黍繁。文莊經略處，父老至今言。

經順聖川

野曠行人斷，風高戍鼓鳴。青山鄰絶漠，白日閉孤城。戎馬千年地，江湖萬里情。不堪征戰後，極目一沾纓。

環縣早行

羌狄平無日，滄江未擬還。燈前梳白髮，馬上夢青山。薄曙群峰外，殘星杳靄間。雞鳴問何處，已度古蕭關。

蕭關北作

塞路山難斷，天愁雲不開。遥驚戍火起，數見羽書來。周室朔方郡，唐家靈武臺。客心正多感，羌笛暮堪哀。

宿瓦雲驛

蕭條來野館，秋草正凄凄。復此聞風雨，兼之厭鼓鼙。經年堦樹老，入夜怪禽啼。獨坐生歸思，田園渤海西。

沙磵驛逢劉參戎

風塵滿目塞門間，愧我書生鬢欲斑。爲問干戈何日定，不知江海幾人還。河聲暮遶沙邊驛，雪色晴看天外山。全仗將軍能破敵，莫令匹馬近三關。

酬劉二府過嶺園

老喜高軒海上過，開尊嶺圃對煙蘿。纔聞朔塞兵初罷，豈料中原事漸多。話到蒼生流涕淚，愁臨岐路邈山河。眼前君最強吾意，國士寧論甲乙科。

春日南墅讌集

南郭春偏好，留人到夕陽。風吹山鳥語，花落酒杯香。

憶舊有感

丁卯橋西憶舊遊，綠楊高映酒家樓。故人莫訝凋零盡，一別江南四十秋。

陸光祖一首

光祖字與繩，平湖人。嘉靖丁未進士，累官吏部尚書。贈太子太保，謚莊簡。

金陵懷古

宰木蕭蕭起暮風，君王不復渡江東。舞衣滿地生新草，過客沿溪問舊宫。垓下一朝騅不逝，咸陽三月火徒紅。英雄轉鬬無完策，四面悲歌入帳中。

林爃六首

爃字貞恒，閩縣人。嘉靖丁未進士，累官南京禮部尚書。贈太子少保，謚文恪。有《對山集》。

王伯穀云：先生詩文爾雅，若璞玉渾金，無詞人藻繪刻鏤之習。

馬侍御宅偕同館諸丈宴集

人生百年内，奄忽浮雲馳。隨風日萬里，聚散難可期。昔我同門友，王事各乖離。豈伊道路遠，邈若天一涯。三秋積晨暮，耿耿懷相思。何悟升斯堂，復得一追隨。豐殺列綺席，美酒溢金巵。相見各怡然，獻酬吐芳辭。蘭膏繼明晝，良夜殊未疲。鳥棲戀共林，魚遊樂同池。交誼古所敦，久要諒不移。今夕良宴會，貽爾伐木詩。

舟發芋江别諸兄弟親友

宦遊二十載，幸始歸故鄉。盤桓未及久，戒徒復嚴裝。豈不戀樂土，王事有靡遑。遲遲出郊郭，回顧悽以傷。秋風何飄飄，吹我征衣裳。兄弟送我行，執手淚數行。親戚送我行，各攜壺與觴。日暮客程促，踟蹰猶路旁。泛舟泝大江，怨彼道里長。落葉雖隨風，遶樹自飄揚。禽鳥失儔侶，嗷嗷鳴回翔。矧伊骨月情，離别天一方。暫且赴簿領，行當返耕桑。努力各自愛，引領遥相望。

工曹後園觀稼

伊昔仕京華，不忘畎畝志。幸此南土遷，公署有餘地。後園墾爲田，蕪穢舊已治。陽春倉庚鳴，四埜肇農事。晨興戒農夫，播種及時至。薄言勸其勤，篕飨餉數器。實閔東作勞，豈要西成利。周行阡陌間，嘉樹或時憩。即目雖暫欣，於心慨未遂。伐檀刺素餐，鵜梁譏竊位。自顧魯鈍姿，食浮久吾愧。悠悠望故山，懷古有深意。寄謝沮溺群，高蹤庶可企。

孝烈皇后挽歌

鳳穴金宫秘，龍章寶册宣。曾將五色石，能補九重天。桂殿花空落，松門月自懸。惟餘歌懿德，長續，

「二南」篇。

送二兄謫平樂貳守

暫會仍分手，離魂黯欲銷。如何適萬里，況乃傍三苗。中土風煙隔，征途雪霰飄。願將盤錯意，持報聖明朝。

詠史

朱雲折檻日，賈誼上書年。感激廷空爭，飄零席始前。白頭槐里令，青簡汨羅篇。直道元如此，千秋世共憐。

王樵五首

樵字明逸，金壇人。嘉靖丁未進士，累官南京右都御史。贈太子少保，謚恭簡。有《方麓集》。《詩話》：方麓研心著書，自言六經畢其四。詩特游藝，然清婉軼倫，當《甗甈》《太函》《白榆》《澹思》叫囂之會，乃聞此雅韻，實獲我心也。

短歌答趙江都金山見懷之作

海門兮長風，中流兮孤嶼。懷美人兮何方，覽大江兮東去。

香山寺

曉色開層閣，春天淨翠屏。檻凭千樹緑，門掩四山青。遠寺分林見，流泉夾路聽。禪房人不到，花竹晝冥冥。

除夕

塵事俄消日，他鄉亦作年。功名慚鏡裏，兒女且燈前。

望湖亭二首

平疇門外春雨，遠寺山西夕陽。柳暗溪橋輦路，水肥穜稑江鄉。

孤村數家隱樹，一曲清流抱山。四月城中未有，林端黄鳥關關。

宋儀望三首

儀望字望之，吉安永豐人。嘉靖丁未進士，歷官僉都御史，巡撫應天，進大理寺卿。有《陽山稿》《華陽館集》。

初去吳門作

營世無疾途，筮仕獲下秩。綰綬出明邦，感懼情非一。雖抱濟物情，良缺經世術。簿書日紛紜，督賦無寧日。覩茲民力艱，焉忍事梏桎。淳風古已頹，文質相毀蝕。慚無下堂化，何由示師帥。直道既已危，降志還見嫉。沉憂結衷腸，能不慚三黜。徵書來日下，濫此樗朽質。新恩詎云辭，夙抱未及畢。驅馬出郭門，寒風正蕭瑟。道傍凍餒人，對我長歎息。殷勤謝父老，聊以微衷述。

自欒城趨柏鄉

朝發欒子邑，暮投柏人鄉。驅車多所經，指顧情内傷。燕趙昔吞并，四海如沸湯。豪俊相馳騖，一言決興亡。故壘何蕭條，云是古戰場。俯仰今昔間，沉痛結衷腸。纍纍道傍冢，誰辨愚與良。燕昭既不存，平原客久荒。不見黄金臺，樹木鬱蒼蒼。息駕暮雲沉，感歎彌難忘。

遊梅仙山

白雲在深山，山深轉空翠。古木凌飛煙，叢竹亦森邃。梅公隱何時，漢道昔云季。當其抗言時，鼎鑊寧足畏。一斥眇何所，去作南昌尉。兹山信超曠，盤鬱多佳氣。幽棲亦何爲，豈不以我貴。一朝變姓名，挂冠從此去。新舊相太息，妻子不知處。余亦骯髒人，誤觸當時諱。見幾苦不早，撫已有深愧。永願謝塵緣，長往從我志。

胡杰 一首

杰字子文，豐城人。嘉靖丁未進士，改庶吉士，歷南京國子監祭酒，陞太常寺卿。有《劍西稿》。

九日馬西田侍御讌具瞻樓

亭閣嵬嵬俯一丘，柏臺清讌復高秋。籬邊黄菊經時晚，谷口青驄竟日留。抱病有懷仍對酒，自公多暇幾登樓。臨風不用傷摇落，歸路月明山更幽。

馬一龍二首

一龍字員圖，溧陽人。嘉靖丁未進士，改庶吉士，歷官國子監司業。有《遊藝集》。

湖上有懷

湖上青山半入城，湖中風景坐來清。高飛雙鶴與天近，遠去孤舟隔水明。爲客故鄉秋雁杳，懷人落日莫雲平。無端忽起思歸念，相對尊前共一傾。

新豐夜泊

新豐市上酒家邊，夜泊沽來不用錢。北風吹雨欲作雪，客子到家將近年。京國書傳千里外，剡溪路入小村前。深林舊有高人隱，尋到梅花却繫船。

章适一首

适字景南，蘭溪人。嘉靖丁未進士，歷官禮科給事中。

塞下曲

材官三十萬，日夜出臨洮。不見烽塵息，惟聞甲第高。盤鵰依陣落，獵馬向秋豪。辛苦從征地，黃沙蔽白蒿。

孫永思二首

永思字性孝，蒲州人。嘉靖丁未進士，除行人，選授浙江道御史。

海珠寺讌同鄉李崔二鴻臚

象設鄰鮫室，江流達海門。上方無陸路，四壁有潮痕。香霧籠珠樹，飛花墮玉尊。漁歌相聽處，萍水不須論。

登鎮海樓用韻

越王臺接五城樓，島嶼連空起暮愁。瘴海波濤浮日月，炎天風雨自春秋。亂帆歸晚聲相軋，萬樹邊江葉盡流。莫向危闌聽吹笛，武陵離思在南州。

《詩話》：二詩侍御巡按廣東時作，蓋嘉靖丙辰年事。

楊繼盛二首

繼盛字仲芳，容城人。嘉靖丁未進士，除南京吏部主事，入爲兵部員外郎；坐論馬市，貶狄道典史；稍遷，知諸城縣，陞南京户部主事，轉户部員外，調兵部；疏劾嚴嵩，論死。贈太常少卿，謚忠愍。有集。

皇甫子循云：楊忠愍辭尚宏麗，語罕怨誹。江河一瀉，乃徵其才；光燄萬丈，悉由於氣。

蔣仲舒云：楊公忼慨赴死。讀其詩，想見其人，没世而後，猶有生氣。

送徐子與讞獄江南

寥落白雲司半虚，看君此去更何如？西曹月滿幽人榻，南國星隨使者車。塞雁不堪行斷夕，秋風况是葉飛初。秣陵故舊如相問，爲道疏狂病未除。

懷鶴峰東城因寄

屋梁落月應懷我，春草池塘更夢誰。記得别時懸淚眼，佯爲笑語怕相思。

彭輅二首

輅字子殷，嘉興人。嘉靖丁未進士，除江西布政司照磨，遷知新淦縣，左遷應天儒學教授，轉國子監博士，陞南京刑部主事。有《比部集》。

焦弱侯云：先生詩意高簡，冲融婉秀，卓然名家。是時七子出，互相矜詡，雖有名於時，而辭調往往如出一人。先生能爲衆所不爲，不少貶以就俗，宜其知者鮮矣。

《詩話》：先生早慧，於詩文不甚敦琢。其持論取法中唐，謂「神在象外，象在言外，言在意外」。然率矢口肆筆而成，頗類解大紳、卞華伯一流，昔人所以有才多之憾也。

良鄉道中

昔去經衰柳，今歸見早梅。緇塵飛不盡，白日黯難開。短劍餘孤憤，長歌動七哀。年年薊門道，空老雒陽才。

送祝學博之當塗

姑熟城頭月，常邀采石雲。山齋看不厭，聊以贈夫君。

詹萊 一首

萊字時殷，常山人。嘉靖丁未進士。有《招摇館集》。

漁火

絶浦漁燈暗，空江月色多。關山空有恨，欸乃忽聞歌。風静星河没，天寒木葉波。孤舟無住止，獨酌奈愁何。

沈淮 一首

淮字澂伯，仁和人。嘉靖丁未進士，有《三洲集》。

積雨不能出有懷湖上

霞樓月榭欲生塵，水上煙雲積幾旬。滿地山花應笑我，雨中春色屬他人。

甘茹 一首

茹字征父，富順人。嘉靖丁未進士，歷官按察副使。

送成邑博

江城秋色暮，客子欲何之。司馬浮湘日，元王設醴時。風吹猿峽冷，霜落雁峰遲。欲識相思調，君聽苦竹詞。

鄭東白一首

東白字叔曉，莆田人。嘉靖丁未進士，官至按察僉事。

釣舟

空亭一葉下，落日五湖秋。白幘攜尊酒，滄波坐釣舟。鐘聲山外寺，樹色水邊樓。吾愛鴟夷子，浮家汗漫遊。

周思兼三首

思兼字叔夜，松江華亭人。嘉靖丁未進士，除知平度州，遷工部員外郎。有《周叔夜集》。

送李羅村大參河南憲長

春風斗酒邵陵西，新柳依依緑滿堤。征馬不須催客去，暮猿何事向人啼。道經湘水花初發，夢繞漳河路欲迷。故舊那堪頻送别，愁看芳草轉萋萋。

題畫

遠渚兼葭滿，孤村風雨多。明朝江上路，誰載酒船過。

送林雙池

故鄉故人今别離，春風春草各天涯。尊前相對唯今日，去後相逢知幾時。

明詩綜卷四十四

小長蘆　朱彝尊　録
曙城　陸廷燦　緝評

徐學謨 一首

學謨，初名學詩，字子言，更字叔明，蘇州嘉定人。嘉靖庚戌進士，授禮部主事，歷郎中，出知荆州府，遷副使，擢僉都御史，撫鄖陽，召拜禮部尚書，加太子少保。有《海隅》、《春明》二稿。

《靜志居詩話》：宗伯本名學詩，以與劾分宜者同姓名，遂更爲謨。昔杜欽損目，人斥爲盲，鄴惡其同字，遽自稱疾，猶見詆於當時。若宗伯更名，乃屬患失。百世而下，知有直臣陳孟公之名遵，何必驚坐諱哉。宗伯雅負詩名，然多懦響，殆肖其人。

白螺行

風吹巫峽江水大，何者一螺當江坐。勢壓水口抵齧崩，沙脊嶙峋横伏馱。螺邊人家泛估船，得魚買鹽撑日過。去年水淹車木堤，滿縣漂衝失耕作。官府有差無處派，翻視白螺爲奇貨。紛紛下帖迎上司，白日索夫夜巡邏。可憐殘子苦無皮，忽聞使者收門課。門旣有差地有租，此額更從何處科。生血迸地不得收，爺娘妻子忍遷播。輸錢猶可輸命難，偪側乾坤幾穩卧。魯門爰居知避災，眼前世事堪一唾。老蛟跋浪白鱣泣，賤夫只恐滄江破。

王好問二首

好問字裕卿，樂亭人。嘉靖庚戌進士，歷官南京户部尚書，贈太子少保。有《春照軒集》。

春江曲

東風度江城，四山漾新緑。江頭蕩舟人，載酒過江曲。少婦白苧歌，風吹斷還續。春鳥似相依，雙雙沙上浴。

幽居

幽居少煩慮，愛此屋上山。嘉木蔭方池，流水常潺湲。東風弄晴和，好鳥鳴關關。觸目若有得，撫景心自閑。窅哉廣成子，望望不可攀。

劉效祖四首

效祖字仲修，濱州人。嘉靖庚戌進士，除衛輝推官，徵授戶部主事，歷員外郎中，出爲陝西按察副使。有《雲林稿》。

朱中立云：仲修詩沉著渾雄，得盛唐氣格，李伯承之亞也。

《詩話》：副使負經世略，坐計吏罷官，晚寄情詞曲，所填小令，可入元人之室。如《沉醉東風》云：「東華路、塵沙滚滚，玉河橋、車馬紛紛。官高休羡榮，命蹇須安分。靠青山、緊閉柴門，間把英雄細討論。能幾個、到頭安穩。」又一闋云：「門巷外、旋栽楊柳，池塘中、新浴沙鷗。半灣水繞村，幾朵雲生岫。愛村居、景致風流，閒啜盧仝茗一甌。醉翁意、何須在酒。」《朝天子》云：「喜碧山日親，把銀魚早焚。銷繳了、功名分。軺車鳩杖鹿皮巾，也不讓、黃金印。晚景無多，前程休問。趁明時，自在隱。尋幾個故人，團坐在蓽門。嘗則把，陰晴論。」雜之小山欒府中，不能辨也。昭陵嘗遣中使索其題冊，呼曰：「念菴。」念菴，副使別字也。因賦詩云：「更生雙鬢已蕭騷，敢謂文章擅彩毫。過誤偶承明主問，因緣不是《鬱輪袍》。」都人傳其事，以爲列朝所未有。詩亦爽豁，惜集不傳。

甕山耶律丞相祠作

迢遞荒山下，披榛拜古祠。衣冠猶左衽，歲月已明時。溪遠泉聲細，林深日影遲。黄沙空朔漠，誰與問荒碑。

燕京歌

元會初分庭燎光，君王親御紫霞觴。不知五夜春多少，白日猶聞蠟炬香。

塞上曲

龍沙近接古檀州，多少從軍倚戍樓。寒夜不堪愁絶處，西山片月挂城頭。

九日獨酌

南山遥對菊花開，欲采無人爲舉杯。縱説柴桑貧謝客，何曾不許白衣來。

張四知 一首

四知字子畏，汝陽人。嘉靖庚戌進士，除刑部主事，轉兵部郎中，出爲四川按察僉事。有《韶亭集》。

上巳送陳子韶赴浙東僉憲

暮春燕地草萋萋，冠蓋追隨漢苑西。尊酒不須臨水泛，宫鶯已聽隔花啼。風流遠愧山陰客，麗藻新傳上巳題。况是河梁明日别，離裾莫惜暫相攜。

陳宗虞 一首

宗虞字于韶，閬中人。嘉靖庚戌進士，歷官按察副使。有《臥雲樓稿》、《六亭集》。

穆敬甫云：陳君詩，過於激烈。

送胡生南歸

揚子江風落暮潮，瓜洲夜月起蘭橈。西湖歸去三千里，家在芙蓉第一橋。

翁夢鯉 一首

夢鯉字希登，莆田人。嘉靖庚戌進士。有《雨川集》。

次忻州

故園杳無際，淒然客思多。雪中歸代郡，冰上度滹沱。野戍孤煙出，寒空一鳥過。邊庭誰與晤，獨賦式微歌。

陳柏 一首

柏字子堅，沔陽州人。嘉靖庚戌進士，歷官按察副使。有《蘇山集》。

送正卿弟之黎平

匹馬迢迢渡五溪，雙旌遥指夜郎西。莫憎遠道猶千里，隨處花開更鳥啼。

田汝麟 二首

汝麟，涿州人。嘉靖庚戌進士。

燕啣泥

燕啣泥，巢君屋。不食君家米與鹽，但借君家梁上宿。胡爲閉門相棄逐。

遊空同山歌

空同山，乃在涇水之南太白西，危峰峭壁與天齊。上有栖雲千尺之幽洞，下有回流萬折之深谿。煙岑古木渺無際，虎豹鼪鼯白晝啼。憶昔軒轅帝，問道廣成子。煮銅荆山下，鍊藥鼎湖裏。道成騎龍飛上天，空留玄鶴巢雲煙。玄鶴招之不可得，翩翩四萬八千年。我來空同尋仙跡，欲索玄珠遊無極。塵海茫茫何處求，山寒日夕天空碧。

方弘靜 一首

弘靜字定之，歙縣人。嘉靖庚戌進士，累官南京戸部右侍郎。

王仲房云：定之祖法盛唐，而於王、孟尤近。若「流水不知處，幽禽相與飛」，「不知春色減，忽見林花飛」，「永日空山寂，幽然時一吟」，宛然二君遺響也。

東巖

巖端曙日輝，巖下啓松扉。流水不知處，幽禽相與飛。青山長對席，白髮久忘機。試與西鄰叟，攜壺上翠微。

欒尚約 一首

尚約字孔源，膠州人。嘉靖庚戌進士，由溧水知縣選授江西道御史，謫安州判官，遷懷慶推官，被論削籍。

《詩話》：孔源《宮詞》，不失温柔敦厚之教。

宮詞

玉簫吹斷落花香，空結流蘇五鳳皇。不遣和戎即恩幸，敢矜顔色過昭陽。

馮皋謨 一首

皋謨字明卿，海鹽人。嘉靖庚戌進士，由刑部郎中出爲江西按察僉事，歷廣東參議副使，福建左參政。有《豐陽集》。

泊鴛鴦湖遲友不至

野客饒春興，輕舟坐夕曛。湖光天下上，暮色水氤氳。戍鼓連城動，漁歌隔岸聞。參差吹未已，獨立望夫君。

潘季馴 一首

季馴字時良，號印川，烏程人。嘉靖庚戌進士，除九江推官，擢江西道御史，升大理寺丞，歷少卿，以僉都御史治河，累官南京兵部尚書，罷歸，起刑部尚書，加太子少保，總理河道。有《留餘堂集》。

《詩話》：印川自嘉靖乙丑受命治河，至萬曆庚辰工成。著有《宸斷大工録》。先後四總河務，晚輯《河防一覽》，其大指謂「通漕於河，則治河即以治漕，會河於淮，則治淮即以治河，合河淮而同入於海，則治河淮即以治海」，立意在築隄束水，借水刷沙，以此奏功。百年以來，俱守其規畫，可謂能捍大患者。獨怪天啓初，補謚列朝名臣，而公獨不與焉。録其詩，爲之歎息。

除夕

行到海窮處，仍驚歲盡時。燈前誰共影，愁裏強吟詩。游子歸何日，芳春坐可期。滿城簫鼓動，客思已凄其。

梁夢龍 一首

夢龍字乾吉，真定人。嘉靖癸丑進士，改庶吉士，累官吏部尚書，加太子太保，贈少保，謚貞敏。

宿三川驛

寂寞三川驛，風塵苦見侵。王程方未已，客夜且高吟。山火延危嶺，泉聲聒遠林。幽懷良不淺，何日慰招尋。

曹梅 一首

梅字子和，鹽山人。嘉靖癸丑進士，官郎中。

沅州道中

亂山盤錯入沅州，瘴雨蠻煙動客愁。回首燕南家萬里，斜陽誰倚故園樓。

孫應鰲 一首

應鰲字山甫，貴州清平衛人。嘉靖癸丑進士，歷官南京工部尚書，贈太子太保，謚文恭。有《學孔堂稿》。

華山雜咏

玉女窗開眼倍明，仙童肅隊奏鸞笙。海雲初散蓬萊股，人在蒼龍背上行。

王一鶚一首

一鶚字子薦，曲周人。嘉靖癸丑進士，歷官太子少保，兵部尚書。有《春陵集》。

三月晦日

花外東風送馬蹄，平原一望草萋萋。黄鸝苦欲留春住，深樹斜陽到處啼。

張翀三首

翀字子儀，柳州衛人。嘉靖癸丑進士，歷官兵部右侍郎，天啓初追贈尚書，謚忠簡。有《鶴樓集》。

別貴竹諸友

十年與君遊，千里與君別。把袂意不言，含杯氣欲絶。漸隔瀟湘雲，空留夜郎月。一曲瑶琴彈，知音對誰説。

登焦山夜歸

短棹乘風去，輕輿帶月歸。花香入徑細，漁火隔江微。遠寺猶聞磬，荒村半掩扉。石橋横渡處，醉看海雲飛。

有懷

五落龍山葉，三來雁足書。夢中親舍近，天外故人疏。寥濶乾坤裏，疏狂醒醉餘。秋風吹短髮，溪畔獨躊躇。

龐尚鵬 一首

尚鵬字少南，南海人。嘉靖癸丑進士，除平樂知縣，入爲監察御史，歷官右副都御史，巡撫福建，天啓初追謚忠敏。有《百可亭摘稿》。

《詩話》：少南視醝兩浙，總理兩淮、長蘆鹽屯，身處脂膏，不能自潤。集中《虚室行》云：「細視缾中久無粟，舉火終朝待鄰曲。長饑近午始一餐，敢望豐年收萬斛。」自注：「三月中句，已貸粟矣。」即此，亦是難得。

秋日園居

物候隨時變，那堪問歲華。晚風三徑竹，朝雨半籬花。自比禪居静，從教物論譁。浮生何所有，醉處便爲家。

吳時來一首

時來字惟修，仙居人。嘉靖癸丑進士，歷官右都御史，掌院事，卒謚忠恪。有《梧齋集》。

焦山夜歸

古寺探幽去，山城倚醉歸。留人林月上，醒酒暑風微。漁唱摇江渡，村燈照夕扉。獨憐沙上鳥，已宿尚驚飛。

楊綵 一首

綵字質夫，虎賁右衛人。嘉靖癸丑進士，歷官右僉都御史，巡撫山西。

雁門述懷

昔稱雁門郡，嵯峨抱萬山。樓煩隱天際，滹沱水潺湲。寒沙慘白日，北風摧朱顔。封侯詎非願，王事顧多艱。丈夫志四方，兹游何時還。

李蓘 六首

蓘字于田，内鄉人。嘉靖癸丑進士，選庶吉士，除簡討，遷南京禮部郎中，歷官提學副使。有《太史集》。

《詩話》：于田博洽，中州人，以擬楊用修，而歸田之後，縱情聲伎，放誕不羈。女優登場，至雜伶人中，持板按拍，主人知而延之上坐，恬然不爲怪。及去，借主人櫪上馬，挾女優連騎而去，此其狂態更甚於用修矣。詩亦少深思，絶句頗強人意。

懷姚敘卿謫居

自從東郡別君侯，吳楚茫茫悵遠遊。故國鶯花牽客夢，大江風雨動人愁。偶緣散吏調琴鶴，無復題詩上酒樓。驛騎蕭條山海隔，逐臣心事兩悠悠。

嘉靖宮詞四首

沉水龍涎徹夜焚，桂宮芝館結祥雲。壇前纔布諸天位，苑外先催學士文。

玉貌終年侍禁闈，每逢時節賜金緋。君王不愛纖腰舞，裁作雷壇拜斗衣。

小車飛曳向玄都，翠羽金翹笑自扶。玉蝀樹邊長日市，内璫爭買大秦珠。

泥金檢玉祝長生，萬國封章止進呈。月滿西宮更漏永，九重風落步虚聲。

都城雜詠

西宮白日靜波流，小殿玲瓏夾御溝。花樹重重春爛熳，遊人偷上洗妝樓。

徐師曾 一首

師曾字伯魯，吳江人。嘉靖癸丑進士，選庶吉士，授兵科給事中，歷刑科左給事。有《湖上集》。《詩話》：伯魯說經鏗鏗，又輯文體明辨，以廸後學。一官清要，五疏乞歸。其《述志賦》云：「相先民之不朽兮，托三事而流傳。吾何有一於兹兮，死速朽而猶偲。惜青春之不我與兮，忽已至乎衰年。胡不及時以精進兮，擇可修而勉旃。」昔賢有言：「耄未至惛，衰不及頓，尚可厲志於所期。」又言：「進不及達，退無所矯。」伯魯之謂矣！詩亦清婉，蓋斤斤學唐者。

宿磚河驛

渡頭風色晴，漁火隔沙明。帆逐暮雲落，潮隨春水平。長蘆昨夜月，甲馬舊時營。關隘今無事，稀聞擊柝聲。

顧曾唯 一首

曾唯字一貫，吳江人。嘉靖癸丑進士，除金華知縣，擢浙江道御史，巡按廣西，引疾歸。有《閩越雜咏》。

同賓峰集我渡山房

旅客貪呼伴，芳尊共解顔。清池來浴鳥，高閣俯重山。墮酒松花細，抽梢竹筍斑。一作「當軒蘿月閑」。夷猶二三子，竟日不知還。

姜子羔二首

子羔字宗孝，餘姚人。嘉靖癸丑進士，除成都府推官，入爲禮部主事，終行太僕卿。黄太冲云：太僕幼侍王文成講席，不與詩人爭一聯半句之工。然俊爽之氣，涌出行墨之間，不可掩也。

登峨嵋絶頂吟

君不見大峨之山矗西土，乃在軒轅之臺、列仙之府。我騎飛龍叩天戶，九州歷歷皆可數。初由平陸瞻青冥，丹梯翠磴愁攀登。亦鳥伸而猿引，斯飈舉而雲升。下視大壑不知其幾萬仞，惟見長蛇尺蠖挂絶壁之蒼藤。攀危歷險趣未畢，積雪陰風轉蕭瑟。初疑雲自石中生，寧知日向雲間出。普賢巖前雲日晴，圓光倒照何熒熒。曄然五色相照耀，有若虹蜺跨海掩赤城。是非山澤氣，無乃陰陽精。須臾雲散日西走，光亦隨雲隱巖口。對此喜極心神舒，聖燈又出南山隅。初看一炬何趑趄，少焉萬簇皆東趨。神奇鬼怪事殊絶，銀燈火樹焉足娱。歸來作歌但坐嘯，還問山靈有意無。

下巖寺

一入招提境，登臨思已牽。地將金作界，山以玉爲泉。僧定魚皆出，江空月自懸。虚巖尊者像，幻跡至今傳。

鄭茂 一首

茂字士元，莆田人。嘉靖癸丑進士，除海鹽知縣，擢兵科給事中，歷官河南按察使。

過草萍驛

古驛荒煙斷，征驂向晚停。吟回江雨白，坐對越峰青。萬事皆蕉鹿，吾生亦草萍。勞歌猶未已，短鋏復衡星。

林命一首

命字子順，建安人。嘉靖癸丑進士，歷官廣東按察使。有《陽溪集》。

遊定惠院和韻

言尋僧舍出東門，紫菊黄橙處處村。秋盡遠峰含翠靄，天寒斷岸落潮痕。山中花謝臺空在，亭上詩成酒續温。不見美人湘水畔，數聲漁笛欲消魂。

季科三首

科字與登，江陰人。嘉靖癸丑進士，除行人，選授禮科給事中，出爲江西布政司參政。有《雪浪閒居》二稿，《了菴鷗盟録》。

《詩話》：與登歸田之後，田産所入，悉以築圃。圃在萬壽山麓中，有六曲徑、蒼雪嶺、賜間堂、雪浪湖。湖中有青螺墩、妙高閣。湖上有寄寄堂、紅雲閣、華陽洞天。又鑿洞爲小桃源，中有赤城樓、來鶴亭、桃花泉、曲水亭、雲林桐、江片石。恒與朋舊觴咏其間，足稱好事。詩亦安整不佻。

太保顧惠巖公衹役泰山途次和答

紫極傳丹詔，青霄訪玉華。霓旌翻日觀，瑶島接星槎。寒踢峰頭雪，晴攀海上霞。翩躚雙白鶴，遥駕五雲車。

次韻答鄧薇山社長

祖席分襟地，江關積雪天。寧知廬阜約，翻上汶陽船。夢斷清秋半，書來白雁前。心期渺流水，虚奏伯牙弦。

曲水亭

飛瀑雲中響，清觴石上浮。蘭亭還我輩，不減晉風流。

侯祁 一首

祁字應文，鄆城人。嘉靖癸丑進士，歷官□□知府。

浮圖峪

雄關北峙萬山中，天外浮圖接太空。白馬遠從青海入，紫臺高與碧雲通。秋風沙塞寒煙暝，古戍旌旗晚照紅。自是聖朝無戰伐，漢家不數貳師功。

劉侃 一首

侃字正言，京山人。嘉靖癸丑進士，由戶部郎出爲知府。有《新陽館集》。

隴西雜興

西極秋高白鳥翻，憑闌送目到河源。久無槎影通銀漢，遥見天光下火敦。青海風濤還積石，玉門車馬半中原。崑崙故是征西路，寄語山前吐谷渾。

盛周 一首

周字文郁，秀水人。嘉靖癸丑進士，除知浦城縣，入爲刑部主事，歷郎中，出知東昌府。

《詩話》：太守少從王龍溪遊，與沈先生靖夫講學于聞湖書院，遺址在梅家蕩水中央，其子姓至今聚族于斯。聞其報最日忤分宜父子，不得臺諫，蓋莊士也。

蔡見麓過夜坐

南浦停車暝色催，故人相見且銜杯。月明何處吹長笛，落盡空山幾樹梅。

王可大 一首

可大字元簡，吴江人。嘉靖癸丑進士，台州知府。有《懸筒集》。

宫詞

承明殿裏諫章來，封事君王次第開。此日昇平邊圉静，日斜猶自在平臺。

史起蟄 一首

起蟄字德龍，江都人。嘉靖癸丑進士。

江上

溪雲窈窕海天晴，檻外江流似掌平。午夢醒來無一事，水雲亭上看潮生。

吴文華 一首

文華字子彬，連江人。嘉靖丙辰進士，累官南京兵部尚書，贈太子少保，謚襄惠。有《濟美堂集》。

謁岳武穆祠

幾樹蕭森岳廟東，一杯懷古酹西風。凱歌竟負黄龍飲，信誓虚傳鐵券功。無復翠華回絶漠，最憐白雁入行宫。神州恢復千年恨，讀罷遺詩恨未終。

方九功一首

九功字允治，南陽人。嘉靖丙辰進士，歷官南京工部右侍郎。有《息機堂稿》。

歐楨伯云：允治詩嚴整夷暢。

范介孺云：允治音節清亮，意趣雋永，獨超物外，不胸一綺麗語。

泊滄州有感

世事看流水，漂零見此身。他鄉猶是客，失路竟依人。樹引長堤暮，花殘故國春。卷簾聊對酒，幽寂恐傷神。

周詩一首

詩字興叔，錢塘人。嘉靖丙辰進士，歷官通政使。有《與鹿集》。

赴天津

仲夏衆芳歇，沃野群卉稠。曜景窮北陸，薰風獻南陬。伊余赴期會，東騖戒方舟。晴雨遞昏晝，凉燠變絺裘。灤洄見湖澳，寂歷懷滄洲。結髮事明主，策勳慕前修。名賤業匪建，時往命不猶。才將世途左，道與隱者謀。漆園侈達生，柱下崇致柔。優哉聊卒歲，庶以謝愆尤。

胡直二首

直字正甫，泰和人。嘉靖丙辰進士； 除刑部主事，出爲湖廣按察僉事，歷四川布政司參議，乞休； 起補湖廣提學副使，陞廣西左參政歸。有《衡廬精舍藏稿》。

孫山甫云： 正甫胸次洞然，有物我同體之懷。故其詩暢而鬱，直而婉，天趣獨深，非追琢可及。

登衡嶽

弱齡慕遐舉，中爲世網嬰。雖抱及物志，而非濟時英。家本衡廬交，早負泉石盟。秉憲涉湘沅，吏事滋牽縈。靈岳奠疆域，渺若隔蓬瀛。恭承帝新命，駕言自西征。回車恣探歷，使我夙心傾。朝暾蕩雲巘，導我游上清。吾衰疲塵鞅，學道未有成。安得同心友，眷言事耦耕。

龍洲

窈窕繁花路，清虚野甸居。漸爲逃世客，懶答貴人書。水閣依鷗鳥，塵編信蠹魚。日尋垂釣侶，長到月明初。

張潛 一首

潛字用昭，華州人。嘉靖丙辰進士；除戶部主事，轉員外；改禮部，歷郎中；出爲廣平知府；陞山東左参政。有《東谷集》。

送邃菴相公巡邊

羽書昨夜入甘泉，朔漠流沙起塞煙。遂使至尊親授鉞，遥煩上將出巡邊。望隆數入論思地，寄重三持節制權。諸鎮安危憂不細，宵衣應待凱歌旋。

黎民衷 一首

民衷字惟和，從化人。嘉靖丙辰進士，歷官吏部郎中，出爲廣西參政。

月夜吴舍人過集

向夕群愁起，幽期幸不迷。天垂鳷鵲外，城轉鳳皇西。翠罼淹宫漏，春星散馬蹄。十洲飛夢遠，何路問丹梯。

姚汝循 六首

汝循字敘卿，上元人。嘉靖丙辰進士，除杞縣知縣，遷南京刑部郎中，出知大名府，謫嘉州知州。有《錦石齋集》。

《詩話》：敘卿詩格不高，然五古遠倣陶、韋，近體能宗大曆。此益藩潢南道人，入之李、何諸公之列，目爲盛明十二家也。

夏夜對月

落日暑暫歇，微風蕩靈襟。囂塵淨庭宇，竹樹森繁陰。皎月牆東來，照見石上琴。揮手一再鼓，悠然生遠心。鍾期久不作，千載誰知音。

秭歸立秋

晷運相推斥，昨夏今已秋。玄蟬鳴不歇，大火莽西流。人生寄一世，漂如波上漚。乃爲一尺組，而來萬里遊。琴書委不理，與言非故儔。曉起戴星行，入夜尚不休。勞勞寡懽悰，戚戚增煩憂。短景易以邁，兹歲且復周。功名建何時，霜華欲滿頭。自不堅始願，及此將誰尤。

自横梁放舟還郡

解纜横梁渡，鳴橈濯錦川。秋山初過雨，夕漲欲浮天。四野明殘照，孤城合暮煙。愧無仁者政，竹馬亦橋邊。

半峰禪院遲同遊諸君

策杖欵禪扃，垂藤交古路。却顧後來人，蒼蒼隔煙霧。

回雁峰

回雁峰頭望帝京，寒雲黯黯不勝情。賈生已道長沙遠，今過長沙又幾程。

巫峽書所見

巫山萬仞鬱嵯峨，巫峽嘈嘈湧白波。多少行人齊下淚，漁郎猶唱《竹枝歌》。

施篤臣 一首

篤臣字敦甫，青陽人。嘉靖丙辰進士，官至順天府尹。

社日沽頭作

蕭蕭沽城東，纍纍陌上墓。掃除骨肉稀，含淒當古路。墓上車馬喧，墓中人不寤。摵摵白楊枝，怪鵖啼無數。人生若流水，一去誰回顧。形骸草木姿，詎比金石固。往者何足歎，來者將焉措。驅車此彷徨，擬續《招魂》賦。

卞錫 一首

錫字叔孝，嘉善人。嘉靖丙辰進士，除中書舍人，選吏部稽勳主事。有《豹山集》。

陳仲醇云：分宜柄國，言者以蚍蜉撼樹，不勝者止。司勳往往抗其盛氣。方袖封章彈之，適聞親訃，還里。故其居恒所爲詩，聊蕭不平，感慨畢露。

曉舟即事

野寺侵雲出，千家草色勻。晚風吹浪白，夜雨濕苔新。去雁聲何急，當樓鼓尚頻。回看煙樹合，殘月下城闉。

鄭洛 一首

洛字禹秀，安肅人。嘉靖丙辰進士，除登州推官，遷廣東道御史，累官少保，兵部尚書，兼右都御史，贈太保，謚襄敏。

冬夜獨坐

天涯歲暮夜淒淒，鼓角初傳月已低。一榻悠然成獨坐，不知身寄玉關西。

曾同亨一首

同亨字于野，吉水人。嘉靖己未進士，累官太子太保，南京吏部尚書，謚恭端。有《泉湖山房集》。

贈趙大參赴山西

雁門關外羽書飛，帝念西征數解衣。邊徼鼓鼙渾未歇，人家煙樹覺全稀。無煩兵法儲行橐，自請長纓出禁闈。十二屯田方略在，策勳看拜徹侯歸。

魏時亮一首

時亮字敬吾，南昌人。嘉靖己未進士，以兵科左給事使朝鮮，累官南京刑部尚書。

平壤拜箕子墓并訪井田遺跡

禹範留西土，先生獨向東。道無浮海歎，義與采薇同。舊井存殷畫，冔冠尚古風。荒丘平壤外，麥秀想遺宫。

沈節甫 一首

節甫字以安，烏程人。嘉靖己未進士，累官工部左侍郎，贈右都御史，謚端靖。有《太樸集》。

題且住軒

此邦非吾鄉，此室非吾廬。情知匪久客，且復卜其居。蕭蕭環堵中，俯仰欣有餘。天地爲逆旅，百年亦須臾。羲娥無停轂，吾生自有初。念此坐長歎，秋風起庭樗。飄蓬任回飈，素位恒晏如。

張鹵 一首

鹵字召和，儀封人。嘉靖己未進士，歷官右副都御史，巡撫真定，改大理寺卿，調南京太常寺卿。

得張崌崍銅梁書

萬里蠶叢寄一書，開緘涕淚滿衣裾。可憐話別六年後，同是招魂九死餘。事過始諸渾失計，眼前莫更問何如。寒灰老我冥心定，汴水河干已結廬。

沈奎 一首

奎字文叔，江陰人。嘉靖己未進士；除戶部主事，歷郎中；出爲浙江按察僉事，分巡嘉、湖；遷江西布政司參議。有《歸興集》。

富春

雨後衆山青，汀邊雙鳥白。挂帆趁西風，遥看富春驛。

沈啓原五首

啓原字道升，秀水人。嘉靖己未進士，歷官陝西按察副使。有《鶡園草》。

項里西楚霸王廟

符命通神契，天心屈霸圖。風雲空叱咤，陵廟且榛蕪。悔失師中范，徒憐帳下虞。江東餘父老，伏臘走村巫。

同劉教授羅訓導再過福昌寺赴縣尉祝子餞

爲踐東林約，相要竹裏行。升堂秦博士，倚席魯諸生。吏道空馳傳，賓筵再鼓笙。不緣仙尉引，誰共治遊情。

懷陸仲長

京洛追遊處，春風次第吹。官從一命始，别是隔年期。藥裏趨中禁，方書得上池。正逢欣賞日，未許動鄉思。

謁宋真宗廟

玉輦巡游處，荒亭半緑苔。攀號龍已去，瞻禮客重來。漢畤空遺蹟，秦封亦有臺。何如恭己日，稽首詠康哉。

冬日偕袁池南楊完愚陳夔石餞盧外山鄉丈於靈應觀觴詠移日

飲餞離亭日半黄，飛雲落葉對清觴。江山去住皆陳迹，賓主東南是故鄉。翠竹含風仙院静，白蘋牽浪楚天長。追攀未盡登臨興，野水寒禽又夕陽。

錢鎮四首

鎮字守中，烏程人。嘉靖己未進士，官兵部郎中。有《淡菴集》。

許孟中云：淡菴詩冲逸似陶、韋。

《詩話》：守中從唐子鎮講學，居弟子之首，而詩無塵腐之習。中年卜宅思溪，掘地得宋王觀察永從墓，亟掩之，而築堂其上，不以爲忌也。永從嘗刊《五代史纂誤》《雜録》二書，置本郡庠，後取以補監本，見陳氏《書録解題》，今思溪土人，不復有知其姓名者矣。録守中詩，附識於此。

餘不前溪

苕水從南來，真源自天目。始出纔涓涓，蛙跳雀可浴。東風桃花水，一夜高於屋。百里下吳興，一汎更一曲。青山浮水面，處處居可築。草玄伊誰亭，名花間疏竹。自昔稱餘不，佳名豈虛辱。

山中雜興

結廬傍青山，繩樞瓮爲牖。生涯陌上桑，行逕門前柳。獨行愧偊偊，顧盼無與偶。策杖求友生，陶潛去我久。豈伊逃醉鄉，翻念魯中叟。寂寞柴桑間，寄意千載後。廬山舊遊路，往跡今已朽。古今諒同轍，悵望一搔首。

新晴散步

自啓郊扉曳履行，傍溪雲日放初晴。新篁拔地已數尺，黄鳥隔林時一聲。老去任情忘檢束，客來廢禮闕逢迎。家臨西塞清溪口，坐看桃花錦浪生。

田家雜興

細草行來芳徑，修篁覆處茅菴。借問丈人生計？薄田自種溪南。

張祥鳶 六首

祥鳶字道卿，金壇人。嘉靖己未進士，除戶部主事，歷員外郎中，出爲河東運司同知，遷知雲南府。有《華陽洞稿》、《虛菴集》。

錢受之云：道卿與七子同時，亦相還往。其詩以清潤爲主，不染叫囂之習，故不爲時人所稱。如云「雁嘶江塞月，人枕戍樓霜」，信警句也。

《詩話》：道卿詩瀟灑絶俗，頗類永嘉四靈。

東平道中

驅車涉長道，荒塗曠無人。斜陽澹古木，驚風翼征輪。候館莽牢落，日暮寒城闉。停驂一以憩，振我衣上塵。庭樹集歸鴉，依依得所欣。如何客遊子，不念平生親。

新秋汎舟過西莊聽雨話舊

放船秋水落，能載兩三人。坐愛清波影，輕摇白氎巾。到門纔繫纜，藉草便垂綸。野飯無兼味，嘉魚色勝銀。

京口月夜惜别

春江明月夜，不是别離時。酌以桃花酒，贈之楊柳枝。轉蓬身共遠，倦鳥意俱遲。明發天涯路，青山惱夢思。

園居

人境重重隔，溪流宛宛分。竹陰飛翠雨，花氣結晴雲。籬缺牽蘿補，園蕪植杖芸。禽言能細譯，幽事賴先聞。

上巳日寄鄭虚舟

三月三日春可憐，百勞聲裏花如煙。臨邛大夫有佳客，廣文先生無酒錢。放歌誰和舞雩曲，洗硯獨寫蘭亭篇。我欲從之問奇字，出門無那春風顛。

登北固山

孤峰縹緲赴江天，白石紅塵樹杪縣。一道澄波開斷壁，千林黄葉下寒煙。鵰盤寥廓秋風急，山缺西南落日圓。萬里中原勞北顧，蕭梁陳跡酒杯前。

申時行七首

時行字汝默，吴縣人。嘉靖壬戌賜進士第一；累官少師兼太子太師，吏部尚書，中極殿大學士；贈太師，謚文定。有《賜閒堂集》。

馮元成云：申公有韻之文，對口立就。不爲叫囂亢厲之音，卑弱浮靡之調。古體淵源建安，近體沉浸初唐，不事摹襲，而自無不合。

《詩話》：趙尚書玨識于廷益於早歲，顧尚書璘識張叔大於童時。傳者以爲佳話。先太傅公九齡獲見文定，文定特起避席。時先公未就塾，文定留之邸第，讀書。一日，從師出遊，先公失足蹈汙泥，文定命僮子回取履。僮子誤持文定朝鞵至，先公不敢納。文定笑曰：「履之，終當踐我迹耳。」及舉順天鄉試，同學少年有恃才者曰：「朱兆隆亦能成名邪？」文定怫然曰：「兆隆將大魁天下，若輩焉知！」明年先公果臚傳第一。其藻鑒不爽若是。文定不以詩見長，然鉅篇長律，鋪揚典麗，足令操觚者縮手。如云「老去空悲千里驥，秋來真憶四腮魚」，風度可想也。

題清秋出塞圖

生不識醫無閭，夢不到狼居胥。瞥然示我出塞圖，令我目眩心神徂。憶昔籌邊贊廟謨，桓桓司馬傑丈夫。帝授節鉞臨玄菟，高憑熊軾佩虎符。榆關九月沙草枯，霜鷹下擊秋原蕪。煙荒雲慘天糢糊，惟兹遼左僻海隅。頻年侵擾無寧都，射雕躍馬彎強弧。司馬申令陳師徒：指揮鐵如意，玩弄金僕姑。揚旌督戰親援枹，萬卒超距爭先驅。奔狼突豕皆就俘，凱歌入奏天顔愉。司馬讓功歛若無，但云將士多勤劬。何以勞行役？請蠲幕府租。何以恤飢疲？請發司農儲。人人挾纊齊歡呼：自從司馬歸江湖，遼人茹苦若堇荼。荷戈不解甲，輓粟仍飛芻。羽檄徵材官，絡繹在道塗。震鄰之恐非剝膚，騷動根本何爲乎！安得再起司馬登戎樞，坐紆長策銷隱虞，國威震疊邊人蘇。

洞庭篇壽嚴中翰

崔嵬乎洞庭之山，乃在勾吳之墟，具區之藪。芙蓉點點七十二，雙結青螺縮其口。我昔凌滄洲，振衣千仞巔。西登縹緲接銀漢，東望莫釐生紫煙。珠宫貝闕儼相向，恍似員嶠方壺天。吾聞靈威丈人入林屋，手探蒼水金庭籙。又聞毛公羽化留空壇，時有鸞鶴來雲端。兹山信美多靈秘，幽棲故是神仙地。主人三殿倦揮毫，出山便作還山計。只今六十早歸田，攝生日誦《參同》篇。洞庭之水釀春酒，醉來恣拍洪厓肩。

哭王子幻

慘澹江天裏，何人問客星。空傳懷舊賦，無復草玄亭。物外悲長往，人間忌獨醒。牀頭孤劍在，永夜泣青萍。

送初主簿罷官歸楚

吴苑初傾蓋，荆門早挂冠。宦憐潘岳拙，曲和郢人難。畏路窮棲棘，芳洲信采蘭。浮沉何足問，江漢有漁竿。

大閲詩應制

廟略收群策，宸遊簡六師。代當全盛日，春是大蒐時。雲捧蒼龍駕，風回翠鳳旗。轅門開複道，帳殿繞行麾。細柳前軍駐，長楊後騎隨。虬鬚天策將，猿臂羽林兒。拂劍星文動，彎弓月影披。連營分雁翼，布陣合魚麗。禮示三驅正，鋒藏九變奇。張侯仍是豹，賈勇盡如羆。引滿雙鵰落，騰空萬馬馳。元戎歸節制，法從肅威儀。詎數誇胡獵，還欣奏凱期。大風歌漢士，吉日誦周詩。我祖犂庭烈，先皇保泰規。永言思繼述，持以贊雍熙。

立春日賜百官春餅

紫宸朝罷聽傳餐，玉餌瓊肴出大官。齋日未成三爵禮，早春先試五辛盤。回風入仗旌旗暖，霽雪當筵匕箸寒。調鼎十年空伴食，君恩一飯報猶難。

辛卯元日

紫宸元會輟朝天，咫尺無由捧御筵。遲日曈曨虛正殿，非煙縹緲在甘泉。王師未奏康居捷，農扈誰占大有年。衮職自慚無寸補，惟應投老賦歸田。

余有丁 一首

有丁字丙仲，鄞縣人。嘉靖壬戌賜進士第三，除編修，歷司業洗馬，右諭德，左庶子，出爲南國子祭酒；召入爲少詹事，兼侍讀學士，遷太常卿；歷禮部左右侍郎，改吏部進禮部尚書；入直文淵閣，改戶部尚書，兼武英殿大學士；終少傅，兼太子太傅，建極殿大學士。卒，贈太保，謚文敏。有《文敏公集》。

《詩話》：文敏送肖甫一律，絶類劉文房。

送張崌崍

客行新霽後，曙色啓城頭。曉徑穿雲濕，春塘帶雨流。江籬牽客思，山鳥動春愁。何事新芳歇，王孫不可留。

蹇達 一首

達字子修，重慶人。嘉靖壬戌進士，累官太子太保，兵部尚書。

塞雁南飛迥，高樓北望寒。暮雲千嶂暝，積雪萬家殘。四海徵輸盡，三巴道路難。天涯對摇落，那得旅愁寬。

林烴 三首

烴字貞耀，閩縣人。嘉靖壬戌進士，歷官南京工部尚書。有《覆瓿集》。

諸公餞送城南樓寄謝

冉冉歲云暮，于役殊未休。冠蓋集相送，置酒城南樓。微雨霽朝景，騁望消人憂。蒼蒼遠山色，浩浩清江流。丹楓羅曲岸，白鳥戲中洲。景物紛可悦，驪歌促行騶。衡門昨棲遲，杖屨忝從遊。奈何遠離別，一日如三秋。索居感羈旅，久要慕前修。適意豈非達，狗禄良足羞。山靈勿相誚，早晚歸林丘。

府江渡

朝發陽朔崖，暮次昭潭渡。行邁千餘里，孤舟日東騖。川途阻且長，耳目漸非故。巉巖夾崇山，杈枒羅茂樹。四望寡人煙，三時昏瘴霧。深林蹊徑絶，怪石波濤怒。虎穴幸徙蹤，狼烽猶置戍。客子獨何爲，艱險常道路。雖懷叱馭心，寧免垂堂懼。白日易蹉跎，玄髮忽改素。人生苦拘束，多爲浮名誤。萬事良悠悠，達生庶可慕。

苦雨述懷

我行赴京華，征途纔及半。渡江越淮南，原隰何渺漫。溽暑當兹時，氣候變昏旦。迅雷激中宵，陰雲翳層漢。山雨驟淋漓，川流俄浩汗。陽烏避何許，水鳥群相喚。高浪没危橋，飛湍瀉崩岸。我馬淖不前，我車軔已斷。屈詰歷羊腸，回顧屢顛汗。僕夫仰天號，客子撫膺歎。吁嗟行路難，徬徨日將晏。塵中苦局促，物外思蕭散。挂冠亦繇人，何事長羈絆。

戚元佐一首

元佐字希仲，秀水人。嘉靖壬戌進士，除禮部主事，歷員外、郎中，陞尚寶司少卿。有《青藜閣稿》。

《詩話》：吾鄉彭子殷論詩，即尚七子，然其詩不類也。至戚希仲，則全以七子爲圭臬。弇州列四十子，不及希仲，何與？

早朝

鳳掖傳呼早，晨趨逼禁闈。天香浮輦靜，宮漏隔花微。仙掌明河動，周廬列宿稀。不知風露重，先濕侍臣衣。

高則益一首

則益字受所，南昌人。嘉靖壬戌進士，官至四川參政。

聖駕大閱歌

平明仙蹕下丹霄，千騎風雲擁射鵰。盡道吾皇能將將，軍中誰是霍嫖姚。

蔡可賢 一首

可賢字子齊，成安人。嘉靖壬戌進士，官至按察副使。有《西征鼓吹》。

樓煩

山後山前十六州，天涯盡處是偏頭。雲開大漠風沙走，水折長河日夜流。萬戶金繒愁見月，千群鐵騎畏逢秋。却思大漢無中策，一曲胡笳倚戍樓。

鄭履淳 一首

公字伯寅，海鹽人。嘉靖壬戌進士，除刑部主事，改尚寶司丞，建言，廷杖，終光禄寺少卿。有集。

《詩話》：昭陵繼世，海宇宴清。少卿時爲尚寶丞，初無言責，乃上痛哭之書至云：「物怪人妖，天鳴地震。彗星兩見於尾女，日月繼蝕於元春。鬼神告凶，菑害洊至。殆有陳涉阿骨打之徒，窺伺於世，雖李綱宗澤之才，展布猶難。」其亦過於激烈矣。當日予杖一百，流血繻縷。

至今遺袴，藏其故宅。

春閨

朝來靈鵲遠簷鳴，果得雲箋慰遠情。但説别來長見憶，歸期依舊不分明。

沈玄華 一首

玄華字邃伯，一字少河，嘉興人。嘉靖壬戌進士，除禮部主事，歷官南京太常寺卿，轉大理寺卿。《詩話》：明南都太廟，嘉靖中，爲雷火所焚。尚書湛若水請重建，而夏言阿世宗意，請罷。有旨并入奉先殿。按長陵每自稱曰：「朕高皇后第四子也。」然奉先廟制，高后南向，諸妃盡東列，西序惟碽妃一人。具載南京《太常寺志》。蓋高后從未懷妊，豈惟長陵，即懿文太子，亦非后生也。世疑此事不實。誦沈大理詩，斯明徵矣。大理性恬退，不樂膴仕，歸遂潔白之養。殁後，玄孫傳弓摭拾遺集，早夭失傳。是詩獲於高工部寓公家。

敬禮南都奉先殿紀事十四韻

高皇肇太廟，松桷連穹霓。尊祖有孝孫，典禮遹升躋。一從遷都後，遺制終未睽。有司列俎豆，上公視瓚圭。豈意歲甲午，烈火隳榱題。譆譆出出音，其兆先端倪。盈庭議移祀，中廢成町畦。猶餘奉先殿，薦新及葅醯。微臣承祀事，入廟歌鳧鷖。高后配在天，御幄神所棲。衆妃位東序，一妃獨在西。成祖重所生，嬪德莫敢齊。一見異千聞，實録安可稽，作詩述典故，不以後人迷。

徐廷綬 一首

廷綬字受之，淳安人。嘉靖壬戌進士，除刑部主事，歷員外、郎中，出知辰州府，遷陜西按察副使。有《錦泉集》。

胡松麓自瑞州以書見寄

搔首西風裏，懷君思惘然。江湖千里隔，雲樹寸心懸。客淚隨猿落，鄉書有雁傳。惟應今夜月，相對共遥天。

王叔杲 一首

叔杲字陽德，永嘉人。嘉靖壬戌進士，官至湖廣參政。有《玉介園藁》。《詩話》：王氏爲永嘉族望，其先世毓生七子，七子生二十八子，二十八子生九十四子，九十四子生二百六子，二百六子生三百五十子，參政其一也。三百五十子生四百九十子，其枝葉亦繁昌矣。

初冬登大伾山

初冬飛蓋拂晴雲，共陟嵯峨探秘文。河勢已非神禹鑿，山形還是太行分。崖端想象懸金粟，洞口虚無散紫氛。登眺壯懷聊此寄，酒闌歸路已斜曛。

穆文熙 四首

文熙字敬甫，東明人。嘉靖壬戌進士，除行人，進司副，遷工部員外，改尚寶司丞，轉吏部員外，出爲廣東按察副使。有《逍遥園集》。

石拱辰云：敬甫早年詩頗豪宕，摩鍊既久，遂臻大雅。

《詩話》：敬甫論詩，沾沾自喜，亦強作解事爾。集爲劉子威、石拱辰所定，又安得佳！

送葉龍塘道長謫郜陽

重來燕市蹋紅塵，驄馬憐君氣象新。一疏即看成遠别，寒風冷雨入三秦。

贈張弘軒都諫出參晉省

馬度恒山萬嶺西，天涯何處爲招攜。玄都莫道花如錦，一日東風盡作泥。

聞拱辰符卿至自京志喜

漳水燕山道路賒，相思常苦暮雲遮。到來不必論時日，三見庭前木槲花。

題乾山卷

幾年爲客滯江關，夜夜汾陽有夢還。卷裏畫圖君莫看，斷人腸處是家山。

楊汝允 一首

汝允字惟明，南昌人。嘉靖壬戌進士，歷官姚安知府。有《九霞山人集》。

同日冊封六妃

宫花笑日草生春，喜動天顔沐寵新。同侍翠華遊幸地，不知辭輦是何人？

錢貢 一首

貢字時庸，桐鄉人。嘉靖壬戌進士，除知新建縣，入歷刑部郎中。有《愛存稿》。

京邸懷歸適妻弟唐楮汀來謁於其還賦長句言别

此日意不樂，掩關有所思。忽聞君遠來，錯愕令我疑。平生不辭鄉，安得來京師。去年與君别，屈指已一期，南望懷故人，日與浮雲馳。嗟予坐羈束，素顔日以緇。金門盛才賢，迂疏將何爲？感之百憂集，歎息還自嗤。君今馬首南，握手復何辭。投簪雖未能，煩君語吾兒。貧賤雖爾慚，富貴匪我期。願言各努力，勉將門戶支。予家柞溪東，緑水環茅茨。豈獨饒桑麻，松竹植亦宜。好闢十畝園，樹藝須及時。護筍編枳棘，灌花引泉池。待予此中老，與君同栖遲。此願良未果，永懷常在兹。去去勿復陳，人生多别離。夜闌欹枕臥，暑雨捎罘罳。

《詩話》：錢公居甑山之陰，没葬山麓。其後人至今聚族柞溪左右，桑麻松竹，葱蒨依然。長篇不事雕繪，有白太傅遺音。

楊成名 一首

成名字志完，建安人。嘉靖壬戌進士，武進知縣。有《遂初集》。

秋日郊行

路遶溪流細，山回樹色分。客沽村店酒，牛臥隴頭雲。林葉含秋露，溪煙澹夕曛。兒童迎我笑，拍手自成群。

許國二首

國字維楨，歙縣人。嘉靖乙丑進士，改庶吉士；除簡討，歷編修、右贊善、洗馬；遷南國子祭酒，轉太常卿，協理，詹事；陞禮部侍郎，進尚書，入直東閣；加太子太保，累晉少傅，吏部尚書，建極殿大學士。卒贈太保，謚文穆。有《許文穆公集》。

擬御製勸農詩

四民皆天職，嗟農獨苦辛。所以古哲王，巡省及兹辰。籥鼓吹豳詩，訓廸良諄諄。東郊土脉動，好鳥鳴芳春。桑間拂其羽，催耕一何頻。乘時播嘉種，原隰何匀匀。念兹民所天，珠玉安足珍。一日苟不作，飢寒將立臻。勿惜沾體勞，但憂年歲屯。沾體勞尚可，歲屯傷我民，憶昔先皇時，端居軫郊闉。載賡憫農咏，丕揚烈祖仁。禁苑籍千畝，雨暘雩百神。玉食豈不足，貴令四海均。九重高結念，况爾謀其身。古人有良言，歲計在於寅。豈伊公家賦，婦子亦相親。春風正發育，萬物皆鮮新。勉以東作力，佇見西成禋。

秋聲

銀漢滄浪淨碧空，天街一葉下梧桐。霜前凄切兼砧杵，月裏悲凉斷塞鴻。何處羈人驚伏枕，幾回中夜感飄蓬。繇來志士輕摇落，莫向西風憶桂叢。

何洛文一首

洛文字啓圖，信陽州人。嘉靖乙丑進士，選庶吉士，歷官禮部左侍郎，兼翰林院學士。有《震川集》。

《詩話》：震川大復之孫，仕雖通顯，詩頗庸熟，去祖武尚遠。

章皇帝御筆白馬

臺上黄金駿，毫端白雪驄。玉花生御榻，寶繪奪天工。照夜雙珂瑩，凝霜匹練空。瑶池仙馭遠，猶見畫圖雄。

周子義一首

子義字以方，無錫人。嘉靖乙丑進士，改庶吉士，歷官吏部左侍郎，兼侍讀學士；贈禮部尚書，謚文恪。有《交翠軒佚稿》。

送何小坡致政還信陽

海鶴遠罝綱，冥鴻謝韝籠。人間千丈絲，安能縶游龍。所以達命士，脱迹塵囂中。眇兹盈尺組，曾是羈我躬。何侯東海彦，司牧早奮庸。一麾指淮右，載旆佐漢東。斯民有父母，國論方爾崇。朝宗甫竣事，高蹈隨赤松。薄言戒行李，云歸天目峰。惜此遠行别，不得少從容。載歌驪駒詞，聊以紓我衷。

林如楚二首

如楚字道翹，侯官人。嘉靖乙丑進士，歷官工部右侍郎。有《碧麓集》。

初秋齋居作

招摇指坤隅，六龍忽回軫。清商應候至，碧梧乘夕隕。離居及素節，徙倚步華楯。睠彼元運馳，往復良有準。人生何勞勞，年命如朝菌。曩觀隨化徂，新緒緣物引。無以騷人悲，將貽榮公哂。吾其解天弢，去來守玄牝。

會江驛

停舟異昔年，城郭尚依然。樹影浮天外，江流會驛前。暮帆懸海月，晴磬出山煙。稍喜春來近，居人話種田。

陳文燭三首

文燭字玉叔，沔陽人。嘉靖乙丑進士；除大理評事，歷寺副、寺正；出知淮安府，遷四川提學副使；歷漕儲參政，福建按察使，右布政使，江西左布政使；陞應天府尹；終南京大理寺卿。有《二酉園五岳山房集》。

胡元瑞云：玉叔詩清婉典飭，居然名家。

送楊惟喬侍御北上

驛路飛新雨，荒亭落晚風。賜環霄漢上，擊楫大江中。此地曾留犢，都人尚避驄。春華今又半，尊酒幾時同。

送陳仁甫太史使楚

玉署承天遣，桐圭錫帝封。浮湘即司馬，作賦是元龍。春盡寒江雨，潮回故國鍾。禹碑如可辨，還上祝融峰。

送別

落日青絲騎，西風白苧詞。廣寧門外柳，折盡向南枝。

管大勳 一首

大勳字世臣，鄞縣人。嘉靖乙丑進士，改庶吉士，官至南京光禄寺卿。有《休休齋集》。

安慶渡李陽

客路荆舒盡，江帆海國賒。天風蔽晴日，煙雨漲平沙。水闊疑無岸，春深不見花。暮潮南浦泊，指點驛樓斜。

胡涍 二首

涍字原荆，無錫人。嘉靖乙丑進士，除永豐知縣，再知安福，入爲廣西道御史，以建言落職爲民。有《采真堂集》。

《詩話》：侍御以建言削籍，任俠結客，所識窮乏多受其恩。殁後，王承父爲具狀，屠緯真爲銘墓，王元美爲作傳，咸盛稱之。詩亦間有合作。

過雅宜别業

不見王摩詰，猶餘華子岡。隔河山杳靄，斷樹水微茫。有子開松徑，留歡正夕陽。漁舟投暝合，杯外即滄浪。

梅

隴上春風生，江梅幾枝發。仙人坐吹簫，飛墮一樓月。

潘志伊 一首

志伊字嘉徵，吳江人。嘉靖乙丑進士；除定州知州，升南京兵部員外；歷郎中，出知九江府；謫知陳州，移紹興府同知；轉南康知府，以江西按察副使備兵袁州，以行太僕寺卿轄甘肅；遷廣西參政。

《詩話》：潘公從游吾鄉沈石雲先生之門，講學之餘，詩不多作。所題存石草堂一篇，即石雲之書屋也。

題存石草堂

名園迥塵域，參差開石林。丹梯襲曉光，碧嶂含夕陰。昔自鬱林來，置此閑幽襟。緬彼巨靈跡，宛在梧江潯。夫子肯堂搆，誅茅面雲岑。棲巖意已遠，陟岵思逾深。摳衣緣磴道，拭目見嵚崟。兹言懷仰止，誰謂愜登臨。

沈淵 一首

淵字子源，濟南新城人。嘉靖乙丑進士，改庶吉士，授簡討，進編修，陞國子司業。有《中秘稿》。

塞上聞笛

何處吹羌笛，秋風度玉關。幾年愁作客，此日更摧顔。慘淡邊雲合，淒涼朔雁還。梅花知盡落，一夜滿天山。

許倜 一首

倜字文夫，靈寶人。嘉靖乙丑進士，除三原知縣，徵授户部主事，歷員外、郎中，出知漢中府，調南寧，陞陝西，行太僕少卿。有《後崖集》。

西坪路

蒼蒼古木中，夕陽忽已晚。隔浦聞雞鳴，人家知不遠。

王圻 二首

圻字元翰，上海人。嘉靖乙丑進士，除清江知縣，調萬安，擢雲南道御史；出爲福建按察僉事；謫邛州判官；兩知進賢、曹縣，遷開州知州；歷官湖廣提學僉事，陞陝西布政司參議。有《洪洲類稿》。

吳明卿云：洪洲詩不落筌蹄，不涉蹊徑，惟意所適，一無蹈襲。

郭美命云：遠之北地信陽，近之海門，所稱七子，此亦一是非，彼亦一是非。諸君子爲的，而後進之士射聲焉，未有能中者也。先生詩，黜其佻巧，而本之自然；謝其夸毗，而歸之實際；去其叫噪，而由乎冲虛。蓋矯志而獨行者也。

陸伯生云：先生詩近大曆、貞元之際，晚年冲遠，入陶、韋門奥。

《詩話》：洪洲拜分陝之命，即請告終養。既歸淞江之濱，種梅萬樹，目曰梅花源。仰屋梁著書，門溷皆安席硯。所撰《續文獻通考》《謚法通考》《兩浙鹽志》《海防志》《三吳水利考》《稗史彙編》，雖舛漏尚多，體例未當，要亦留心有用之學者。

觀忠惠祠有感

傑哉龍陽尉，忠義今所希。民瘼一憤激，抗疏干天威。手持登聞撻，口叫閶闔扉。但念流亡苦，豈惜軀命微。雉經悟明主，捐生視如歸。歲額減過半，始願終不違。皇恩與士節，千古同光輝。春秋薦蘋藻，英爽此永依。遺跡炳簡策，身沉名自飛。願爾賢達裔，奕世延清暉。

商丘早行遇雪

雲暗商丘野，天連葛伯城。懷人宵不寐，奔命雪仍行。粉絮因風舞，瑶華帶雨傾。貂裘寒欲透，客淚灑塵纓。

歸有光六首

有光字熙甫，崑山人。嘉靖乙丑進士，除長興知縣，量移順德通判，遷南京太僕寺丞。有《震川先生集》。

錢受之云：熙甫詩無意求工，滔滔自運，要非流俗所及。《詩話》：弇洲早年評震川文，謂如秋潦在地，有時汪洋，不則一瀉而已。晚歲乃作贊云：「千載有公，繼韓歐陽。予豈異趨，久而自傷。」蓋悔之深矣。詩非兼擅，然猶勝七子成派。

遊靈谷寺

晨出東郭門，初日照我顔。春風吹習習，好鳥鳴喧喧。巖阿見黄屋，登坡尋神山。半日猶山麓，十里長松間。蜿蜒芳草路，寂寞古禪關。畫廊落丹雘，朱戶蝕銅鐶。殿起無梁迴，塔留玩珠攀。蒼鼠戲樹捷，野鹿看人閒。山深靜者愛，日宴未知還。

和俞質甫夏雨三十韻

浮雲方靉靆，光景遂已戢。浹旬深霪澍，千里破封蟄。茫茫河伯歎，蕭蕭山鬼泣。靈曜邃高居，朱明閟赫翕。希微澹將開，淅瀝吹又急。遇夜轉連綿，釃流更湁潗。萬壑礌霰鳴，百川灌注入。池容添紋縠，林色浸淤浥。離畢月暫耿，宿井星恒濕。瀲灩湖光翻，蹙咽海潮澀。霓旌尚高翔，雲衣猶日緝。水覆詎可收，天漏誰能葺。馬牛三江混，鴻濛九峰立。嗟我來自東，獨行阻虚邑。夢裏思明兩，箠坎成洊習。誰假卜商蓋，但戴杜甫笠。繽紛餘花落，寂寞愁烏集。窮巷長閉門，高河近通汲。天地政氤氳，雷風遞呼吸。悽悽聽晨鳥，濛濛睇宵熠。作乂徵時暘，思文憂民粒。鼃黽費灰洒，魚蝦饒掇拾。廣室坐增悽，匡牀聽生悒。何由度日闋，安能使家給。泥塗跆重繭，梅潤侵什襲。寒袍故戀綈，瀾簡慵啓笈。顧歎風雲滿，寧使蛟龍蟄。短屐徒齒齒，折巾空岌岌。俯仰觀宇宙，坱圠迷原隰。阻饑知不免，寅亮豈所及。

寶應縣阻風

夜泊淮陰城，崙向淮南路。理棹逢西風，猖狂恣號怒。清河千里中，東風日相悞。祈此一日風，終竟不可遇。蒼天豈有心，莫可詰其故。但看北去舟，凌風如飛渡。翻爲去人快，頓忘吾所務。淼淼湖波深，今日何可渡。

邢州叙述

爲令既不卒，稍遷佐邢州。雖稱三輔近，不異湘水投。過家葺先廬，决意返田疇。所以泣岐路，進止不自由。亦復戀微禄，俶裝戒行舟。行行到齊魯，園花開石榴。捨舟遵廣陸，棃棗列道周。始見栽苜蓿，入郡問驊騮。維當撫彫瘵，天馬不可求。閭閻省徵召，上下無怨尤。汝南多名士，太守稱賢侯。戴星理民政，宣風達皇猷。郡務日稀簡，吾得藉餘休。閉門少將迎，古書得校讐。自能容吏隱，退食每優游。但負平生志，莫分聖世憂。竚待河冰泮，税駕歸林丘。

甲寅十月紀事

經過兵燹後，焦土遍江村。滿道豺狼跡，誰家雞犬存。寒風吹白日，鬼火亂黄昏。何事征科吏，猶然復到門。

初發白河

邊風刮地起黄沙，三月長安不見花。却憶故鄉風景好，櫻桃初熟正還家。

袁尊尼三首

尊尼字魯望，長洲人。嘉靖乙丑進士，官至山東提學副使。有集。

長安感遇

朱華謝南土，遊子客冀方。豈不念遄歸，簡書勞未遑。悠悠若懸旌，儵忽意靡常。魏牟阻江海，蘇子怨河梁。失路良可悲，曠望迷周行。春陽念將歇，滯淫非我鄉。願假鸒斯翼，超飛歷故疆。

長興徐太守自汝寧歸王元美諸君同集胥江分韻贈之得關字

自薄淮陽守，終然返故山。江湖一麾罷，歲月二毛斑。中論何當就，浮名秖是閒。因君夢苕水，早晚叩雲關。

送長兄再入留都

雲陽郭外草萋萋，作陣楊花路欲迷。幾樹黄鸎啼不歇，行人回首晉陵西。

李栻 一首

栻字孟敬，豐城人。嘉靖乙丑進士，官至浙江按察副使。

送友人還楚

南浦仙舟發，颸風江上清。故人從此去，悵望若爲情。落日浮彭蠡，歸雲滿洞庭。思心逐流水，西下武昌城。

施愛 一首

愛字欲周，福州左衛人。嘉靖乙丑進士，歸安知縣。有《息菴集》。

寄李五

噫嘻復噫嘻，與君恒別離。秖隔一溪水，相見良難期。芊芊池畔草，灼灼園中葵。倏然悲風來，凋謝寔萋其。思君令人老，玄鬢忽成絲。贈君青萍劍，神物合有時。

明詩綜卷四十五

小長蘆　朱彝尊　録
中吳　徐惇復　緝評

皇甫沖七首

沖字子浚，長洲人。嘉靖戊子舉人。與弟涍、汸、濂并有盛名，稱四皇甫。有《華陽集》。

弟子循云：兄詩兼綜諸體之妙，而不能稱之以一長；盡臻名家之奥，而不能擬之以一子。此二陸辭藻獨秀於平原，三謝聲華莫先於康樂也。如樂府雄深，古選雅瞻，歌行縱逸，五言近體之典麗，絶句之清婉，差弱者其七言近體乎？

張文寺云：四皇甫之才，子浚爲冠。

錢受之云：子浚虞山紀游詩，自爲之序，詞致甚美，惜其全集不傳。文寺之言，亦闡幽之論也。

鍾廣漢云：皇甫昆弟詩如謝家兒女，張燈蠟淚，皆成珠鳳。

《靜志居詩話》：四皇甫詩，源出中唐，兼取材於潘、左、江、鮑，清音亮節，淨掃氛埃。高蘇門、華鴻山、楊夢山而外，無有及之者。

順義戰

鄰有順義人，告我庚戌事。八月月生魄，道傳俺達至。朝聞古北屯，暮見遼陽騎。李生正下帷，奮激報守吏。守吏不敢言，雙目乃直視。馳馬歸赴敵，城門忽已閉。登城望家室，膏血乃塗地。里閈盡焚燒，妻孥身首異。李生按劍怒，眥裂聲色厲。詎惜中山羹，甘心河東棄。惜哉無一兵，不能爲之計。乃有陳使君，挺身獨不避。下令開四門，彎弓插兩幟。左書報仇文，右寫勤王字。當門據方牀，潛軍弛銜轡。李生與之俱，不覺增勇氣。俺卒來覘窺，一矢兩人殪。卒驚齚指奔，倉皇解圍去。城邑不破殘，凡以二子庇。功高主不知，事往名亦墜。斯理自古然，況乃居今世。請君勿復言，此事猶爲細。

安山道

泊舟安山道，忽見山南船。銜尾若魚麗，鉦鼓紛喧闐。樓櫓樹干盾，笭箵插戈鋋。琱弓赤羽箭，朱旗當檣懸。長年盡紅巾，抹額絳絲纏。言與郡盜鬬，僅不爲摧殘。請看身上創，衣血何新鮮。聞之不敢進，倚櫂生憂煎。載聞持節使，提兵羅河堧。脱者有重聚，獲者無幸全。哀此封中氓，棄擲潢池閒。雖云饑寒故，信也誰爲宣。懷保道不足，政刄皆深淵。服妖古所畏，涓涓乃滔天。巢角鑒不顯，此理庶可研。

上巳觀田橋祓禊望所期客

青山結層嵐，新流漾周澤。陽景屬良辰，游人滿晴陌。聯翩塘上行，去來江邊客。拾翠行且留，擷芳散還集。臨賞遲所思，摇摇冀來覿。夢寐時見之，寤言忽復隔。昔人三秋懷，宵旦今屢易。爲問修禊人，憂心何能祓。

從田橋石徑赴拂水

江光開初霽，山雲未全斂。輕煙尚棲花，積雨猶在蘚。攜屐遵回麓，援蘿上修峴。環林何逶迤，磴道幾回轉。游心自忘罷，策足乃知蹇。含章樂丘園，耽隱易台鉉。頓使昔念舒，乃得今抱展。將尋出世人，一往不復返。

於巖石上眺東西兩湖

旭踐山中蹊，午憩巖上石。雲移石欲墮，雨霽蹊猶濕。倚策眺兩湖，波光渙相襲。東若既紆青，西蘅亦凝碧。芙蓉落雙鏡，天影浮重壁。不覩水分流，但覺洲如織。檣烏有離聲，磯鷗無并翼。會兹物化情，感彼高深迹。從適得所遣，何爲苦拘迫。

維摩寺雨坐

回嶺無仄徑，陟岡有夷壤。展睞入空濛，游心益昭朗。長風吹輕衣，飄搖翠微上。古寺迷夕煙，明燈澹綃幌。冥雨從東來，驚雷自西往。林巒忽不見，但聞山澗響。景寂非避喧，心瑩乃成賞。爲禮沉痾蹤，因之知幻象。

送劉朝甫還吳

同游心事已成非，忍向都亭復送歸。二月渾河冰尚合，三春禁柳色猶微。舊來道路愁能記，此去音書憶到稀。極目輕舟雲水上，别君那得不沾衣。

皇甫涍 三十五首

涍字子安，嘉靖壬辰進士；除工部主事，調禮部，歷郎中；改補右春坊司直、兼翰林簡討；左遷廣平通判，量移南京刑部主事，進員外，陞浙江按察僉事。有《少玄集》。

文徵仲云：子安詩沉蔚偉麗，早歲規仿初唐，旋入魏晉，晚亦玄造。鑄詞命意，直欲窺曹、劉之奧而及之。

兄子浚云：子安體骨奇俊，詞采英發。陳風諭則婉而不迫，敘政事則直而不俚，頌功德則豔而不誣。不取妍於一字，不求工於一詞。詠之而有餘音，咀之而無窮味。

弟子循云：兄詩錯綜魏晉，而託宿於唐英。特工五言，而七言、近體，薄不經想。其爲篇也，幽玄以通思，春容以御氣，婉麗以陳詞，和易以達理，憤懣以抒情，繇暢以該事，雋永以歸趣。其始構也，隻字不愜於心，片言無豔於目，蹋壁窮思，擁衾寤索，曾不少休。是以吟苦則彌日不就，神來則下筆立成。

王元美云：皇甫子安如玉盤露屑，清雅絶人。惜輕縑短幅，不堪裁翦。

黄清甫云：司直咀華八代，會心古人。每製一篇，必經百慮，故能盡脱凡近，獨詣高遠。晚薄杜陵之史，心醉殷璠之鑒。擬之謝客則調頗遒，方之常建則音稍振。

錢受之云：中吳文學，歷有源流。自黄勉之兄弟心折北地，降志從之，而吳中始有北學。皇甫氏、黄氏，中表兄弟也。子安天才駿發，而耳目擩染，不免浸淫時學。已而軌躅攸分，壹意唐風，盡棄黄氏之舊學矣。其刻迪功外集，皆昌穀未遇空同之作，深非李子守化之言。以爲知之未盡，厥有旨哉！又云：子安少心折於李、何，子循長受壓於王、李。文章之道，不惟以時代上下，抑以聲勢盛衰，良可慨也。

陳卧子云：少玄凝思選調，意求雅則，惟取境不廣，無縱橫宕逸之致。

《詩話》：子安逸藻風飛，清文綺合，視子循工力悉敵，銖兩未分。宜子浚之難爲兄，而子約之難爲弟也。

春日齋中即事

仲春氣妍和，蘭薄幽可踐。開軒眺遠野，文霞靄曾巘。黄鳥鳴芳菲，緑蘋泛清淺。感物懷古人，緗帙聊自展。嘗欽柳下黜，頗悦邴生免。苟持齊物心，得喪兩俱遣。

秋宵宴會與周山人以言

嘉賓眷清夜，相與娱思憂。憂思沉中曲，惜别届徂秋。顧念一世間，快意焉可求。别易會獨難，世短歲復遒。促襟展謔浪，感此極歡遊。明月懸中天，芳華隨觴流。妙歌激雲漢，爲樂四座周。抒情告君子，太康毋我尤。

雜詩

凝霞晦朱陽，繁雲結玄陰。有滰興崇朝，淫溢遂成霖。涌溜交簷曲，浮苔冒水潯。冥霧縈緑池，悲風激丹岑。惟彼倦游客，感此物序侵。慕類興長懷，含思寄微吟。

秋日雜詩

廓處乏歡悰，出門眺長衢。悲風吹落日，四顧無行車。蹉跎失盛年，感慨獨嗟吁。況我在樊籠，六翮不得舒。撫劍思西邁，安能守故廬。淮陰困閭里，馬生戀邊隅。桑梓豈我志，蓬藿非我虞。行行舍此去，去去浮雲俱。

贈韓侍御謫滁州

曒曒原中日，照此城闕寒。登山送歸客，臨塗悵盤桓。借問子何之，奇服涉江干。遠斥千里道，飄颻冒驚湍。急觴遡征雲，悲風激長瀾。我馬懷曾岡，佇立發哀歎。忼慨無所道，贈子以加餐。

月夜贈伯氏叔季氏山人以言

歡游美清夜，高會良在兹。金飈薄綺櫺，鮮雲蕩華池。凉氣發喬林，湛露零丹蕤。皎月升前隅，中庭粲其輝。密親既已具，蘭友相攀追。繁音豈不奏，所樂吹塤篪。齊願等金石，皓首長不暌。

送周氏

清晨餞我友，駕言遠徂征。前瞻齊魯墟，千里浮雲興。親交豈不昵，懷役不遑寧。曠野鐃悲風，揚塵翳邊庭。中衢雪霰集，邊馬寒無聲。蹊谷無行跡，側足層冰横。回首望京闕，能不惻中情。子其祇自愛，順時保榮名。

省中贈别

祇役辭蘭省，驅車邁京陽。大江浩無極，游子心慨慷。疏星斂華闕，朝霞興崇岡。平原一顧望，山樹靄蒼蒼。集送臨城隅，輳馬各徬徨。道路豈云遠，各在天一方。念與我友别，侘傺中自傷。

懷申生

昔我承嘉惠，竄跡大河潯。洪流逝滔滔，游子憂思深。回風飄虚閣，索處悲難任。申生蘊璵璠，投分義所欽。緑綺人不奏，爲予激哀音。眷眷感離志，冉冉遂逮今。晤言怳如昨，一別歲載陰。微我殷思勞，非爾誰爲心。

十四夜月

廣庭淨霄色，良夜月流翫。况對巢箕人，同懷發幽讚。散步林暝交，微星吐華粲。彼美雲中魄，徐駕升清漢。玉彩含霜來，金霏隨風散。繁絃起兩階，孰知我心亂。

十六夜月

明月有常翫，員景亦不易。三五昨已邁，人生良如寄。興雲結長霄，清輝何由被。弦望相推移，賞心邈難嗣。即事可逸生，取樂在適意。綴我巴人響，歌之聊代匱。

十七夜月

清風歷綢戶，皓氣流中庭。佳期殊惠來，金波耀華星。諒知蟾兔缺，髣髴素娥形。爲樂貴及時，百年詎我齡。放歌目馳藻，結思凌高冥。且念爹酒德，萬物如浮萍。

予嗜琴山人張子妙得古法嘗學焉而予輟響久矣舟夜臨流對月發琴而彈之興慨命篇

伊予寡世姿，由來慕丘壑。長從嵇生玩，假物思所託。匪盡至人理，聊敘逸民樂。改服暌宿心，久負長往諾。石房綴幽響，泉蕊迎秋落。沿泝開昔襟，浮彈昨閒作。滄波流潺湲，明月照灼爍。想見乘風人，長懷披雲鶴。且以慰營魂，拊心終緜邈。出處焉是非，俛仰笑今昨。

元城書院示諸生

予昔慕丘園，守道甘時棄。弱植踐芬華，介石慚貞義。一朝世網嬰，來爲河曲吏。迨兹民務隙，肅徒究經事。廣除氣暄妍，衆芳粲以賁。清風閒鳥雀，日華摇薜荔。高閣敞雲霞，游目適我志。雖無兼席長，頗協下帷思。相與觀四教，宅德歸一致。忘筌勗所期，反約良爲懿。

夏日幽居述懷

九巖多靈樹，秦望有飛泉。臺尚逝云久，披籍慕其言。念當去人群，返耕南山田。即林事經始，荷蓧開雲煙。疇昔嬰華組，芳歲屢徂遷。憂思徒以積，志髮坐相捐。常恐衝飆激，鳥路不及旋。彼美淑人情，緬邈誰爲宣。

雜興二首

薄雲散清澂，秋氣滋寥廓。傾輝奄西陸，凉飈凄叢薄。羈人苦物役，容華逐年鑠。沉吟覽時化，空堂寂不樂。惟我同心友，守道厭蓬藿。高舉遺萬物，逍遥處一壑。永念從之游，無爲自束縛。

鷙節流炎紀，馳輝届清商。游魚湊重淵，蟋蟀鳴空堂。白露滋前墀，陰風來北房。我心亦何思，所思天一方。離居宛如昨，再覩鴻雁翔。含情撫遥夜，申旦獨傍徨。哀彼《采葛》詩，零淚霑衣裳。

茅山

杳靄登春山，嵯峨入雲嶺。徵奇不覺遠，發興日初永。石叢孤亭秀，花覆仙竈冷。長揖山阿人，坐使塵慮屏。

自溪口歸

朝來醉别酒，溪上孤舟還。遥村轉江路，落日迷松關。平波望煙樹，百里滄茫閒。坐愛丘中事，春雲留碧山。

將命巡軺徙倚署閣

彌辰倦紛牘，徂春悵無樂。庶以散予襟，獨此稽山閣。霞蔚見層巒，花深隱群壑。本自滄海人，悔吝滋縻爵。旋里東江軺，徘徊眷林薄。俄頃惻幽衷，遇物悲離索。且憑浮雲征，聊希至人託。

使中都道中作

將命適遠京，夙駕戒征侶。臨流别友生，野塗曠延佇。靖恭爾所敦，我志不違處。揚斾越修坰，舒節薄蘭渚。日夕秋風生，曾是歲不與。凄凄聆候蟲，肅肅望歸羽。藴結愁我心，沉憂誰能去。悟彼詩人言，歸來藝稷黍。

發郡城之天台道中述所經覽寄孔謝二憲副趙何二僉憲同年

夕夢曾城阿，曉行滄波上。縈溪復含流，連岑時隱障。風湍信千轉，雲峰非一狀。錦纈紛迎翫，氛氲忽彌望。蘭泉芬可掬，苔壁險難傍。思偕同懷子，攜手追禽尚。

由桐柏嶺趨瓊臺遊眺

桐觀臨雲壑，遥從此路回。石門藹天闕，借問幾時開。鶴羽下清漢，仙蹤空碧苔。山人仍自去，日暮嶺猿哀。

十六夜月

牛渚風流地，清江萬里長。今宵懷謝尚，乘月益清狂。勝事已云盡，佳期何可忘。凉風吹舞袖，白苧滿秋霜。

春日金元伯見過

當時好奇客，頻過旅人居。及此歸來日，翻憐會面疏。花前兹夕醉，湖上隔年書。意氣君休問，嗟今已不如。

致道觀溪口

宿處玄林靜，鐘聲清夜初。星河山嶠滿，雲霧洞門虚。竹下邀中散，松前問隱居。溪陰是天路，獨往意何如？

和子約莊遊對修和觀懷往

仙宫縁縹緲，孺子問滄浪。獨望青山郭，空懷碧草芳。田疇諸島接，雞犬百花藏。何以寄幽興，前溪春水長。

靈峰

靈峰望縹緲，疑是接曾城。梯繞丹霞入，人攀碧樹行。洞門山日落，石室海雲生。何事吟招隱，空令猨夜驚。

再别兄弟作

可歎江潭客，重爲魏闕游。河梁一悵望，芳草劇含愁。隴樹三年淚，邊雲萬里秋。無由慰棲泊，羈影任悠悠。

宴東河流杯亭送歐陽大參赴蜀

流杯亭上酌，修竹亂溪紋。暝樹煙常合，春山雨不分。別情依去鳥，客路入重雲。懷舊仍傷遠，勞歌夜獨聞。

席上送子循弟

離樽日南至，行役魯東門。海徼雲千里，寒城雪滿原。聽歌仍有淚，執手已無言。何異飄飄雁，年年別故園。

早秋楊村旅次懷伯氏季氏

滿川風露急，涼度海門初。薊葉先秋下，江星永夜疏。客心憑北極，鄉路憶南徐。塞雁何時至，平原有素書。

寄懷諸兄弟

萬里南飛雁，何時塞上來。客愁懸落日，鄉夢繞胥臺。投筆情猶在，垂竿老未催。淹留此懷舊，長使壯心哀。

聞家兄之金陵

聞君理孤櫂，欲向金陵遊。却憶追歡日，翻成羈旅愁。鐘流客館夜，砧響帝城秋。得似滄江雁，東飛白鷺洲。

過維揚作

念昔恭明祀，三秋滯楚鄉。今來還上國，五月渡維揚。戀土情何極，瞻塗意轉長。川原歷迢遞，煙樹引微茫。浴渚飛鳧下，驚沙白鷺翔。江隅有芳草，幽思獨難忘。

皇甫汸三十九首

汸字子循。嘉靖己丑進士，歷工部郎中，謫黄州推官，召爲南京吏部郎中，又謫開州同知，量移處州府同知，陞雲南按察僉事。有《司勳集》。

姜玄仲云：子循詩全效康樂。

王元美云：子循今體風調，頗似錢、劉。

穆敬甫云：皇甫伯仲以詩爲業，各臻妙境，而司勳尤爲白眉。

胡元瑞云：子循五言清空瀟灑，色相盡空。雖格本中唐，而神韻過之。

《詩話》：百泉清音藻思，五言整於小謝，五律雋於中唐，惟七言葸弱。《兄弟攸均集》六十卷，自言：「始爲關洛之音，變而爲楚，再變而爲江左，三變而爲燕趙，四變而爲蜀。」既返初服，取篋中稿檢閲，凡興寄未深、格調不古、語非絶俗、句非神采者，删之。且曰：「有志慕古，而力不逮；心恥時尚，而薄不爲。」又言：「關中之詩輓，燕趙之詩厲，齊魯之詩侈，河内之詩矯，楚之詩蕩，蜀之詩澀，晉之詩鄙，江西之詩質，浙之詩嘽，吴下之詩靡。」有高視一世之槩焉。要其五言清真朗潤，妙絶時人，匪徒火攻伯仁而已。

過武城謁言子祠作

遡風枉輕帆，戴星理扁櫂。超忽之武城，有蕩瞻魯道。古邑一何卑，令猷久彌卲。弦歌謝清響，精華契深造。曰予厠文儒，眈寂違時好。剖符辭帝京，腰章宰名趙。諒乏操刀資，懼貽製錦誚。經過緬遐躅，神對宣幽抱。言采江上蘩，薦此廟中貌。誰謂千載殊，可以同高調。

奉答子安兄

江郭改故陰，家園藹新霽。柔條始發林，芳草漸紆砌。潘居信爲閒，楊亭況重閉。曰予忝明時，與子承嘉惠。分省各有僋，佐郡慚所涖。暫就北山招，轉愜東田稅。情忘桃李言，跡豈匏瓜繫。感遇興長謡，來章緬幽契。

寄懷王道思

本乏希世姿，翻爲逢時誤。良友豈不懷，遄征詎遑顧。日暮勞所思，淩風未成晤。將從夢寢求，緬邈山川路。

秋夜把酒對月

宋生陳九辨，陸機歌百年。悵兹清秋日，聊使幽懷宣。矯矯歸雲雁，嘒嘒含風蟬。摧芳委朝露，俄景流夕川。鱗運有代謝，蕣榮無常妍。始知行樂貴，何用居情牽。長夜思秉燭，新月正登筵。金尊泛緑醑，寶瑟緪朱絃。商歌當秉下，楚舞出花前。餘名焉足藉，達生乃爲賢。

仲秋之月諸帬燕私風月雖佳雲雨或閒五首

奉義游京邑，數載違親宴。迢迢明月光，照我越江漢。何如故鄉夜，及此清秋翫。鏡彩攬未盈，璧景委纔半。桂樹敷丹英，華萼紛相焕。雖謝西園悰，庶附南枝翰。

良辰信具美，清夜永爲歡。明月已幾望，華彩流雲端。廣庭置芳座，高會列盤餐。但云杯行緩，不惜露下寒。情來感今易，跡往戀昔難。一聞關山曲，猶似别長安。

敦賞每卜夜，行樂聊及時。秉燭且不寐，待月豈云罷。鱗鱗玉葉薄，皦皦金波遲。高臺臨窈窕，回塘生漣漪。載歌蟋蟀唱，復詠鵲鴝詩。清輝一以鑒，素心同所期。

嘉月有餘照，歡晤無限情。寵弟載旨酒，要我坐華楹。蓂齊莢復萎，桂滿輪乍傾。忽忽愁霖至，瀏瀏悲風鳴。員缺遞相運，明晦焉足驚。太康靖往訓，知止崇令名。

肅肅斂朝雲，娟娟收夕霧。江上珠始來，天際鏡方露。列宿齊掩縟，凝霜共呈素。嘉肴尚堪薦，美酒猶足具。良友且無歸，劇飲酬兹遇。所願揚末光，何辭照遲暮。

秋宵酬子安兄作

清夜游家園，眷言懷丘壑。素月升員靈，千載共寥廓。始出東南樓，俄頃西北郭。華燭滅蘭堂，金波蕩羅幕。雖過二八時，光彩紛綽約。商歌正流響，魯酒亦未薄。人生貴適意，胡爲坐羈縛。結髮從至今，朱顔悵非昨。冶服豈常翫，榮名焉足託。良會聊具陳，麗藻復閒作。穆如揚清風，粲若敷春萼。申意忝惠連，何以獻康樂。

秋日往梅林莊居

疏公守舊業，班生慕常廬。薄游千里外，一出十載餘。偶與密親邇，愁焉懷所居。東林扉尚偃，北郭逕始除。青山藹盈戶，緑水湛通渠。流盼悉成往，眷言思遂初。將從古人學，乞歸事耕畬。顧驚年跡乖，坐使情興紆。

冬日往虞山作

故鄉誰不懷，名山矧予慕。一爲塵跡牽，遂闊賞心晤。偶值芳歲闌，遥泛滄洲趣。澄江帶餘霞，丹壑收殘霧。嚴霜委野草，寒飈振皋樹。指塗尋舊蹤，流盼成新寓。魚樂愧淵沉，鴻冥羨雲翥。歸來徒見今，履往悵非素。

送陸宜甫還洞庭

烈士晞康衢，逸人免幽壑。矯翼鮮寧棲，潛鱗有深託。陸君箕潁流，雅志甘場藿。被褐自行吟，持經事耕作。别來歲屢遒，念往迹猶邈。避亂辭東山，韜光翳南郭。聿暮促歸心，申章敘離索。雪積湖上居，雲停林閒閣。挂席回青陽，援琴遲芳酌。願保黄髮期，無渝素心諾。

臘月十五翫月答子約

員景攬兔升，馳光感駒隙。西園將密親，南樓遲佳客。生無百年期，能幾三五夕。旨酒盈樽罍，高堂閒琴瑟。請誦唐風詩，胡爲坐拘迫。棣華眷季方，摛藻凌希逸。往晤迹易陳，來悰會難逆。再滿清夜輝，寧知芳歲隔。

偶懷虞山之游因柬張比部寰

我昔虞山泛，登臨暮景斜。雨迷當岸柳，風度隔巖花。奈此淹京邑，傷哉歷歲華。張騫高興在，早晚待星槎。

送陸給事燦謫都勻驛

國論何年定，鄉心此夕摇。雁飛天畔驛，龍隱日南橋。謫宦恩非薄，居夷路詎遥。誰憐梁太傅，淚灑漢文朝。

蠶室成

蠶館開周典，鸞輿扈漢儀。棘牆春窈窕，桑沼晝漣漪。璽獻夫人日，衣明上帝時。娥媌御王母，玉珮降瑶池。

泊維揚

地是南來域，江分北望賒。空餘前代宇，不放昔年花。物色圖丹壁，春風想翠華。誰憐歌舞處，日暮有啼鴉。

臘月十五夜

坐惜青天月，能餘此度員。乍來梅蕊下，猶滿桂叢前。江浦潮難落，關山思可憐。催人三五夜，含照入新年。

承天候駕二首

東幸方過沛，南巡乃至衡。翠華臨楚地，黄屋駐樊城。雲以朝歌白，河因夜渡清。寧知天子貴，别有故鄉情。

兹地承嘉惠，仙班喜復從。天行傳駐蹕，月出候鳴鐘。禮樂河間事，山川灞上容。由來江漢水，何處不朝宗。

靈巖

棟宇開靈嶽，池臺隱廢宫。已看塵劫遠，猶想霸圖雄。野霽呈秋色，濤喧見晚風。從知挂帆意，遥在五湖東。

十月十五夜月

清漢月仍滿，空山歲欲闌。入林無葉礙，映水覺池寒。遠道心千里，高樓思萬端。誰能三五夜，長及盛年看。

舟中對月書情

不識別家久，但看明月輝。關山一以鑒，驛路遠相違。影落吳雲盡，凉生楚樹微。天邊有烏鵲，思與共南飛。

騎省

騎省慚三入，鶯花過十春。心徒懷許靖，鬢已似安仁。香草思公子，明珠報美人。那堪秋水上，猶此隔迷津。

託宿報恩寺

平野新秋入，長干舊寺存。青蓮非世界，緑竹是山門。塔火看生滅，鐘聲悟静喧。迷方欲有問，慚對遠公言。

諸君乘月攜酒見過遲謝山人不至席上作

芳樹長安道，春宵動旅愁。一尊良讌會，四海盡交遊。玉漏寒頻度，金河靜不流。清輝憐謝監，何事隔南樓。

寄子約弟

兩地承嚴竄，同時罷省郎。因書問舟楫，何日下沅湘。客夢頻棲月，征塗欲戒霜。平生題賦意，那得倦游粱。

生朝寄兄弟

白髮逢初度，清尊思惘然。鶺鴒原上夢，犬馬客中年。眉宇將雲結，心旌共月懸。朝來淇水望，時問渡淮船。

早春寄子約弟予方有悼亡之戚

獻歲思吾弟，何時報徙官。夢勞池上積，書到洛中看。太史身猶滯，潘生淚未乾。梁園飛雪盡，欲下剡溪難。

送王亮卿遊天台

嶽路從兹始，仙源信可求。客情臨海嶠，鄉語永嘉舟。天外看霞起，林閒聽瀑流。無能解纓去，送子欲神遊。

九日寄子約

漫有登高興，兼當望遠何。對花驚白髮，見雁憶黄河。亂後書來少，霜前木落多。不堪羈宦日，同是阻干戈。

夢子安兄作

一爲生死别，獨宦尚飄蓬。白首行荒外，青山值亂中。九原人豈作，萬里夢猶通。今夜看春草，池塘思不同。

登天平廢寺

古寺空山裏，重來感廢興。尋谿迷蔓草，攀壑藉危藤。繞樹多寒鵲，然燈止病僧。獨憐青嶂外，猶見白雲層。

與鄭司士夜話

故國經年别，他鄉會面難。人疑天外至，花似夢中看。山瘴侵氈濕，江流繞舍寒。不知臺省客，誰念一儒冠。

七月六日張幼于館燕别將赴豫章

祖席叨君燕，蕭齋與客過。旱雲凉思少，江月旅情多。著作慚金馬，遲回戀薜蘿。欲知臨别恨，來日視星河。

由罨畫溪登玉陽山院

溪水鏡中渡，風帆畫裏看。潭猶名玉女，地即傍銅官。向夕山常雨，先秋樹已寒。洞宵供奉日，歸隱聖恩寬。

答徐紹卿見懷

停雲遥引望，良晤近何疏。以我丘中想，開君湖上書。花飛人别後，木落雁來初。衹爲懷徐孺，長令夜榻虚。

何内翰招讌獲聞聲伎之盛

房中樂自舊京傳，促柱輕調慢拂弦。曲罷周郎郵得顧，但聞餘響落燈前。

皇甫濂七首

濂字子約，一字道隆。嘉靖甲辰進士，除工部主事，謫河南布政理問，稍遷興化同知。有《水部集》。

孫齊之云：水部詩清敻罕儷，其志亦復玄曠。

黄清甫云：水部詩意玄詞雅，律細調清。長於造景，務在幽絶。雖物指區中，而神超象外。會其獨詣，斯可與言詩矣。

兄子循云：子約詩每出閑曠，彌覺沖逸，興到詩成，曾無造次應酬之語。

宋轅文云：子約盛有才名，其詩頗傷浮急。

《詩話》：蔡子木《哭子安》詩云：「五字沉吟詩品絶，一官憔悴世塗難。」李于鱗《送子循》詩云：「吴下詩名諸弟少，天涯宦迹左遷多。」子約宦亦不達，與諸兄同，詩稍不逮也。

赴洛留别華陽兄

浮雲薄高山，崇朝去還結。游子不憚煩，悠悠復徂轍。密親自玆曠，臨流何能發。衰林動遠風，寒江冒輕雪。遇物隆所悲，興愁頓難絶。無以赴洛人，懷哉但吟越。

不赴郡檄答子循兄

矯翮思霄翥，游鱗託淵沉。物類各有適，殊塗難并尋。豈伊世網慮，擾擾誰爲心。振衣還東山，寢迹棲舊林。江海多風濤，舟楫弭川陰。無令衝波激，但恐歲序侵。願言謝西府，谷口有徽音。

陳卧子云：固是雅人。

悼子乘

冥冥雨露集，熙熙歲始更。靈蠢各有化，人理獨無生。念我泉下子，一絶如朝榮。生男以待終，胡爲遘夭縈。清塵布虚室，寒晦凝軒屏。流目無存影，涕淚交霑纓。恫懷何能已，歎息每遺聲。堂闈曠綦跡，詩書空復盈。奚但腸九回，心膂成頹崩。愧乏延陵達，無乃傷我明。

錢受之云：水部悼子，不減安仁悼亡。

昌平登陽翠嶺望居庸

漁陽通古北，上谷邇皇州。緜山帶西日，重關枕滄流。澄霞澗影分，歸雲嵐氣收。陰厓忽成晦，夏色驚先秋。無以行邁心，恤此烽煙愁。伊昔布駿略，婉矣幕中籌。匪今重俠士，自古并與幽。傷哉投筆懷，白首何所求。

從僧簡經説難

少乏經世姿，長逢行路迫。何爲百歲閒，坐使千慮積。薄從沙門游，聊與同所適。風遠水木華，雲興梵鐘夕。委叩愛良託，空情藉深譯。曾是投石心，對爾翻經席。迺協支許懷，焉貴軒冕客。初服儻有期，永願庶可畢。

歲暮

季冬違淑候，但見玄陰結。物化各以時，胡能隆所缺。潛深有神鱗，鳴條感微蛻。霜雪塗我庭，何由吐芳茁。諒此達化先，匪伊明且哲。

送子循家兄赴嚴相公召修志袁州

江水去悠悠，征帆不可留。一尊相送盡，千里共含愁。雲樹依殘日，霜笳動早秋。猶憐覽風物，書記在袁州。

馮惟健二首

惟健字汝强，臨朐人。嘉靖戊子舉人。有《冶泉集》。

朱中立云：陂門奇思駿發，古選沖逸，近體嚴整，蓋傑作也。

錢受之云：汝强兄弟四人，三人皆有集，以才名稱齊魯間。獨惟重無聞焉，而文敏公琦則惟重之孫也。魯王孫觀熰撰《海岳靈秀集》，論三馮之才，則首推汝强云。

登觀音寺

天削孤峰峻，醫閭最上頭。窮巖藏古寺，懸石結危樓。雪瀑千林潤，松門六月秋。夜來禪榻卧，天漢掌中流。

姑孰道中

煙起樹色暝，水生江岸仄。夜來别故人，風雨最蕭瑟。

馮惟敏四首

惟敏字汝行，惟健弟。嘉靖中舉人，謁選淶水知縣，改鎮江儒學教授，遷保定通判。有《海浮集》。

朱中立云：海浮詞雖逸而氣弱，律雖協而調卑。

王元美云：馮汝行如幽州馬客，雖見伉俍，殊乏都雅。

錢受之云：汝行樂府，盛傳東都，當在王渼陂之上。詩雖未工，亦齊魯間一才人也。

七里溪別墅二首

知足始遠辱，至人貴自全。不羨公與侯，所志受一廛。吾家有舊業，乃在城東偏。一丘藏一壑，宛轉依清川。生涯故不常，中道成棄捐。棄捐從此去，一去二十年。非無五畝宅，在邑多糾纏。幸兹協初心，歸我汶陽田。

我田無遠近，處處緣澄溪。朝發巨洋滸，暮泊野水棲。野航流北陸，香稻來東齊。豈伊貴畢轂，美利貽烝黎。名山近村落，迨暇恒攀躋。仰瞻霄漢遥，俯眺浮雲低。翩翩比翼鳥，乃在太行西。終歲不合并，激昂飛且啼。

《詩話》：臨朐冶源，山水勝絶，高梧一林，脩竹萬个，泉流其中，酈善長所云「分沙漏石」者也。土人謂園是海浮所築，緤馬林閒，想見東山絲竹之盛，後游莫再，恒縈於懷，讀先生二詩，猶不禁神往。

東郭次甫

送子游東岳，五月渡長淮。誰言獨往人，次甫自號「獨往」也。中道臨當乖。乘流豈不返，因以安予懷。一諾重平生，三年今始諧。心期在山水，所貴敦朋儕。秋日動遐思，良夜閒高齋。螢火照裳衣，蟋蟀鳴庭階。何時披素襟，一笑遺形骸。

石頭城有懷

石頭城畔枕寒潮，坐聽疏更夜寂寥。生計已拚尋舊隱，窮年猶自滯歸橈。空悲浪迹淹三楚，無復傷心問六朝。稷下故人知健否，何時散步汶陽橋。

馮惟訥五首

惟訥字汝言，惟健季弟。嘉靖戊戌進士，歷官江西左布政使，以病請老，特進光禄寺卿致仕。有《光禄集》。

朱中立云：少洲詩俊逸秀麗，縱横繩墨間。

王元美云：馮汝言如晉人評會稽王，有遠體而無遠神。

余世用云：光禄詩沖雅和平，取則開、寶。

錢受之云：汝言撰《漢魏六朝詩紀》，自上古以迄陳、隋，網羅放失，殊有功於藝苑。評其詩者，以爲博洽，多記自出爲鮮。

《詩話》：光禄詩亦華整可觀。三馮并稱，其賈氏之偉節乎！

吴郎坐見人餉衣香戲贈

湘君搴薜荔，魏帝采蘼蕪。盤龍連理帶，翠鳳合歡襦。不能機上織，學作府中趨。定知香十里，終然傾五都。

朱近修云：六朝遺響。

春初玉泉觀餞別史子

地擁秦亭北，天臨渭水南。樓臺千嶂起，雲樹萬家涵。塵劫何年盡，仙宫此日探。春光正可惜，願一駐征驂。

送龔侍御清戎滇貴

天王按劍欲專征，詔使分麾十道行。玉璽夜開鳷鵲觀，樓船春下鳳皇城。日南島嶼揚旍度，徼外蠻司擁傳迎。不用軍書馳朔漠，年來百粤未休兵。

秋日寄懷家兄

燕山木落雁來遲，遠客南歸未有期。明月雙懸江海淚，秋風一寄鶺鴒詩。淹留賈誼才無敵，漂泊馮唐鬢欲絲。最是昭王遺恨處，黄金臺上草離離。

秋日同參伯邵公遊鳳皇山

鳳皇高閣俯晴空，萬里蠶叢此路通。遠近村原秋色裏，參差草樹夕陽中。尊前舞袖翻霜葉，天外清笳咽塞鴻。回首舊游成夢隔，獨將遲暮歎征蓬。

卜大同二首

大同字吉夫，秀水人。嘉靖戊戌進士，授刑部主事，歷官福建按察副使。有《監泉集》。

同戴前峰遊赤壁

共有探幽興，言尋赤壁遊。昔賢不可作，吾輩復相求。孤鶴今何在，長江漫自流。因之重懷古，對此且淹留。

楚中思歸

久欲辭塵網，拂衣返故廬。水田原不薄，茅屋亦堪居。五斗何爲者，三湘安所如。勾留猶未去，豈羨武昌魚。

卜大有 一首

大有字謙夫。嘉靖丁未進士，除知無錫縣，調潛山，遷南禮部主事，終尋甸知府。有《益泉詩稿》。

秋日游牛首奉和賓巖韻

黄菊枝頭未破叢，曉臨蕭寺野煙空。九江波浪開天塹，六代繁華想帝宫。醉後幾吟豪士賦，興來直上最高峰。日斜徙倚朱闌遍，縹緲孤雲是越中。

卜大順 一首

大順字信夫。嘉靖癸丑進士，除知當塗縣，入爲刑部主事，改吏部，歷稽勳司郎中。有《簠泉集》。

鄧尉探梅

日斜游倦宿湖干，一望苔枝湧翠巒。午夜月明涼似水，船頭獨坐不知寒。

《詩話》：三卜同懷取甲第，仕俱不達，而子姓至今猶保其故廬。其後岳氏繼起，雖臻膴仕，而後嗣凋謝日甚矣。謙夫頗好事，著述多有刊行者。予既録三馮詩，爰以三卜先生作附於後。

侯一元五首

一元字舜舉，樂清人。嘉靖戊戌進士，累官河南布政使。有《二谷集》。

《詩話》：二谷詩雖率易，然有真趣。

答鄭越山

故人情不怡，貽我書一尺。云從去年秋，及此春半夕。恒雨失時暘，有背不得炙。西山薇苦艱，東郭履無迹。徒吟無正詩，詎有救時策。君問調元人，尹去陟亦斥。負鼎元自肥，豈知天下瘠。冰山頃已頽，皎日方待赫。天子正更絃，群公各虛席。谷口沉子真，東山卧安石。守道詎憂貧，弗損自成益。世事如格五，人生不盈百。念我七十翁，當爲幾時客。

書扇贈王少華

古人有遺言，惟白可受采。齊紈變蟬雀，昭質復安在。願持君子心，如月初離海。太空無纖翳，淳白終不改。四海揚仁風，蒼生良有待。

看新曆有感

少日見星曆，每自閱紀年。常常在人後，漸漸出其前。壯志輕遠道，久爲車牛牽。曾未幾何時，歲月忽我遷。一朝見新曆，我辰不及編。元雖貞下起，所惜非故躔。不知羲和馭，何日還來旋。在天無停晷，在地無停川。吾生良已矣，來者其勉旃。

舟次感懷

江城久客鬢垂絲，故國長年入夢思。老大總非童穉日，川原猶是釣游時。箇中朋舊今誰在，鏡裏衰顏轉自疑。安得相隨慶禽侶，雲山采藥任吾之。

甲戌七夕作是歲予有悼亡之感

靈匹經年悵已違，佳期此夕儼相依。悲歡轉首成陳迹，明日橋邊鵲又飛。

侯一麐一首

一麐字舜昭，一元弟。有《龍門集》。

競渡曲

遠水浮雲不見天，畫橈處處旋龍船。誰家少婦輕回首，忘却臨流墮翠鈿。

栗應麟二首

應麟字仁甫，長治人。嘉靖己丑進士，陳州知州，歷按察僉事。有《去陳集》。

雨夜泊舟天津答劉笏山民部時駕幸承天

急雨危檣夜，孤舟溟海涯。風濤驚宦轍，雲漢憶仙槎。故國含情遠，殘燈照影斜。翠華在天末，遷客敢言家。

興武營暮春感懷

邊雲漠漠點征衣，飲馬長城悵未歸。春色不堪愁裏盡，楊花又向客中飛。

栗應宏一首

應宏字道甫，舉人。有《山居詩集》。

錢受之云：道甫累試南宮不第，耕讀太行山中。高子業解司封歸，道甫擔簦相造，雞黍定交。子業作《紫團山人歌》贈之，云：「紫團山高槩青雲，栗家兄弟殊不群。陳州一出驅五馬，令弟二十窺三墳。」陳州者，道甫之兄仁甫也。道甫《山居詩》六卷，子業爲之序。

游城南池

偶下南山岑，蕭然諧夙心。漳干一徑入，煙景四圍深。秋水浸枯木，夕陽明遠林。相期杳難即，漁浦晚沉沉。

高岱四首

岱字伯宗，鍾祥人。嘉靖庚戌進士，除刑部主事，出爲景府長史。有《居鄖西曹集》。

李伯承云：伯宗擬古諸詩，雖文通不能過。

蔣春甫云：長史詩直與盛唐岑、杜頡頏。

冒伯麐云：伯宗富才勁力，與七子爭道而馳。

錢受之云：伯宗詩體與李伯承相似，而時多矜厲之語。

感興二首

天員不中規，地方不中矩。人生天地間，安得無齟齬。仲尼屢放逐，顔回苦貧窶。賢哲不偶時，古今那可數。達士貴樂天，仁人亦安土。勉哉宣令德，庶以表千古。鴻雁萬里來，翩翩渡彭蠡。海燕去何之，秋風辭故壘。去亦不足悲，來亦不足喜。物性各有適，景光一何馳。運至疇不興，時過亦云止。世事俱茫茫，靜坐觀無始。

登臺

薊北收兵未，長安無使來。風塵連朔漠，雨雪暗蓬萊。去鳥爲誰急，寒花何意開。孤臣頭白盡，倚杖獨登臺。

寄懷李師孟水曹

別署秋光滿，千帆霽色開。海風吹月上，江雨帶潮來。名著山公啓，詩傳水部才。不知登眺處，誰與共銜杯。

高啓山 一首

啓字叔崇。嘉靖丙辰進士，官兵部郎中。有遺稿。

山行

欲訪山中人，未識山中路。茅屋漏疏林，蒼蒼但烟霧。

何良俊二首

良俊字元朗，松江華亭人。由歲貢生授南京翰林院孔目。有《清森閣集》。皇甫子循云：吾鄉文徵仲，以推擇待詔金門。後十餘年，而蔡九逵繼爲南孔目。又二十餘年，而何君繼之。杜甫草堂開於潭水羅含精舍寄之江濱。狎梵僧以幽探，結勝流而觴詠。每一篇出，匪但藝苑翕推，抑且閭閻遞誦。錢受之云：元朗清詞麗句，未逮文、蔡。然文以修謹自勵，蔡以谿刻見譏。而元朗風流豪爽，爲時人所歎羨，二公殆不如也。

《詩話》：元朗早歲入南都，隨顧東橋游讌，多習舊聞。東橋每宴集，輒用教坊樂，以箏琶侑觴。當康陵南巡日，樂工頓仁隨駕至北京，得金元人雜劇。元朗妙解音律，令家中小鬟盡傳之，置酒留賓，恒自度曲。有李節者，善箏歌，元朗品爲教坊第一，於時名彦咸賦詩留贈。黄淳父詩所云「十四樓中第一聲」也。其後引歸海上，倭亂，避地青溪，旋徙吳門，然文酒之會，未嘗廢絲竹也。詩頗率意，其《買宅》句云：「一須焦革鄰舍，二要秦青對門。」興固自豪，第乖好樂無荒之義矣。

春日寓懷

東方雖大隱，終是漢庭臣。如何敢恣肆，嘲哂萬乘尊。武帝本愛才，寵賜亦殊倫。百金買少婦，終歲輒易人。侍從匪孤遠，諷說恒見親。當時非不遇，傲兀竟何因。我今六尺軀，頭白久沈淪。始圖佐明時，一官終爲貧。比肩侏儒笑，爭食雞鶩嗔。放身鹿豕場，終勝金馬門。若非速謝去，孤意何由申。

包大侍御冬日過余城館見貽新詩率爾奉酬

弱年慕大隱，中歲棲附郭。試以愜微尚，兼用諧勝託。環堵有舊營，山楹無改鑿。高樹列偃蹇，群峯羅岩崿。輕飈披葯房，微雨灑菌閣。新竹漸紫苞，繁花吐芳萼。春歸競敷榮，秋至同瓠落。林卧閱代謝，天游恣寥廓。遺形偶斥鷃，混迹隨屈蠖。豈無寰市喧，幸免纓組縛。畢歲矢勿諼，中懷諒無怍。包子臺中彦，風期眇丘壑。暇日訪衡茅，投我游園作。委曲陶令言，纏緜尚平約。丈夫貴得意，乘時展明略。勉終天上期，庶果林中諾。

何良傅二首

良傅字叔皮。嘉靖辛丑進士，官禮部郎中。有《禮部集》。

許仲貽云：叔皮詩舒徐暢達，譬之洪流行地，波瀾自生，品卉在林，采色各具。

徐伯臣云：叔皮五言，視漢人稍加藻繢，渾成和厚，可稱作者。七言歌詞，得激歎流美之致。律亦藴藉可讀。

贈徐伯臣補奉化令

嚴程忽云届，將子臨河橋。弱柳向微風，黄鳥時交交。感物傷余心，申爾以久要。雖有盈尊酒，何以永今朝。徘徊意不極，揮淚發長謡。

董子元移居

南郭寡塵鞅，東林有勝名。青山斜枕市，緑水曲依城。夜月家家笛，春風樹樹鶯。結廬心自遠，寧復世人情。

金大車 一首

大車字子有，其先西域默伽國人，明初歸義賜姓，居南京。中嘉靖乙酉鄉試。有《方山遺稿》。

陳羽伯云：子有詩學襄陽、隨州，辭義兼美。

錢受之云：子有從游於顧華玉，賦詩摇筆立就。嘗有「不堪搖落逢秋日，況復蹉跎入暮年」之句，陳羽伯怪其壯歲出語不祥。死時年四十四，羽伯與其弟子坤，掇拾遺詩，定次百篇。

送汪汝玉守思南

謫宦君何恨，高名世所傳。殊方原鬼國，瘴水積蠻烟。十口天邊寄，孤帆灘上懸。中原萬餘里，後會定何年。

金大輿 二首

大輿字子坤，諸生。有集。

陳羽伯云：子坤詩清新秀朗。

中秋夜集

金素動四野，佳氣集林塘。中天圓景來，冉冉揚清光。芳池含微波，流螢曜中堂。良覿侈高會，促席飛華觴。絲竹間哀響，雲霞乍低昂。人生宇宙中，歡宴不可常。名園秀且麗，秋夜清且長。醉歌淹永夕，清光未遽央。

與文源朱二過溧陽道上

侵星發徂輛，悠悠即長路。家人前致詞，問我將焉赴。躬耕苦旱乾，何以資朝暮。衣食事奔走，晨寒犯霜露。楓林號夜烏，宿草棲寒兔。輕烟動墟里，崩沙依淺渡。悽悽浮客心，黯黯長天霧。逍遥思孔桴，濩落嗟莊瓠。去去返蓬蒿，脱粟安吾素。

文彭 一首

彭字壽承，長洲人。待詔徵明伯子。由歲貢生仕爲國子監博士。

《詩話》：二文翰墨，無忝衡山，詩雖流傳不多，以比彭陸居周固當較勝。

題溪南别業

西溪溪水深不流，溪南更築林堂幽。會心自有濠濮想，乘興不數山陰舟。一簾暮雨足吟眺，萬疊春山作卧遊。主人縱有蒼生寄，清夢依然狎白鷗。

文嘉四首

嘉字休承，徵明次子。由歲貢生官和州學正。

天池

天池之山今始到，仰首忽見蓮花峰。池水潺湲瀉琴筑，石壁巑岏開芙蓉。春疇連延麥初熟，暮嶺回合烟已重。肩輿催予下山去，悔不此地巢雲松。

石湖

鴐鵝鸂鶒滿晴沙，紅杏夭桃亂著花。十里湖山開畫障，一雙小艇載琵琶。

題畫二首

清絶倪迂未易攀，能將水墨繼荆關。疏林斜日茅亭外，一片江南雨後山。

沉香烟暖碧牕紗，緑柳陰分夏日斜。夢覺只聞鈴索響，不知山鳥啄枇杷。

蘇潕二首

潕字子川，濮州人。鴻臚署丞，終府通判。

青石嶺

鳥道盤雲細，羊腸度坂危。青回峰歷亂，丹轉磴逶迤。飲澗猨相掛，懸厓樹倒垂。平生愛山水，此地足棲遲。

絶句

新筍抽林與屋齊，亂紅飛過畫闌西。流鶯定惜春將去，坐向緑陰深處啼。

蘇澹二首

澹字子沖，舉人。有《蘇仲子集》。

鹽河聞雁

客子起常早，月明殊可親。一聲沙際雁，匹馬渡頭人。顧侶鳴偏切，悲秋興轉真。蘭閨夢回處，應憶客邊身。

暮秋夜宿紫荆關

驛路飄黄葉，關門薄紫荆。上都瞻處近，北斗坐來平。塞冷秋笳斷，原荒野燒明。終軍雖老大，還欲請長纓。

蘇潢一首

潢號杏石。官王府審理。

寫蘭寄王湘雲

幽蘭兩三花，寫在齊紈扇。寄語女校書，秋來心莫變。

張鳳翼五首

鳳翼字伯起，長洲人。嘉靖甲子舉人。有《處實堂集》。

《詩話》：伯起好填詞，梨園子弟多演之，然俗筆耳。其弟叔貽，詩亦庸庸。惟幼于小有才，然亦頽惰自放。而吴人之諺比於四皇甫，論其工拙，判若雲淵矣。

養蠶曲

曉露沾我襦，採桑過南陌。葉少不盈筐，蠶饑妾行迫。蠶眠妾不眠，絲成供夜織。勞苦有如此，方能成匹帛。奈何衣帛人，翦裁不復惜。

西苑志感

芙蓉別殿未央西，爐氣晨飄雉尾齊。出洛神龜將寶録，銜花馴鹿遶金閨。近臣拾翠供玄草，使者乘驄訪碧雞。一自六龍天上去，幾回清禁改璇題。

蟬

抱葉微沾露，臨風響遏雲。偶然鳴木末，非欲使人聞。

竹枝詞

妾從湘江歸，君向湘江宿。欲識淚痕多，請看湘江竹。

暮春感懷

野花開遍又殘春，買櫂攜尊好及晨。待得向平昏嫁畢，青山應笑白頭人。

張獻翼 一首

獻翼字幼于，更名敉。國子監生。有《文起堂正、續集》。

魏仲嘉云：幼于資鑒超敏，標峰朗逸，與兄伯起婉章新藻，齊芬互映。

劉子威云：幼于詮詞清麗，體舒興遠，故能聲傾一時，標映多士。

《詩話》：幼于早擅才名，見賞於文徵仲。讀書上方山治平寺中，撰《周易約說》《雜說》《臆說》及《讀易紀聞》《讀易韻攷》，不失爲儒生。後乃狂易自肆，與所善張孝資檢點故籍，刺取古人越禮任誕之事，排目分類，仿而行之。兩人爲儔侶，或歌或哭，或紫衣挾伎，或白足行乞。孝資生日自爲尸，幼于率子弟緦麻環哭，上食設奠，孝資坐而饗之。翼日行卒哭禮，設妓樂，哭罷痛飲，謂之收淚。又有劉會卿典衣買歌者，俄而病卒。幼于持絮酒就其喪所，哭之以詩，復令會卿所狎胡姬爲尸，仍設雙俑夾侍作使，伶人奏琵琶，再作長歌酹焉。其放浪亦甚矣。晚攜妓居荒圃中，爲盜所殺。詩乘興會捷書，無暇持擇。

七夕同趙今燕賦

翠帳紅妝送客亭，佳人眉黛遠山青。試從天上看河漢，今夜應無織女星。

張燕翼 一首

燕翼字叔貽。嘉靖甲子舉人。

送仲氏之南都

鴒原思别惜依依，洛下憑誰薦陸機。池上夢隨芳草去，江干心逐片帆飛。愁添旅食頻彈鋏，葉落空園靜掩扉。欲識倚門情更切，白雲回首是庭幃。